Le partage d'Orient

Sophie Makariou

Le partage d'Orient

Récit

Stock

Couverture Coco Bel Œil

Photographie © Louiza Antoniou

ISBN : 978-2-234-09127-6

À Nessim, à Gabriel, alpha et oméga,
À mes très vivants toujours là ;
À Clio, Souraya et Cristina,
mes affectueux remerciements.

Par convention, « islam » désigne la religion, « Islam » désigne la civilisation ; « Communauté » est la traduction du terme arabe *umma* désignant la communauté musulmane, « communauté » traduit *milla/millet*, désignant les autres communautés religieuses dans le monde islamique. Daech est l'acronyme de l'expression arabe « État islamique en Irak et au Levant ».

1

L'île bienheureuse

On n'est pas la moitié d'une moitié. À chaque question qui me venait sur ma moitié chypriote je me suis toujours répété, entre les dents : « On n'est pas la moitié d'une moitié. » Elle est déjà si ténue mon histoire, mon rattachement si mince. Trois fois rien. Sur le mode de la boutade j'en déduis qu'un rien est déjà quelque chose.

Je vis à Paris, je suis française. Ma famille paternelle vit à Chypre. Le français est ma langue ; trois décennies de ma vie ont été traversées par une autre, qui passait fugace, désirable, mélodieuse : le grec. Le grec de mon père, de mon grand-père, des miens. Mon grec est modeste, roturier, péniblement ramené au plus simple quotidien. C'est une langue presque interdite, comme est interdit ce que l'on ne veut pas vous transmettre. L'histoire de mon père, celle que je me suis pourtant choisie dans les malles qui m'étaient entrouvertes et dont je fais ma vie, c'est ma mythique matière, comme on le dit de la « matière de Bretagne » à propos des légendes et des textes de la tradition celtique. Ma « matière de Chypre », c'est un ensemble de mythes et légendes, mêlés de faits véridiques, familiaux et historiques.

Ces mythes sont le chemin possible dans la forêt que je défriche. Nous sommes à chacun notre propre fiction. Ailleurs, en d'autres temps, je pourrais écrire ma « matière de France » ; le récit en serait finalement plus mince, non pas moins intense ; c'est celui que n'a pas voulu écrire ma mère. Avant le Verbe il n'y a que le Chaos.

Cette année, cela fait quarante-six ans qu'une profonde brèche s'est ouverte dans mon monde, je n'ose pas tout à fait dire ma vie, elle n'est pas finie. Le premier choc pétrolier et l'invasion de Chypre par l'armée turque au cœur de l'été 1974 ont eu des effets en cascade dans nos destins individuels. Ainsi débute la ronde des *si*:

« Et s'il n'y avait pas eu le premier choc pétrolier », mon père ne serait pas effondré économiquement.

« Et s'il n'y avait pas eu l'invasion de Chypre », il ne se serait pas affaissé sur lui-même.

« Et si mon grand-père n'était pas mort alors », mon père aurait peut-être pu se redresser…

1974 est une année essentielle dans mon histoire, prise elle-même dans un dessein qui me dépasse et que j'essaie d'embrasser. Ma vie n'est qu'une minuscule pièce rapportée sur un tissu bien rapiécé, comme peut l'être la chair du monde.

Enfant, j'ai éprouvé ce que voulait dire la colère des adultes, le sentiment d'injustice, le *fatum*, sans le comprendre. À l'âge adulte j'ai inventé le remède le plus efficace : apprendre pour opérer une chirurgie réparatrice. Ce sont ma passion et mon métier de conservateur du patrimoine qui m'y ont aidée. Je pense au titre d'un des romans de la trilogie d'Italo Calvino : *Il visconte dimezzato*, traduit en français par *Le Vicomte pourfendu* : en italien il est coupé en deux. C'est parce que j'ai éprouvé cette même sensation d'être *dimezzata*, coupée en deux, qu'a fini par poindre l'impérieuse nécessité de traverser des frontières intellectuelles, de faire violence à ma prime sensibilité pour m'intéresser à ce qui m'était le plus adverse, le plus étranger, celui que l'Histoire me donnait pour ennemi. On le désignera par « la Turquie », l'islam y joue un rôle essentiel. Puisque la voie était douloureuse, le chemin étroit et les possibilités de la conciliation ténues, la cure m'était tout indiquée. Moitié chypriote, je me suis engagée en 1985 dans l'étude de l'art et de la civilisation de l'Islam, plus tard dans l'apprentissage de l'arabe – on le notera : pas le turc, tout de même ! Devenue conservateur du patrimoine, la Turquie est bien le pays où je suis allée le plus souvent, environ une trentaine de fois, le pays où j'ai éprouvé les amitiés les plus solides ; Istanbul la ville que j'ai aimée au-dessus de toute autre, où j'ai espéré en l'intelligence de tant de beaux esprits. À l'heure qu'il est, ils se désolent comme moi de la décision incendiaire d'un président souverainement élu de convertir la basilique Sainte-Sophie désacralisée, muséifiée, en mosquée. La navette de l'Histoire est repassée à l'endroit même de la déchirure du tissu faite en 1453, réparée par la décision de partager entre tous également le pain de la mémoire en faisant de Sainte-Sophie un musée de la jeune république turque. Mais voilà qu'en 2020 on proclame Constantinople reconquise, expulsée son histoire byzantine ; une nouvelle pierre vient d'être lancée par une main agressive dans le jardin des « infidèles ». Et Mustafa Kemal, ambigu père de la Turquie moderne, est une nouvelle fois démenti dans la construction utopique d'un État laïc. La mémoire kémaliste est probablement plus menacée encore que les splendides mosaïques de Sainte-Sophie.

Je n'ai pas cent ans ; je ne suis pas née lorsque le siècle avait deux ans ; je suis née dans une France paisible du mitan des années 1960 avec pour singularité d'avoir un père chypriote, devenu français en 1956. En 1974 la guerre est entrée dans ma vie. Elle m'a poussée d'un coup vers un rebord de moi-même que je n'aurais peut-être jamais découvert si mon père avait été simplement français. Qu'aurait été ma vie de petite fille française dans les dernières années des Trente Glorieuses ? Je ne le saurai jamais. Aurais-je pris le même chemin sans l'invasion de Chypre en 1974 ? Il y a peu de certitudes dans ma vie mais celle-là est absolue : non.

Depuis, et j'imagine jusqu'au soir de ma vie, je n'ai pas cessé de réfléchir à ce moment originel. Une série d'événements a formé le dessin de ma constellation singulière. À cause de l'invasion de Chypre, il m'a fallu du temps pour devenir française ; enfant, je me sentais isolée dans ce pays, la France, où bien peu savaient alors placer Chypre sur une carte ; plus tard j'ai élu des pays de cœur tous limitrophes de Chypre – Liban, Turquie, Syrie – autant qu'on peut l'être d'une île ; je me suis lancée corps et âme dans la création du département des arts de l'Islam au musée du Louvre, une décision politique qui prenait un sens bien particulier au lendemain des attentats du 11 septembre 2001. Au long des années j'ai profondément intériorisé les conflits de l'Islam qui ont accompagné ma vie, avant même que ne surgisse cette question brûlante dans l'esprit de tous : du 11 Septembre à la crise des caricatures de 2005 et 2011, de l'attentat de *Charlie Hebdo* à ceux de novembre 2015… Et je n'en ai pas fini, je le crains, avec la trop longue litanie des attentats… Ma lunette télescopique est restée fixée, dans la proximité de Chypre, sur le Proche-Orient ; ce petit bout du monde a pris pour tous les proportions d'une flaque qui s'étend continûment maintenant que, depuis le sein de l'islam, certains ont décidé de raviver les feux de la haine et du djihad.

Je pourrais infiniment allonger la liste des événements significatifs au gré de l'ajustement de mon télescope sur la profondeur du ciel : les tracés des constellations qui s'y découvriront évolueront au fur et à mesure que j'affinerai l'usage de l'instrument, me découvrant des champs d'étoiles insoupçonnés. Ainsi, sans doute, la matière de Chypre sera-t-elle différente au soir de ma vie. Mais ce qu'elle sera, je ne peux le savoir. Le récit, par définition, est infini ; « un jardin aux sentiers qui bifurquent », dit Borges.

Dans ce morceau d'histoire personnelle, les écrivains me furent plus utiles que mes propres reliques, que j'ai beaucoup détruites – paradoxe du conservateur que je suis pourtant – et peu consultées. Je n'écris pas chaque jour un journal, je raconte, je défais les piles et les reconstruis. En lectrice du *Quatuor d'Alexandrie*, l'œuvre magistrale de Lawrence Durrell, je n'ai pas l'intention de cesser. Le deuxième volume du *Quatuor* s'ouvre à Chypre ; l'hiver va venir et le narrateur attend le bateau d'Alexandrie. Il est réfugié dans une maison perchée sur la montagne ; cette montagne est celle qui domine la baie de Morphou et le port de Kyrénia, à l'ombre de la splendide abbaye gothique de Bellapaïs. Tout cela est en zone occupée depuis 1974. J'écris moi-même assise à une table, le soir tombé, dans une maison dominant un port de Méditerranée orientale.

Durrell compose *Le Quatuor d'Alexandrie* dans les années 1950 comme une élégie sur un monde qui a déjà disparu ; le premier volume, *Justine*, est publié en 1957, le dernier, *Cléa*, en 1960 ; c'est l'année de l'indépendance de Chypre, où il a vécu et qui traverse son œuvre. Ma géographie coïncide avec celle de Durrell. Dans le *Quatuor*, il parle d'une Égypte d'avant Nasser ; elle n'a pas encore chassé ses communautés étrangères, juive au premier rang, grecque aussi, et n'a pas confisqué leurs biens. Mais Durrell a la prescience aiguë de ce qui va se passer en Égypte comme ailleurs : l'exode des Juifs et des Grecs, du Caire, d'Alexandrie, et la menace qui pèse sur les coptes. C'est la sinistre répétition de toutes les expulsions des communautés juives, la redite de l'éradication des Grecs des terres d'Asie Mineure, de la séparation des communautés par la violence à Chypre. C'est le rappel des épurations ethniques qui traversent comme une folie meurtrière toute l'histoire de l'Orient islamique du XIXe au XXIe siècle, du déracinement des plus vieux rejetons du christianisme de ses terres primitives : Arméniens de l'Empire ottoman d'hier, chrétiens assyro-chaldéens de l'Irak d'aujourd'hui…

Avec la chute des empires islamiques, puis celle des empires européens et la création à marche forcée d'États dits « modernes », l'Orient islamique cessa d'être étroitement sous surveillance, et l'utopie d'une cohabitation harmonieuse des communautés vola en éclats. L'impact n'a pas cessé de s'en faire sentir aujourd'hui. C'est ce qui traverse ma vie, comme celle de beaucoup d'autres.

Une fois l'an, je regagne pour quelques jours une île du golfe Saronique, face au Péloponnèse, que j'ai connue au sortir de l'enfance et dont j'ai pressenti qu'elle seule ne changerait pas. Une île bienfaisante en somme. Intacts s'y dressent les souvenirs de mes jeunes années qui furent heureuses dans cette partie du monde, le bassin oriental de la Méditerranée. Chaque été, débarquant du bateau du Pirée, je l'ai retrouvée, exactement telle que je l'avais laissée il y a déjà des années : un rocher hors du temps. Les ânes sont les mêmes, les maisons ne peuvent être modifiées, la boucherie sur le port est climatisée mais bien au même endroit ; on se déplace toujours à pied, à dos de mulet ou en petit caïque. De somptueux bateaux viennent comme autrefois jeter l'ancre dans les eaux profondes du port. Notre maison d'hier a changé de mains mais elle n'a pas plus changé que le petit restaurant, sous la treille, dans le lacet du chemin, en surplomb de la mer. Le minuscule port de Mandraki abrite toujours la taverne de bord de plage, les lits déglingués et les parasols fatigués. On sert encore l'ouzo dans des verres en pyrex avec une bonne dose de glace à côté. On a installé des distributeurs de billets automatiques, seuls aménagements un peu modernes. J'ai choisi une maison, toujours la même, inventé le rituel de la venue, adopté la femme de la maison, pris des habitudes. Des habitudes rompant la pente coupable du temps qui va me donner tort. Quarante-six ans déjà. Ici, je peux croire en la réparation de la séparation ; en sirotant le café turc – *dhio helleniko kafè, ena metrio kai ena sketo parakalo* (« deux cafés grecs, un moyennement sucré et un sans sucre s'il vous plaît ») – et en mangeant le sablé apporté sur la soucoupe avec un verre d'eau ; face au bleu impossible de ce ciel grec rendu insolent par l'ocre des murs d'un monastère et le pourpre de sa coupole je veux croire que rien, vraiment rien, n'a eu lieu. Et pourtant, même le passage d'une langue à l'autre dit que quelque chose a été séparé. Avant 1974 tout le monde, dans la langue de mon enfance, commandait du café turc. Aujourd'hui on a jeté l'anathème sur l'appellation : en Grèce, à Chypre, on boit du café grec – *helleniko kafè* – ou du café byzantin – *byzantino kafè* – ; les Byzantins en seraient tout étonnés, eux qui n'ont jamais connu le café…

Dans mon XXe siècle, Chypre fut une île peuplée de deux « communautés », les Grecs et les Turcs ;

elles ont vécu sur l'île, côte à côte, pendant quatre siècles, jusqu'à la séparation de 1974. Les clivages qui forcent la porte de notre société ces dernières années nous ont rendu tristement familières les divisions que nous avons feint d'ignorer longtemps, celles de l'Islam. Chypre, la Grèce ont appartenu pendant des siècles à un vaste ensemble de territoires qui formaient le sultanat des Ottomans. Dans cet empire multiséculaire, qui va de 1327 au lendemain de la Première Guerre mondiale, « les Turcs » signifie les musulmans et « les Grecs » désigne les orthodoxes. Le sultanat ottoman est une entité politique qui appartient à la civilisation islamique, à cet Islam dont il égrène toutes les catégories. Parmi ses divisions fondamentales se trouvent les « communautés » : en turc (qui a pris le mot à l'arabe) on dit *millet*; en grec on dit *ethnos*. Deux mots, dans deux langues, pour une même réalité : la communauté – le *millet*, l'*ethnos* – identifie et divise les peuples sur la base de leur appartenance religieuse. On n'y échappe pas, aussi difficile à envisager que cela soit dans notre république que nous pensions inaltérablement une, laïque et indivisible.

Alors, tous les ans, je viens dans cette île de Méditerranée orientale prendre mon café, dans toutes les langues, dans l'espoir fou que le monstrueux accroc peut se réparer, que tous, à un moment, nous allons nous souvenir que nous buvions un même breuvage, quel qu'en soit le nom, que nous traversions les mêmes espaces des villes et des îles, que les orthodoxes allaient aux fêtes du bayram des musulmans et que les musulmans allaient à la fête d'Aghia Paraskevi des orthodoxes manger les délicieux beignets imbibés de sirop de rose appelés *lokoumades.*

En sirotant mon café face au port, je peux reprendre le fil dans le labyrinthe en un point de 1973 dont il n'aurait pas dû dévier. Si seulement c'était vrai, si seulement…

2

On n'est pas la moitié d'une moitié

« Les rossignols ne nous laissent pas dormir à Platrès. »
Georges Séféris

Mon « petit rien » a la forme d'une des îles de la Méditerranée, la plus orientale d'entre elles, Chypre. Mon père y a grandi, l'a quitté en 1946 pour venir faire ses études dans la grise France d'après guerre. Il en a illuminé notre quotidien, en a fait notre horizon, un bonheur, un refuge. Chypre est coupée en deux depuis l'invasion lancée par la Turquie à l'été 1974, entre la République chypriote et une zone occupée par la Turquie, « république de Chypre du Nord » que ne reconnaît pas la communauté internationale. L'écrivant, je sens toujours l'intolérable : la déchirure au sommet de la saison solaire, lorsque, dans ces Trente Glorieuses finissantes, notre société de loisirs se ruait vers les plages, l'Éden, le soleil. Aujourd'hui la partie non occupée de Chypre représente 63 % d'une île grande comme deux départements français. Ici commence le voyage du retour qui prendra des années. Je ne sais pas si Ulysse arrivera à bon port, en Ithaque. Pour mon père c'est trop tard, il n'a pas eu le temps de revenir sur ses pas ; peut-être ne l'a-t-il jamais sérieusement envisagé. Pour moi, cette idée ne m'a pas quittée depuis que, petite fille de l'été 74, j'ai vu la carte se déchirer et l'horizon se fermer sur une frontière.

Je suis née à Chypre en 1973. Pourtant j'allais avoir sept ans. La première scène solidifiée dans ma mémoire se déroule à l'aéroport de Nicosie ; tout commence là : une liesse, une foule, des fleurs ; l'enfant prodigue – mon père – est de retour. La cohue est joyeuse, l'émotion voile le reste. Puis la scène reprend à l'hôtel Hilton ; nous nous y retrouvons tous les cinq, les parents et leurs trois enfants. Murs bleu canard, meubles bas et sombres chargés des cadeaux envoyés par ceux qui n'ont pas pu être à l'aéroport : des fleurs et des multitudes de boîtes de gâteaux. Sous un papier cristal sont posés de petits croissants couverts d'une montagne de sucre glace ; ils portent le nom de *kourabiédès.* Le merveilleux sablé friable de leur pâte enferme des morceaux irréguliers d'amandes concassées. Leur goût inimitable me demeure dans la bouche. Je retrouverai plus tard à Damas ces petits croissants d'Orient sous leur nom arabe, *ghurabiyé*, qui signifie, un peu adultéré, « occidental » mais, par la magie des mots arabes, a la même racine que « l'étrange » – *gharib*. Est-ce une façon de dire qu'en Orient c'est l'Occident qui est l'étranger ?

À Chypre, la nuit exsude la soûlante senteur du jasmin. C'est mon premier bouquet, donné par mon grand-père Evagoras. Depuis les limbes remonte l'odeur du salpêtre, pierre travaillée d'humidité, dans une chambre sous les combles, en Bretagne. Une large fenêtre sous le rampant du toit ouvre sur la baie de Douarnenez. Mais à l'exception de cette fenêtre bretonne – mer, frisson, grisaille et salpêtre –, il ne me reste pas de souvenir olfactif de ma petite enfance. Tout commence à Chypre.

Chypre est l'explosion des couleurs et des sensations pour une petite fille de sept ans qui court dans le jardin de son père, dans les rayons du soleil, sur les tesselles de mosaïques des sites archéologiques, monte sur les tambours des colonnes, domine la mer, inspire, nage dans le bain d'Aphrodite – déesse née à Chypre de l'écume de la mer –, crie poursuivie par Poséidon sur la plage de Karavas. Le dieu marin est Bambos, un des cousins de mon père, encore armé de son tuba, brandissant un trident et un poulpe gluant.

Pour l'enfant blonde que j'étais, Chypre était un univers de signes inconnus, une partie de cache-cache avec l'Histoire, une langue que j'apprenais avec mes cousins, des rites nouveaux ; celui, obligé, de la sieste quand la chaleur terrasse tout ; oui, mais rien ne terrasse les enfants, pourquoi ne pas s'essayer à marcher en suivant les ombres des persiennes ? C'étaient les règles des jeux que nous inventions, notre sabir commun ; c'étaient les noces où mon père m'envoyait épingler, durant la danse, des billets sur la traîne d'une mariée que je ne connaissais pas, dans un mariage auquel nous étions étrangers, comme est étranger tout voyageur de passage invité à la table collective d'un antique banquet, avant de céder sa place au suivant ; c'était la curieuse façon d'obtenir la clef de l'église, au prix du café payé au pope et à ses ouailles, en plein bavardage, avec plus de chaises que de buveurs ; Chypre était cela et toutes les lettres mélangées de l'alphabet des images : minarets, arcs gothiques, orangers, églises peintes, palmiers… Tout m'y réjouissait d'un mélange inconnu dans lequel j'évoluais en eaux paisibles. Les dieux parlaient une autre langue que celle que je parlais à la maison ; dans la cérémonie des visites familiales, toutes se mêlaient : le grec, le français, l'anglais et le râpeux dialecte chypriote. L'emportaient les mimiques, la gestuelle et, par tous les moyens possibles, l'expression du plaisir de se retrouver. On échangeait des cadeaux – en avais-je jamais vu autant ? –, on touchait mes cheveux ; j'étais de la lignée des cousins presque la plus jeune, mais surtout la seule blonde dans une famille de bruns, d'une blondeur dont on me disait qu'elle était celle de ma grand-mère de Chypre.

Ivresse d'un autre monde ; la marche pieds nus y était la règle de la maison de Chypre, à l'inverse de celle de Paris. Je sens la pierre fraîche sous la plante de mes pieds ; le sol de marbre de l'immeuble de la famille, son odeur sépulcrale, l'obscurité des maisons volets fermés aux heures de chaleur outrancière, le silence, le ralentissement de la vie, la joie de cette apesanteur. J'attends toujours depuis, avec bonheur, la canicule, les volets clos, les mouvements et les pas comptés, pour renouer avec la scène de ce bonheur primitif. Je ne me risquais qu'à peine sur les dalles brûlantes du toit-terrasse de l'appartement de Nicosie. Lorsque la nuit était enfin tombée et qu'avec elle le vent s'était levé, venait la sensation douce et caressante de la pierre juste chaude sous le pied.

J'avais le droit de grimper aux arbres, on m'encourageait à goûter aux herbes sauvages : goût amer des tiges de ravenelles ; suc subtil des corolles de bignonias, parfum des herbes et des feuillages que l'on fripe entre ses doigts. Dans la montagne, à Lagoudhera, les frères Makariou, leur femme et leurs enfants sont photographiés, dans un arbre homérique, à la ramure accueillante et généreuse comme un trône ; nous y sommes tous curieusement perchés, petites chèvres sauvages, à des hauteurs différentes.

Ma grand-mère de Chypre y manque ; elle est probablement l'opératrice, ainsi qu'elle aimait à le dire. J'ouvre le reliquaire des photographies : visages heureux des petits enfants d'Evagoras, réunis en un si rare parterre ; portrait de mes grands-parents souriants, dans les couleurs dissonantes et nostalgiques des kodachromes des années 1970…

Chypre dans un mouchoir de poche réunissait la mer, la montagne, les temples antiques, souvent en bord de mer, les églises à peintures du cœur orthodoxe de l'île – le Trodhos – et, dans les plaines, les églises gothiques, pour l'essentiel transformées en mosquées, avec leur floraison de minarets circulaires ottomans comme l'entrechoquement ou l'intime tressage de deux mondes, une incroyable diversité d'histoires, de paysages, d'images. Chypre, ayant été séparée de l'Empire byzantin à la suite d'une querelle dynastique, avait été conquise en 1191 par Richard Cœur de Lion, roi d'Angleterre et duc d'Aquitaine, chef de la troisième croisade. Elle passa ensuite sous la domination d'un croisé prestigieux, Guy de Lusignan. Il était devenu roi de Jérusalem à la faveur de son mariage avec une femme de la famille de Godefroy de Bouillon. Mais Guy fut rapidement un roi sans royaume, après une cuisante défaite face aux musulmans en Terre sainte en 1187. Son puissant protecteur et suzerain, Richard Cœur de Lion, l'installa à Chypre. Guy était donc couronné roi de Chypre par consolation et roi de Jérusalem par mariage. Les Lusignan descendaient, dit-on, de la fée Mélusine, mi-femme mi-sirène, ils étaient suivis par une traîne de légendes. Ils régnèrent pendant près de trois siècles sur l'île, y firent fleurir le gothique appelé savamment *opus francigenum*, ainsi que la langue française, la musique courtoise et l'*ars nova.* D'orientale, l'île était devenue latine. De ce balancement entre l'Orient et l'Occident elle n'est jamais sortie ; ce destin, grand et tragique, a dessiné son visage hybride. J'étais fascinée par cet étrange collage entre le gothique et le palmier, le frottement entre plusieurs chrétientés et ce que je découvrais de l'islam.

Mon père nous emmena à Larnaka, au Tekke, en juillet 1973. Dans l'exclusif égoïsme de mon souvenir avec mon père, je ne me rappelle pas les autres membres de la famille, à l'exception de ma mère. Tout cela, je l'écris pour que continue, depuis l'outre-monde, la conversation qui nous réunissait. L'islam m'est arrivé là, dans ce paradoxe chypriote. Je le reçus comme un talisman enfantin que je porte toujours sur la poitrine, jamais il ne me quitte. Mon père me l'a transmis et, bien qu'il soit mort maintenant, en vraie Antigone j'en prends toujours soin.

Le Tekke Hala Sultan est le monument le plus saint des musulmans de l'île. Les Arabes lancèrent vers Chypre leurs premières entreprises de conquête navale. Ils demeurèrent de 648 jusqu'en 962 dans ce territoire partagé – déjà. Chypre formait un étrange condominium entre le monde islamique et l'Empire byzantin, payant double tribut à ses protecteurs. Durant les combats de la conquête, mourut Umm Haram, parente du Prophète de l'islam, et elle fut enterrée au Tekke qui devint lieu de pèlerinage des musulmans chypriotes. L'environnement du Tekke – établissement confrérique – est lagunaire. Le ciel et l'étendue maritime s'y confondraient presque. Il fait si chaud que le ciel s'empoussière, se charge de sable et de gouttes d'eau en suspension, de cristallisations étranges. Il poudroie. Le sol est gorgé de sel et le monument, lieu de retraite mystique d'une confrérie de derviches *mevlevis* (les derviches tourneurs), s'élève ainsi en plein marais salant. À l'été, l'eau en disparaît totalement. Le sel affleure, rendant la réverbération insupportable. Seuls s'y aventurent les flamants roses qui apportent délicatement leur couleur au paysage. Le bord du marais est cerné de palmiers. Peut-être au loin voit-on la mer. L'air tremble de chaleur. Les flamants ondulent sur une patte. Tout vacille dans l'incertitude du mirage.

Les marches d'accès sont larges, d'un grain très fin, d'un jaune pâle et délicat, comme du sable compacté. Formant une douce descente, elles s'aperçoivent dans le pavillon d'entrée, par l'ouverture d'un ample arc brisé, très bas, souligné par un bandeau de moulures sobre et puissant, bicolore – un creux, un relief. La solidité de l'effet souligne la découpe sur la verdure paradisiaque de la cour. Le cube d'entrée se détache sur une opaque et haute clôture de calcaire blond d'où déborde la cime des palmiers. Je me dis aujourd'hui qu'il faut un esprit d'architecte poète pour avoir imaginé de démentir la solidité de la sorte, affirmer l'enserrement et ouvrir un vide, une pure fenêtre pour voir : voir les palmes, leur ombre sur le sol, le chemin qui s'enfonce ; une invitation : la fenêtre ouverte cinq siècles avant celle de Matisse.

Le seuil crée artificiellement la séparation entre le dehors sauvage et le dedans ordonnancé du jardin. Les marches sont tranchées d'une ombre en diagonale, traçant un chemin. Peut-être ne sont-elles pas telles qu'en mon souvenir mais je crois en éprouver encore la largeur pour mes courtes jambes de sept ans. Dans le jardin touffu, échevelé, le tronc des palmiers est d'un gris fatigué de poussière et de sable. Le soleil à travers les branches fait un effet de vitrail. Au Tekke j'ai pour la première fois ôté mes sandales afin de marcher pieds nus dans une mosquée. Son tapis usé diffusait l'odeur incertaine, vaguement doucereuse de ces lieux, que j'ai si souvent retrouvée dans les années suivantes. J'allais pieds nus comme une sauvageonne. Je pouvais divaguer, aucun meuble n'encombrait l'espace vide de la salle de prière sous la coupole. À l'arrière, dans la salle de la confrérie, j'assistai pour la première fois à une cérémonie de derviches avec mon père. Une cérémonie, pas un spectacle. Les derviches tournaient, tournaient sans fin, vivants axes de rotation entre la terre et le ciel, disait mon père. C'était le *zikr* destiné à prier et s'oublier en Dieu, comme une poussière d'étoile au milieu de la ronde des astres fixes.

L'intensité de ce rituel a impressionné la fraîche émulsion que petite fille j'étais alors ; le Tekke fut l'expérience de la descente au jardin, du vertige de l'espace vide puis de celui de la ronde mystique des étoiles, ondulant de toute leur robe blanche en un parterre de corolles immaculées ; tendues dans l'axialité impeccable de leur rotation, une paume vers le ciel, une paume tournée vers la terre et elles s'arrêtaient, infaillibles, sans vaciller, en une fois. Je reçus là le premier ondoiement d'islam, dans l'été éternel de mes sept ans.

Je n'ai pas cessé de cultiver cette empreinte indélébile tout au long de ma vie, jusqu'à m'en faire une profession. Mon métier de conservateur spécialiste d'art islamique, je l'ai choisi sans doute aucun pour renouer avec la première vision d'un dansant parterre mystique. L'Islam, sous ce visage prenant, contrebalance pour moi jusqu'à aujourd'hui l'obscurité de l'islamisme.

Vint un temps où l'on ne ramassa plus le sel à Larnaka. La proximité de l'aéroport, qui a gagné en importance après l'invasion de l'île en 1974, et l'impossibilité d'accéder à celui de Nicosie, enfermé dans la « ligne verte », avaient rendu impropres à la consommation les cristaux devenus gris. Les sols saturés de sel firent dépérir les palmiers. L'aspect de l'oasis en fut bouleversé, comme brûlé, pendant des années. La luxuriante image de paradis s'enlevant sur l'air tremblant avait disparu. Ô vertu du tourisme qui a fait rendre les soins nécessaires à ce lieu : le sel est à nouveau ramassé, les palmiers reverdissent.

Au retour des vacances nous rapportâmes à Paris l'enregistrement de *Maria me ta kitrina* ; il accompagna, pour ma sœur et moi, les années de notre sortie d'enfance. Combien de fois l'avons-nous écouté, bien après que la mode en fût passée ? Comme si, posant sur la platine le petit 45 tours pressé dans un vinyle transparent, aux taches vertes et bleues comme les fonds marins, nous allions abolir le temps et rouvrir l'été 1973 en attendant le prochain voyage. Il ne vint pas.

Les étourdissants rossignols de Platrès ont continué de chanter fort à mon oreille d'enfant, et continuent encore à celle de la vieille enfant que je suis devenue ; l'odeur du jasmin ne me laissa plus dormir non plus.

Sur les déracinements terribles qui ont bouleversé l'Orient, beaucoup d'autres sembleront plus légitimes à se faire entendre que la moitié d'une moitié. La guerre d'indépendance grecque avait révélé au monde occidental le statut infériorisé des populations non musulmanes, les *dhimmis*, soumises à l'impôt de capitation et aux exactions. À partir de 1822, après les massacres de Chios, l'Europe et la Russie prirent leur poste, veillèrent autant qu'elles le purent sur les maronites de la montagne libanaise, les druzes du Chouf; les Bulgares, les Macédoniens, les Serbes, tous orthodoxes; sur les rêves de liberté des Grecs, sur les coptes en Égypte, les communautés juives éparpillées en Orient, les Arméniens de Turquie, les Grecs pontiques, les Grecs d'Ionie, ceux d'Alexandrie, toutes les communautés rassemblées de Constantinople, les Grecs et les Arméniens de Chypre et partout, sur leurs aspirations à secouer le joug de leur statut de tributaires. Un court temps, les observateurs suspendirent l'arbitraire. Il n'en fut pas ainsi bien longtemps: les gendarmes partis, la cohabitation fut impossible et la tragédie a repris depuis. Mais à côté des remugles d'Orient il y a aussi l'exhalaison des parfums qui sortent des vieux tiroirs dont je tire, heureuse, des rubans de toutes les couleurs; ensemble ils font des nœuds sans rime ni raison et composent un écheveau emmêlé qui est la « matière de Chypre » elle-même.

Lorsque j'étais enfant, mon père essayait de m'expliquer les ramifications de la famille et, en le faisant, ne déployait pas une généalogie rationnelle mais surtout des contes et légendes. Joyeuse, faite d'affabulations assumées, la « matière de Chypre » était échevelée, passait du grec au français. Mon grand-père de Chypre avait commencé à parler le français tout jeune adulte, ses fils parlaient le français à la maison ; le cousin préféré de mon père, Jacques, apprit le français et vint le rejoindre en France pour y faire avec lui ses études ; il repartit avec une femme française, d'une famille grecque d'Asie Mineure ; ils conjuguèrent ensemble le français chez eux, le transmirent à leurs fils et l'un d'entre eux, venu en France faire ses études d'architecte, épousa une jeune Française d'origine serbe. Repartis à Chypre, ils conjuguèrent ensemble le français chez eux, le transmirent à leurs enfants... Et tout recommence.

Dans ma « matière de Chypre » un fil passe et repasse, qui attache solidement Chypre à la France, sur quatre générations maintenant, et qui les lie en une singulière communion.

Je ne me suis jamais départie de mon nom. À partir de la bascule de l'été 1974, il est devenu une réclame, presque une réclamation. J'ai commencé à « réclamer », à clamer derechef que j'étais, sous mes cheveux blonds, la fille de ce père-là, la petite-fille de ce grand-père, que j'étais de là-bas bien que née ici, et bien que mon père ne m'ait pas transmis sa langue. Étais-je illégitime ? Mon nom est chypriote, que dit mon visage ? Que dit ma vie passée à Paris ?

Une fiction ? La fiction de ma vie ; celle de la vie de mon père, que j'ai revêtue comme la robe donnée par le centaure Nessus à Déjanire ; elle est non pas empoisonnée mais germinatrice ; la matière de ma vie.

Dans ma complicité avec mon père, il demeure tout de même cette pénible écharde des moments où il citait en grec, creusant une distance entre nous. Pendant toutes ces années, le grec fusait régulièrement à la faveur des appels téléphoniques de ses frères. Avec ses parents, tant qu'ils furent là, il continuait de parler en français, langue paradoxale de son enfance à Chypre. Il n'avait appris le grec qu'à l'école. Ne me retrouvais-je pas dans une situation similaire, complice avec lui ? Il y avait donc une langue du dedans et une langue du dehors. Laquelle fut profondément la sienne ? Voilà ce que je ne sais pas bien. La dernière qu'il ait prononcée, si pauvrement dans sa maladie, c'était le grec. Il avait compté en grec toute sa vie. Mais c'est en français qu'il parlait, qu'il ourlait ses phrases et nous apprenait à les assembler sans rapiéçage, nous obligeant à achever parfaitement celle qui était entamée. Comme un quignon de pain sur la table, la langue relevait du sacré. On en mangerait jusqu'à la dernière miette, rien n'en serait perdu.

Qu'à cela ne tienne, la langue aussi, mon père, je l'apprendrai. C'est ce que je fis, assez mal, dans les années 1980, en m'imposant l'apprentissage d'une quatrième langue en plus des trois auxquelles je me frottais au lycée. Il m'infligea ensuite de cuisantes corrections – « tu places mal l'accent tonique » –, des leçons aussi, citant en grec des passages des évangiles, de l'*Odyssée*, de Polybe. A-t-il cru que cela me dissuaderait ? Ou n'était-ce qu'un artifice pour se faire pardonner de n'avoir pas transmis les secrets de sa langue à mystères ? « Elle est trop difficile, vois-tu », semblait-il me dire.

Si la scène, cent fois rejouée, de correction de mes énoncés grecs se situe au début des années 1980, celle qui peut servir de morale à ce chapitre chypriote se situe plus de dix ans après, au musée du Louvre, en 1992 ; je préparais l'oral pour le concours des conservateurs du patrimoine. Je fis durant ce temps une unique sortie à l'occasion de la venue de Vassos Karageorghis, l'ancien directeur du service des Antiquités de Chypre.

Le bruit semblait assourdissant à la recluse assignée à concours que j'étais depuis des semaines. J'étais venue avec mes parents. Rien de ce qui touchait à l'archéologie de l'île n'était indifférent à mon père. Ce jour-là il fut cueilli par une remarque de Vassos : « Pourquoi ne lui avez-vous pas appris le grec ? » Il protesta à peine : « Mais si », puis se tut. Déjà à ce moment-là était-il ailleurs, sa pensée tendait-elle à devenir discontinue ? Je ne sais pas ; c'est une fois – la seule ? – où je le vis ne pas savoir répondre. Muet, c'est ce qu'il a été avec moi sur ce seul terrain.

3

Chypre sur Seine

Je couvris des cahiers entiers de dessins d'églises de Chypre. Églises à l'allure si curieuse, dans leur paysage de montagne ; elles cachaient leur plan en croix grecque à coupole sous le capuchon d'un toit à forte pente, aux tuiles plates et sombres comme les écailles d'une pomme de pin. La neige tombe épaisse dans le Trodhos et les églises s'y donnent des allures de solides refuges. Elles me plaisaient et je les dessinais avec application, le plus souvent ajoutant en marge le drapeau chypriote ; je trouvais magnifique son fond blanc portant la forme jaune de l'île ; un drapeau ni turc, ni grec, le jaune du cuivre fameux de l'île, le blanc de la paix, les rameaux d'olivier croisés des communautés ; des promesses non tenues.

Je dessinais partout aussi le profil de l'île. Prosaïquement on lui trouve une forme de côtelette.

J'y voyais plutôt un instrument à cordes, asymétrique, pansu, d'une primitivité qui annonçait un son d'avant l'Histoire ; après que j'eus visité le musée de Nicosie, j'y voyais encore une de ces figurines caractéristiques, au ventre rond et que souvent on appelle, à propos des terres cuites du centre de la Grèce, les idoles « en phi », parce que cette lettre grecque est formée d'un mât que surmonte un cercle. Mais la forme de l'île m'évoquait plus encore les intrigantes idoles néolithiques chypriotes cruciformes et sans tête. Par sa compacité, sans doute. Sa forme même disait que l'île était antique et pouvait être tenue dans la main comme un galet poli et aménagé. Elle lui conférait un être géographique chaleureux et singulier.

J'associais, à cette époque, le plus souvent au drapeau chypriote le drapeau grec. C'est un jeu de bandes bleues et blanches alternées, autant qu'il y a de lettres composant la devise grecque *Eleftheria i thanatos* – La liberté ou la mort ; il est timbré, dans sa partie supérieure gauche, d'une croix grecque aux traverses égales ; il est associé à l'Église qui tint un rôle important dans les luttes d'indépendance contre les Ottomans. J'essuyais des reproches de la part de mon père : l'île ne devait se parer d'aucun autre drapeau que le sien, elle devait tenir à distance les Grecs, certes des cousins, très aimés, germains, mais différents de nous. Leur destin avait été séparé bien souvent du nôtre dans le cours de l'Histoire. La lointaine antiquité de Chypre l'attachait au Proche-Orient, dès le neuvième millénaire avant notre ère, et non pas à l'ensemble qui deviendrait la Grèce et où d'ailleurs on ne parlait pas encore le grec. Chypre connut, vers 2000 avant notre ère, un riche âge du bronze ; son importance tenait tant à sa position géographique qu'à l'exceptionnelle qualité de son minerai de cuivre. C'est Chypre qui a donné son nom au cuivre dans la plupart des langues. Chypre, cuivre ; Kibris, Kupfer ; Cyprus, copper.... Puis l'île du cuivre fut de plus en plus unie au destin de la Grèce continentale et insulaire lorsqu'elle s'hellénisa dans le cours du deuxième millénaire avant notre ère et jusqu'à ce qu'elle quitte le giron de l'Empire byzantin en 1191.

Mon père pensait que Chypre avait la chance d'une histoire unique, d'une identité irréductible, faite de juxtapositions historiques ; sa parole était sans haine et sans exclusion. Il croyait, pur comme cuivre, qu'il y avait de la place pour tous sur cette île, dans la riche harmonie de son altérité. Il le croyait, comme son père le croyait, heureux avec tous ses ouvriers turcs, comme quelques autres, trop peu nombreux, le croyaient. C'était en quelque sorte le rêve d'Ernest Renan appliqué à Chypre : choisir la communauté d'un destin, d'une histoire, y consentir librement, sans se plier au diktat d'une géographie, d'une race ou d'une religion. J'ai rencontré plus tard cette même conviction au Liban chez un homme que j'ai beaucoup aimé. Elle était aussi inapplicable au Liban qu'à Chypre.

À la maison, quand la nostalgie était trop forte, nous prenions la direction du seul endroit qui consolât mon père : la grande mosquée de Paris et son salon de thé. Aux beaux jours, lorsque l'envie d'être dehors et de retrouver les sensations du réveil de la nature, d'un air frais, du premier franc soleil l'emportait, quand le petit matin de Méditerranée le taraudait, nous mettions le cap sur la rue Geoffroy-Saint-Hilaire. De préférence nous nous installions dehors, pour prendre le thé à la menthe, peut-être un baklava, et il se réjouissait simplement d'exister. Les arcades, la végétation, une architecture travaillant le lien constant entre espaces intérieurs et espaces extérieurs lui étaient familières. Et il retrouvait dans ce lieu les gestes et la clarté de l'accueil qui lui avaient manqué lors de son arrivée en France, en 1946, tout chargé de son visage d'immigré.

Je situe dans cette même année 1973-1974 les premiers souvenirs de visites que je fis avec lui au musée du Louvre. La visite commençait invariablement par le département des Antiquités orientales. Dans la crypte des collections phéniciennes, les sarcophages semblaient couchés éternellement dans un antre à l'odeur d'urine tenace et tellurique. C'était la même impression d'enfouissement que j'avais éprouvée à Chypre en visitant les tombeaux des rois à Paphos.

Dans la deuxième crypte, la présentation des monuments de la cité caravanière de Palmyre évoquait leur contexte souterrain d'origine. Plus loin, le sanctuaire au dieu Mithra, rapporté du Liban par la mission en Phénicie de Renan, portait au comble du mystère et de la terreur l'évocation des religions orientales : scorpion de marbre, serpent qui s'enroule, subreptice, autour d'un corps et l'emprisonne. Puis, ayant traversé le Levant, venait Chypre. But tacite de presque toutes nos promenades. Taillée dans un unique et énorme bloc de calcaire, la vasque d'Amathonte dominait et domine toujours les collections chypriotes. Au gré des salles du Louvre, s'avançaient les pierres dressées d'un peuple d'orants souriants, bras pliés, mains paumes ouvertes tournées vers le ciel, drapés, figés pour l'éternité dans l'illusion de la marche. Dans ces visages, les plus épanouis qu'ait rêvés l'Antiquité, portant barbe en pointe, aux boucles serrées comme celles de leur chevelure crantée sous le laurier et couvrant la nuque de denses spirales, dans ces visages aux pommettes hautes et marquées, aux yeux fendus en amande, il me semblait voir des semblables de mon frère, de mes oncles, dieux vivants. Nous venions avec mon père nous abreuver d'images, j'assistais à sa communion avec son histoire lors de nos visites en solitaire. Mon frère aîné ne nous accompagnait déjà plus ; mais ma sœur qui n'avait pas même quatre ans de plus ? Non, j'en suis sûre, elle non plus n'était pas là. Nous sortions heureux, mon père et moi, de cette promenade de retrouvailles qui réchauffait nos mémoires. Nous y retournerions bientôt.

Nous abordions là les périodes « les plus récentes » de l'archéologie chypriote, non sans retourner bien souvent sur nos pas pour remonter aux sources de l'histoire, celle de la Chypre néolithique que les missions françaises avaient aussi explorée. C'était une autre image qu'elle imprimait : droites idoles découpées dans une plaque de terre cuite, aux détails incisés dans la terre si rouge que je connaissais bien et dans laquelle, jusqu'à il y a peu, on façonnait encore les poteries vernaculaires, drolatiques, du village de Fini ; vaisselles chargées de personnages, d'animaux et de fleurs. Mais ce sont surtout les petits enclos de terre, bateaux ou chars que de jeunes auriges s'essayaient à conduire qui me retenaient, tandis que mon père tentait de m'apprendre l'histoire de l'écriture en Chypre. Je ne comprenais pas mais j'en saisissais une chose qui me plaît encore aujourd'hui : Chypre était une terre essentielle dans la grande épopée de l'écriture. Elle y avait une histoire très profonde et lointaine, d'autant plus précieuse qu'elle se manifestait à nous par la présence immanente de ses textes mais en nous demeurant inaccessible, puisque l'écriture chypro-minoenne reste indéchiffrée. J'ai toujours aimé que mon île ait une écriture, et donc une langue inconnue ; car l'analyse des répétitions de signes – ces signes de type cunéiforme gravés au stylet – aurait permis, si la langue appartenait à un groupe connu – par comparaison de la présence d'articles, de prépositions ou la place de certains éléments grammaticaux répétitifs –, d'en identifier la structure. Mais justement cette langue chypro-minoenne n'appartient à aucun groupe linguistique identifié. Écriture et langue résistent encore. Seule la découverte d'un texte bilingue permettrait une avancée significative. L'un des fouilleurs du site archéologique d'Alasia – aujourd'hui en zone occupée – reprit les hypothèses autour du déchiffrement du chypro-minoen pour conclure à la proximité avec le site syrien de Ras Shamra-Ugarit et à la forte pénétration d'éléments de population proche-orientale à Chypre ; l'île s'appelait alors peut-être justement Alasia. Chypre était une tête de pont levantine, un caillou d'Orient jeté dans les flots en direction de l'Europe.

Mon père soulevait la valve du coquillage et j'en écoutais le bruit. Tout cela se fit de part et d'autre de la coupure de l'été 1974 ; l'inoculation devint sans doute plus intensive après le choc de l'invasion.

Mon père avait décidé de tenter de faire de sa dernière fille la complice de son récit. J'essaie de m'en acquitter aussi sincèrement qu'il l'a voulu, lui qui a choisi mon prénom, le seul grec parmi ceux de ses trois enfants. Cela m'a pesé bien souvent. Et très vite. Je voulais porter haut un nom et un prénom, un lignage, une appartenance qui étaient obscurs au plus grand nombre. Mon histoire ne parlait à personne, personne n'en avait entendu parler. Je me sentais isolée dans le pays où je vivais car celui qui formait mon horizon et dont je continuais de parler sans fin, peu le connaissaient. Souvent on me fit répéter le nom, préciser la situation de mon île. J'y prenais la sensation de souffrir d'une maladie rare, indicible, peut-être un peu honteuse. Alors oui, tout cela ne me fit pas une enfance tout à fait française. Je vivais dans un monde dédoublé où l'apparent, le tangible n'était pourtant pas le plus prégnant. J'étais la fidèle et constante observatrice de mon père.

Très vite, il se mit à construire un pays à la maison, renforçant les usages, assurant la conservation des gestes, des goûts, des histoires de famille, des paysages, des noms de lieux, des musiques, de récits des fêtes où se mêlaient les communautés.

Un des principaux remèdes à l'exil dont le sentiment s'était infiltré dans la vie de mon père était la cuisine. Il en était l'officiant principal mais pouvait compter sur le renfort efficace de ma mère qui, en vraie Chypriote d'adoption, préparait de pleines cocottes de feuilles de vigne farcies sous une couche de sauce tomate parfumée à la menthe, des plats de viandes longuement mitonnés – *kleftiko, youvestsi* et divine *afélia* réalisant l'incontournable alliance de la cannelle, du girofle, des oignons, de la viande fondante et d'une pointe de vinaigre – tandis que mon père se chargeait du plus élémentaire : les pilafs de riz ou de blé concassé, les verts de blettes aux épices, le yaourt acide avec tout. La maison avait une aura d'extraterritorialité. Chypre ne s'invitait pas à des moments bien arrêtés, mais au contraire marquait notre quotidien en tout ; cela tenait à la façon dont il prenait à mes parents de faire du café turc – chacun convaincu de la supériorité de sa méthode ; d'adopter des usages curieux comme la consommation des cosses de petits pois débarrassées de leur pellicule, des chardons, du pourpier que l'on pistait l'été dans la caillasse provençale ; de transformer en mets ce que ma grand-mère française mettait au rebut parce que nous communiions à une esthétique du dénuement toute méditerranéenne ; de dire non en soulevant le menton ; d'adopter des usages d'hygiène qui venaient d'un pays où l'on craint, plus que tout, les maladies ; de se glisser dans la chaleur l'été ; de vivre comme des ombres blanches, à peine vêtues, tous volets fermés et rideaux tirés dès qu'arrivait la chaleur ; d'adorer jusqu'à l'ivresse l'odeur de la naphtaline – celle des armoires de ma grand-mère de Chypre ; d'écouter une certaine musique le dimanche matin.

Rien de cela ne contribuait à m'ancrer en France, constamment un pied sur le rebord d'un autre lieu, comme un balcon sur la Méditerranée orientale. L'hybridité eût sans aucun doute été un pur succès, sans l'irréparable en 1974 ; ainsi qu'un enfant au cœur d'un divorce, j'avais le sentiment de devoir choisir. Comment être française sans trahir Chypre ? Comment aurais-je pu abandonner, de mes deux parts, la plus souffrante, la plus absente ? J'étais à distance. À distance en France, à distance d'avec Chypre, ni tout à fait d'ici, pas vraiment sûre non plus d'être vraiment de l'île. Cela, au moins, on ne me le fit jamais éprouver. On ne me déniait pas ma qualité de fille, de petite-fille d'Evagoras, ni le nom de Makariou ; il était suffisant pour dire ce que j'étais. Cela allait de soi, avec tous les cousins. Je mesurais que je vivais dans ce jardin sous l'ombrelle du nom de mon père, que son ombre était large et bienfaisante. Il était respecté. Je vivais droite à cette idée. Plus encore parce que ma grand-mère française détestait que ma mère ait épousé un étranger, un émigré. Je dois beaucoup à ma grand-mère française, picarde, parisienne d'adoption, qui m'a fait me dresser contre, ce qui est une autre façon de s'élever en soi-même. « Les meilleures choses de ma vie, je les ai faites contre des imbéciles », disait Ibn Hazm de Cordoue. Imbécile elle ne l'était certes pas, mais ce pourrait être là une autre façon de nommer sa méchanceté. Elle cinglait plus fort à mesure que j'affirmais la défense de mon père, du pays de mon père, jusqu'à ce coup qu'elle m'assena aux alentours de mes dix-huit ans : « Va-t'en, tu es laide, tu ressembles à ton père. » Je n'avais pas l'intention de baisser la tête : même menton à la fossette marquée, même front, même nez que ceux de mon père. Je ne sais pas si c'est ce qui me valut un jour d'été, dans la seconde moitié des années 1980, une atroce remarque antisémite, à la volée, alors que je sortais de la station George V. La place de l'Étoile n'était pas loin.

Dès mes huit ans j'eus donc quelque chose à défendre, ce qui tint autant de place que les souvenirs enchanteurs de l'été 1973. Plus je sentais pressante la sollicitation de devenir une petite fille conforme au modèle que me désignaient l'école ou ma grand-mère française, plus j'étais appelée à m'y fondre, plus s'insinuait qu'une autre sensibilité avait ses droits : être un peu « d'ailleurs ».

Ma grand-mère de Chypre en alimentait la flamme avec les lettres qu'elle envoyait très régulièrement, nous décrivant par le menu les aspects de la vie de l'île. Quand les choses furent revenues à une forme de normalité, après que Chypre eut absorbé plus du tiers de sa population déplacée de force, que la vie eut recommencé, tant bien que mal, s'invitèrent à nouveau ses longues missives sur le patrimoine de l'île, ses reportages sur des détails insoupçonnés des productions traditionnelles, ce qu'il en demeurait après l'invasion. Ici nous avions droit à une longue description, accompagnée de photographies qu'elle avait prises, de la fabrication du vin doux le plus célèbre, le kommandaria ; là, de l'état de la forêt en zone occupée pour ce qu'elle pouvait en savoir ; ou bien encore elle nous livrait le récit circonstancié des conférences qu'elle avait données au centre culturel français sur l'état de Nicosie en 1926, ou de celles auxquelles elle avait pris part sur « les Latins en Chypre ». Elle y ajoutait la gazette des fouilles archéologiques, nous menant jusqu'à la prochaine missive-fleuve qui arrivait bien vite et réunissait toute la famille autour du père, faisant la lecture à voix haute. La répétition de ce rituel, mêlant café turc, épîtres et musique, me fit un long dimanche jusqu'à la disparition de ma grand-mère en 1981. Avec elle, une voix essentielle s'est éteinte ; à Paris pour nous ; mais aussi à Chypre, où pour la première fois depuis leur naissance mes oncles ne parlaient plus le français tous les jours. L'histoire de notre famille s'infléchissait. La mort de mon père en 1996 menaça d'emporter au bas de la pente le reste de ce sol qui semblait si solide.

Je n'ai plus que des éléments épars des reportages de ma grand-mère de Chypre, chaque photo annotée de sa main, numérotée, commentée avec humour, détaillant les noms des acteurs, les lieux, les circonstances, donnant l'identité de l'opérateur – presque toujours elle – et sur l'une d'elles je découvre quelque chose que j'ignorais jusqu'alors : elle développait elle-même ses photographies. De certaines séries j'ai les négatifs mais il y manque les commentaires ; ils les rendent vivantes, comme au dos de ce cliché du 16 mai 1948, de mes deux oncles enfants avec un cousin et une cousine : « La petite fée des bois, sous les oliviers, entourée de petits chercheurs d'oignons et de coriandre, à Képhalovrissos. »

Ma grand-mère de Chypre nourrissait enfin pour nous perpétuellement le souvenir de l'île par l'envoi de cartes postales et d'enveloppes « premier jour d'émission » qui déversaient dans ma chambre parisienne des images de flore, de faune, de paysages et de monuments chypriotes. J'y piochais la matière de pêle-mêle qui peignaient le tableau de mon domaine aux couleurs de mon territoire rêvé ; dans mes filets se prenaient les cartes postales au contour dentelé : les grappes d'oranges et de citrons criant sur un ciel bleu, les églises à fresques, les mosaïques et, d'un bord désormais inaccessible, les villages de Lapithos et de Bellapaïs, répandant l'entêtante odeur de pain d'épices des haies de lauriers-roses le long des routes. Les noirs cyprès dressés y transperçaient le ciel de leur flèche dans le même élan vertical que les croisées gothiques des constructions des Lusignan. Et toujours s'y retrouvait, à un moment, le petit timbre emblématique qui avait fait son apparition peu après l'invasion, en soutien aux réfugiés ; il portait en exergue – en grec, anglais et turc – *Tameion prosfighon / Refugee fund / Goçmeler Fonu* – et, aux traits profonds d'une gravure sur bois, une enfant, assise genoux repliés, entièrement recroquevillée dans des fils barbelés. Ce petit timbre – dont la surtaxe finançait le fonds pour les réfugiés créé trois mois après l'invasion – a accompagné tous les courriers de Chypre post-invasion de mon enfance puis de mon adolescence. Il était collé sur mon pêle-mêle à côté des photos des jours heureux et, le soir, la lampe du bureau l'illuminant d'un halo, il rayonnait encore de sa présence d'icône dans le noir de ma chambre.

Les Chypriotes qui prirent nombreux le chemin de l'exil après 1974, lorsqu'ils ne choisirent pas naturellement le Royaume-Uni, ancienne puissance coloniale, ou le Canada, vinrent se glisser à Paris dans le maillage des environs de la rue la plus grecque de la ville : la rue Mouffetard – c'était au siècle dernier – était une petite Athènes. Mais c'est dans le XIIe arrondissement que mon père tomba par hasard sur « la grotte de Chypre » et Pavlos. Il me raconta par la suite qu'il entra, salua en chypriote et dit : « Je m'appelle Makariou. » C'est ainsi que nous trouvâmes notre premier ancrage culinaire post-catastrophe, en dehors de la maison. Pavlos était un des douze enfants du pope du village de Kazaphani, à quelques encablures de l'abbaye de Bellapaïs. Ils avaient tout perdu, et peut-être, plus que tout, un temps, la conviction que l'on pouvait se fier à l'Homme : quand les voisins d'hier, « *turkos* », s'étaient retournés contre eux et qu'ils avaient compris que leur salut était dans la fuite animale ; ils avaient passé une semaine cachés dans la nature pour gagner la zone où les combats ne faisaient pas rage. Arrivant en France, Pavlos avait abandonné son métier, ouvert un restaurant avec ceux de ses frères rescapés qui l'avaient accompagné. Nous nous attachâmes surtout à lui lorsqu'il eut ouvert un restaurant plus grand qui nous vit revenir souvent, et à chaque occasion de commémoration, qu'elle soit gaie ou triste. Il nous accompagna de ma réussite au concours jusqu'à la mort de mon père et à celle de ma mère. Puis un jour il a fermé pour prendre une retraite méritée et la mer s'est un peu plus retirée de nos côtes ; elles ont continué tout ce temps de se désagréger et bientôt menacé de ruine « l'édifice immense du souvenir ». *Kazaphani* était une maison ; on y entrait comme dans une taverne familière, nous y restions des heures pour tâcher de faire face à la ronde des plats du grand mezze – nous n'en vînmes jamais à bout – arrosé de vin de Chypre ou de Grèce, achevé par la dégustation, lorsque le restaurant s'était vidé, de nectar rouge de kommandaria ou d'un épais cordial de rose servi sur une montagne de glaçons. *Kazaphani* était une maison, et pendant plus de trente ans nous y menâmes tous les amis chers, les amoureux de la Méditerranée, tous ceux qui, serrés autour de nous, communiaient à cette douceur amère et tenace de la mémoire que fabrique l'Orient des cœurs. Les goûts n'étaient pas en exil, ici ils se réparaient. Ils se réparaient le dimanche à la maison lorsque, précautionneusement, nous sortions le grand bocal de noix confites rapporté de Chypre en 1973. Il a duré, nous l'avons fait durer, jusqu'à la mort de ma mère. Dans l'appartement bientôt vide nous avons partagé la dernière noix ; vidé le pot, enterré les morts, éteint la bougie. La messe était dite.

Mais laissez-moi vous dire ce qu'elles étaient, ces noix, j'en sens encore le goût puissant. En grec on appelle *glyko* les fruits mis à macérer dans un sirop parfumé que l'on sert sur une petite assiette en offrande avec le café, ce café de la lenteur dont le marc doit déposer au fond de la tasse. À côté on pose un verre d'eau fraîche. Et l'on passe sans hâte de la tasse de café au *glyko* que l'on entame à petites bouchées, du *glyko* au verre d'eau, en égrenant les mots patients, sans hâte vraiment, de la conversation. On prépare des *glyko* avec toutes sortes de fruits et de jeunes légumes. Mais à Chypre on aime particulièrement cueillir des noix fraîches dans leur coque encore molle et les préparer ainsi, dans un sirop lourdement parfumé de clous de girofle. Entre l'été 1973 et la fin de l'année 1999, les jeunes noix s'étaient imbibées du sirop toujours plus épicé, les clous de girofle avaient lâché leur jus brun, s'étaient amollis dans le sucre, les coques et les cerneaux de noix s'étaient fondus en une texture indistincte. Longtemps nous n'avions prélevé et partagé entre tous les membres de la famille qu'une seule noix à la fois, avec l'idée entêtée que nous ne finirions pas le bocal avant de voir Chypre réunifiée. Mais en 1999, père et mère disparus tous les deux, nous ne faisions plus même semblant d'y croire et nous avons achevé, je m'en souviens encore, les dernières noix, bu le sirop jusqu'à l'ultime goutte tant il nous semblait illusoire de déplacer la relique.

Le souvenir n'avait plus de lieu et entre-temps j'étais bien devenue française. Encore en avalant le dernier morceau de noix, comme un acte expiatoire, faisais-je ce qu'il fallait pour le devenir sans remède, non pourtant sans m'être consacrée aux chemins de l'Islam tandis que mon frère et ma sœur achevaient nostalgiquement les *glyko* d'un monde arcadien, laissé dernière nous alors qu'un nouveau siècle s'annonçait.

4

L'invasion

Le malheur c'est le sentiment du bonheur qui se retire. Nous y fûmes précipités dans la douleur affolée d'un petit matin de l'été 1974. Pendant vingt-cinq ans ma mémoire avait feutré, jusqu'à complet rétrécissement, la toison de mes souvenirs. Elle était devenue ce petit carré que l'on tiraille entre ses mains et qui enferme, détexturé, tout le fil du récit. Elle était indéchiffrable dans le patchwork de ma propre vie autant que sur le manteau de l'Histoire ; illisible. J'ai cardé, filé, tissé pour qu'enfin le motif m'apparaisse clairement. Enfant on m'avait offert à Chypre les modèles en miniature d'un métier à tisser, d'un rouet et d'un dévidoir. Grandeur nature, ils se trouvaient au début du XXe siècle encore dans chaque maison de l'île où on préparait le fil et tissait la laine et aussi la soie, même chez les plus pauvres. Telle une

Pénélope j'ai fait un patient travail, sur la matière brute, la faisant passer de l'état de la fibre vrillée sur le rouet au dévidoir pour assembler les écheveaux, préparant les nappes de fils sur le métier de la mémoire, et commençant à tramer, avant qu'enfin ne tombe du métier une étoffe achevée. Enfant, j'avais vu de somptueux tissus à rayures, en fils de coton brillants, que livraient les métiers du nord de l'île ; ceux qui furent abandonnés en hâte dans la fuite de l'été 1974. J'avais laissé en désordre depuis tout ce temps la corbeille des fils emmêlés.

Le premier brin, c'est celui de l'invasion du 20 juillet 1974. Chypre envahie mais Athènes libérée de la dictature des colonels ; chassées, les images sombres d'une Athènes sinistre, sous surveillance, où nous respirions avec peine lors du séjour chez mon oncle Kyriako. La canne, qui soutenait la jambe qui le faisait souffrir et le portait avec peine, en avait été la métaphore la plus claire ; le temps se traînait sous les portiques de béton aux placages de marbre médiocres d'une ville ravagée de tristesse et d'interdits. La révolte de l'École polytechnique à Athènes, en novembre 1973, avait marqué l'entrée en agonie de la dictature militaire. Les étudiants retranchés défiaient le régime des colonels, agrégeant autour d'eux des cercles de plus en plus larges de la société. La Grèce, ce petit pays pauvre, de moins de dix millions d'âmes, portait les guenilles somptueuses d'une histoire immense et presque trop grande pour elle. Beaucoup étaient prêts à l'aider à soulever sa traîne et à se remettre dans la voie de la démocratie car il n'y avait pas si longtemps encore que l'on apprenait le grec ancien à l'école, que des générations entières s'étaient gorgées de l'*Iliade* et de l'*Odyssée*, et attendaient qu'à nouveau sur la Grèce se lève une « aurore aux doigts de rose ». Mais après que l'École polytechnique eut peu à peu cristallisé les révoltes en une énorme manifestation, le 16 novembre 1973, la junte crut faire cesser le mouvement en usant de férocité. Dans la nuit du 17, un blindé pénétra dans le Polytechnykon. Nombreux furent les étudiants arrêtés, torturés, assassinés ; à l'extérieur les tireurs embusqués sur les toits des immeubles tiraient à vue. De la révolte, Mélina Mercouri, Maria Farantouri, Mikis Théodorakis – dont la musique était interdite en Grèce depuis 1966 – étaient les voix qui portaient loin. Mon père suivait avec une anxiété mêlée d'espoir les événements tandis que nous écoutions leur musique.

À Chypre les prémices de l'invasion se préparaient. Le 15 juillet 1974 un coup d'État mené par des membres de l'EOKA, organisation ultra-nationaliste soutenue par la junte au pouvoir à Athènes et partisane de l'*enosis* – le rattachement de l'île à la Grèce –, renversa l'ethnarque et archevêque Makarios, le président de Chypre. On donnait Mgr Makarios pour mort. Mes parents surent rapidement, sans doute grâce à leur cousin Jacques, conseiller de l'ethnarque, que celui-ci avait pu s'échapper par les souterrains du palais présidentiel. Un épouvantail de l'EOKA, Níkos Sampson, « tueur de Turcs » ainsi qu'il se nommait lui-même, fut porté au pouvoir. Il n'y tint guère. Dès lors les événements se mirent en marche, mécaniquement. Aux termes du traité d'indépendance, la Grèce, la Turquie et le Royaume-Uni étaient censés être, depuis 1960, garants du respect de la Constitution de la jeune et ingouvernable République chypriote. La Turquie, une des puissances « garantes », intervint après le coup d'État du 15 juillet, arguant de son devoir de protéger la communauté turque de l'île.

Nous sommes en ce tout petit matin du 20 juillet 1974. Les rideaux, beaux tissages rayés chypriotes, à bandes horizontales alternées où domine le bleu, ponctuées de rouge, vert et blanc, sont encore fermés, la lumière passe sous les pompons jaune d'or qui effleurent à peine le parquet dans le salon où se trouve le téléphone. Mon père est déjà levé. Il n'est pas 6 heures à Paris. Le téléphone sonne, réveillant le reste de la maisonnée. Depuis Londres, en avance d'une heure sur la France, une vieille amie de ma mère donne la nouvelle entendue au réveil : l'armée turque vient de lancer l'« opération Attila » et de débarquer à Chypre. L'invasion de l'île est en marche. Dans la rue étroite du Marais où nous habitons, même à un des étages élevés, on doit être dans une semi-pénombre, de ces pénombres qui rappellent pour nous l'image douce des matins de Méditerranée très aimés. Je ne me souviens que d'une tragédie antique. Mon frère et ma sœur n'assistent pas à la même scène, ils sont de l'autre côté du téléphone, chez Kathleen, à Londres. Je suis à Paris avec mes parents, seule à voir mon père pleurer pour la première fois. L'incompréhension puis le silence. À cette heure-là c'est la radio en France qui prend le relais. L'invasion a commencé à 5 h 45, heure de Chypre, soit une heure de moins en France. Les troupes d'une des armées poids lourds de l'Organisation du traité de l'Atlantique Nord ont débarqué près de Kyrénia, sur la côte nord de l'île. Nous n'en savons pas plus, le téléphone ne répond pas à Chypre. Nous ne savons pas ce qu'il est advenu des uns et des autres.

À partir de ce matin de juillet, rien ne serait radicalement plus comme « Avant », la table s'était renversée ; le monde qui venait était effrayant. Il était fait de pertes qui s'additionneraient, seulement de pertes. Me manquent toujours les mots pour dire cette douleur, ce dématage, cet abysse ; le seul territoire qui continue de s'étendre à Chypre est celui du manque. Tandis que l'île devenait plus petite, la coupure de la guerre s'est imposée à renfort de barbelés, de sacs de sable et de maisons balafrées et abandonnées, d'herbes, de cimetières désormais inaccessibles, amplifiant l'ombre portée de la présence réelle d'Avant. Son territoire a pris une dimension colossale tandis que chaque jour se construisait l'épreuve de la disparition. Nous n'irions plus à Kyrénia marcher sur le port, nous ne prendrions plus de la hauteur à Saint-Hilarion, à Buffavento ou à Kantara, nous n'irions plus voir l'addition du bleu, du noir et du blond à l'abbaye de Bellapaïs, nous ne prendrions plus le café en face de l'arbre de la paresse sur la place du village, face à la maison de Lawrence Durrell ; nous ne respirerions plus, jusqu'à en être soûls, l'odeur des lauriers-roses à Lapithos et le long des routes du Karpas ; nous n'irions plus manger du poulpe et des rougets grillés avec les doigts sous les canisses face à cette mer-là très exactement ; nous ne jouerions plus, à Salamine, à marcher sur le sol là où les tesselles des mosaïques avaient sauté ; nous ne servirions plus, ma sœur et moi, d'étalon de mesure photographique pour mon père devant un chapiteau hathorique de Vouni ; nous ne pousserions plus les portes des églises de Lysi, n'irions plus voir le monastère d'Antiphonitis, le Christ juvénile de l'église de Lythrankomi…

À partir de là se dévida un immense ruban de noms, de souvenirs et de sensations ; plus long pour mon père que pour aucun d'entre nous. Nous avons mesuré ce qui allait se passer pour le riche passé de l'île dès que les événements se sont solidifiés comme une coulée de métal dans l'eau froide. Il était trop tard. La conscience première de ce qui était directement menacé fit évacuer et mettre à l'abri, à la Banque d'Angleterre à Londres, les pièces les plus emblématiques du Musée national de Nicosie : vaisselles précieuses d'argent, diadème d'or et dieu cornu d'Engomi ; sceptre royal au couple de faucons en or et émail de Kourion ; mobilier d'ivoire et grand chaudron aux sphinx de Salamine, etc. Nous suivions cela à distance. Vassos Karageorghis, mettant en caisse les œuvres du Musée national, dans des salles obscurcies, avait vu ses cheveux blanchir en une nuit.

En 1974, qui déchiffrait le sens des événements ? Une mauvaise grille de lecture prévalait : celle de la guerre froide. Face à une puissance de l'OTAN, que pouvait le Petit Poucet non aligné qu'était Chypre ? Qu'est-ce que le monde, l'Europe avaient à faire de ce caillou gênant qui se targuait de tenir à distance les Américains, qui avait des yeux de Chimène pour l'Union soviétique ? Un « Cuba en Méditerranée », disait-on à tort. La « crise chypriote » – l'expression s'imposa – n'aurait été qu'une conséquence secondaire de l'opposition des blocs Est/Ouest, une concession faite à la puissante Turquie « laïque » de Bülent Ecevit, homme de gauche qui avait déclenché l'invasion « contraint par la nécessité ». Comment être assez naïf pour y souscrire ? La Turquie n'avait pas préparé l'invasion en cinq jours, entre l'agression des ultras hellénistes de l'EOKA le 15 juillet et le débarquement de troupes le 20.

À partir de juillet 1974, enfant et moitié chypriote, je me sentais isolée au milieu de mes contemporains du quotidien, des enfants de mon âge qui n'avaient pas appris ce qui s'était passé dans une lointaine île de Méditerranée au cours des grandes vacances d'été. Je ne me hissais pas à la hauteur de mes parents, de mon père que je voyais si terriblement meurtri. Combien il était éprouvant d'être loin, chaque jour pesait notre impuissance à la mesure de la distance. Dans le cercle des amis de mes parents, les événements reprenaient leur sens et apparaissaient dans tout leur effroi, une sympathie nous accueillait. Ailleurs, notre histoire semblait vide de sens. Nous ne suscitions aucun émoi, aucun écho particulier dans la société. La crise économique, avec le premier choc pétrolier, s'était invitée dans la vie française. Était-il bien utile de venir encore la déranger avec les anicroches d'une île dont on ignorait, bien souvent, jusqu'à l'existence ? Cachez cette plaie que je ne saurais voir. Un confetti de malheur sur le revers d'une veste, une coquetterie dans l'œil, voilà au final à quoi se résumait l'affaire. Chypre avait été colonie britannique, pas française. Nous étions doublement étrangers, n'étions l'affaire de personne ici. Un malheur anachronique. Le président Giscard d'Estaing avait pourtant fait une déclaration de soutien vibrante, inspirée par son philhellénisme, mais, profondément, qui s'en souciait ?

À Athènes la junte des colonels s'était effondrée à la faveur du désastre chypriote trois jours après l'invasion de l'île. Nos sentiments ne pouvaient être plus mélangés ; nous nous sentions illisibles dans une société française qui n'avait aucune chance de faire la différence entre Grecs et Chypriotes, ni de comprendre que le bonheur des uns se payait de la tragédie des autres. Jusqu'à quel degré pouvions-nous être écrasés par l'actualité, jusqu'à quel degré, invisibles ?

Après l'effondrement du bloc soviétique en 1989, une autre histoire s'écrit. Elle a émergé de la poussière des tours du 11 septembre 2001. Notre vision du monde en est éclairée d'un jour plus cru. Alors les faits brutaux de l'invasion prennent tout leur sens : tri des femmes et des hommes ; mitraillage de ces derniers alignés le long de fosses communes ; épuration ethnique ; éradication systématique des signes cultuels grecs dans la partie occupée de l'île : cette histoire appartient à celle de l'Orient islamique d'hier et d'aujourd'hui, où les contours d'un peuple et ceux de sa religion coïncident étroitement. À cette malédiction de la « race », Chypre n'avait pas échappé.

En 1821, lorsque la révolution grecque se levait pour obtenir l'indépendance, les orthodoxes chypriotes qui étaient en contact avec les armateurs grecs leur apportèrent leur soutien ; en représailles les Ottomans exécutèrent le chef de l'Église chypriote. Les Britanniques mirent la main sur Chypre en 1878, au terme des accords mettant fin à la guerre russo-turque qui affaiblissait l'Empire ottoman. Toutes les décisions que prit le nouveau maître occidental accentuèrent le fossé entre les communautés, ainsi qu'il l'avait fait partout dans son empire ; il mit sur pied une police semi-militaire recrutée parmi les forces locales ottomanes. Majoritairement musulmane, elle devint un instrument redoutable de représailles ciblant le plus souvent les orthodoxes grecs. Cette communautarisation de la police fut lourde de conséquences. En 1931 étaient survenus des heurts sévères entre les deux communautés, les Grecs orthodoxes, largement majoritaires, et les Turcs musulmans. Le corps de l'île avait fini par être infecté tout à la fois par le système du « millet » importé par les Ottomans puis, dans l'âge moderne, par les nationalismes extérieurs, en partie donc les aventures des autres.

Il n'y a guère de points communs entre l'émancipation des Hellènes se révoltant contre la « turcocratie », ainsi qu'ils dénommaient la domination ottomane, et la formation de l'État turc moderne sur les décombres de l'Empire ottoman. Le philhellénisme n'est pas une aspiration dévoyée ; il ne porte aucun projet d'épuration ethnique, il n'imagine pas la formation de la jeune nation hellène par une soustraction de groupes humains ciblés. Et pour cela l'Europe éclairée, de l'Angleterre à la France et à l'Allemagne, s'est portée à son secours à partir de 1821. À l'inverse, un siècle plus tard, la Turquie moderne issue du mouvement Jeunes Turcs, bien que formée en partie en français, s'est pensée par l'éviction la plus violente de ce qui contrevenait à la « pureté » de son mythe fondateur : Arméniens, Grecs, Juifs et aujourd'hui Kurdes et Alévis. Elle a fomenté le génocide des Arméniens, puis l'exil forcé des populations grecques, la *Megàlé Katàstrophè*, la « Grande Catastrophe » de l'expulsion des Grecs de Turquie et de l'échange de populations de 1923. Toutes les mythologies nationales sont des portes étroites sur des voies potentiellement bordées d'ornières ; on peut ne pas y tomber. Après le chemin difficile que j'avais fait, je voulais comme une forcenée croire que la Turquie majoritaire était laïque et relèverait le défi. Aujourd'hui Sainte-Sophie, retransformée en mosquée, m'apporte un démenti implacable.

De 1950 à 1974, à Chypre, il y eut une litanie de déclarations, d'actes puis d'attentats, de morts, qui construisirent irrémédiablement des murs aussi sûrement que nous enferme la ligne de démarcation aujourd'hui. En 1950, Evagoras Makariou, mon grand-père, n'alla pas voter au « référendum » lancé unilatéralement par l'Église chypriote, sur la question du rattachement à la Grèce, excluant de fait les musulmans de l'île ; sa conviction intime, peut-être vaine, était que Chypriote ne signifiait ni Grec ni Turc, ni orthodoxe ni musulman, mais une communion de destins qui devait s'inventer et s'accepter, sur cette petite terre ; que pouvaient la forger tous ceux qui parlaient une même langue de paysans âpres et pauvres, suant identiquement sous leur foulard de tête, vêtus de leur large pantalon noir – la *vraka* – serré à la taille par l'enroulement d'une bande de tissu, portant hautes bottes de cuir et chemise bouffante blanche ; qu'ils fussent grecs ou turcs n'importait pas. Je les avais vus encore avant l'invasion, musulmans ou orthodoxes, calés sur leurs ânes gris descendant paisiblement les routes de montagne. Mais en 1955 l'EOKA avait perpétré des vagues d'attentats visant les musulmans de l'île dans le but avoué d'amener à incandescence la situation ; les ultra-nationalistes turcs, commandés depuis la Turquie, avaient répliqué identiquement. À partir de 1963, s'étaient formées des enclaves turques où se retirèrent les musulmans, forcés, pour un bon nombre d'entre eux, d'abandonner leur maison et leurs terres, ouvrant la longue voie à une histoire d'arrachements successifs qui devait culminer à l'été 1974.

Ce que le téléphone nous annonçait en ce matin de juillet, ce n'était donc pas un événement impréparé mais le résultat d'un terreau lourd, d'années de luttes sanglantes entre les communautés, tirant de toutes leurs forces pour le basculement vers la Grèce – l'*enosis* – sous l'impulsion mauvaise d'Athènes, ou pour la partition – le *taksim* – aimantée par Ankara. Une sale lutte qu'avait marquée le surgissement du terrorisme, fragmentant peu à peu l'île, sans remède. La visite de l'enclave turque de Nicosie avec mes parents m'avait semblée inconfortable ; j'étais bien trop jeune en 1973 pour le savoir mais l'irrémédiable était déjà là.

La dernière année de la vie de ma mère, en 1999, alors qu'elle avait décliné si fort après la mort de mon père, mes questions intensifièrent nos rencontres. Je mesurai seulement alors qu'elle constituait une part de ce monument chypriote de ma vie et, toute française qu'elle fût, qu'elle demeurait ombilicalement attachée à l'île. À l'été nous partîmes trois semaines à Chypre. Ma sœur, avec sagesse, avait fait le constat que ce pourrait bien être pour ma mère le dernier voyage, qu'il serait heureux qu'elle revît tout le monde. Trois semaines de bonheur, de jeux, de redécouvertes, d'ivresse des souvenirs, de leur flacon débouché qui vous monte aux narines. À Paris, dans la nuit du 19 au 20 juillet 1999, un cauchemar me tira du sommeil. Une vision de guerre, et sa mort à elle dans un théâtre de désolation, une couleur du souvenir... Cela avait trait à l'invasion de Chypre ; apeurée j'avais rejeté le drap. Le 20 juillet marquait l'anniversaire de l'invasion de Chypre. Dans le désordre de la nuit interrompue, une évidence monta, creva à la surface : le 20 juillet, date de l'invasion, occultait la date de l'anniversaire de ma mère ; c'est pourquoi je n'avais jamais réussi à m'en souvenir, jamais réussi à le lui fêter. Je venais de retrouver la pièce essentielle du puzzle de ma chronologie morcelée, celle qui donnait sens à l'image. Le lendemain matin je téléphonai à ma mère pour lui souhaiter son anniversaire. Elle en fut surprise. Ce fut la seule fois où j'en eus l'occasion : mais cette fois les mots, réparant des années de silence, avaient franchi mes lèvres.

La crise chypriote a pour deuxième borne sanglante le 13 août 1974. Lors du débarquement du 20 juillet, l'armée turque rencontra une résistance farouche à laquelle sa supériorité numérique et technique ne l'avait pas préparée. En trois jours, avant le cessez-le-feu du 23 juillet, l'agresseur n'avait réussi qu'à arracher 3 % du territoire. À Athènes la junte qui soutenait les menées de l'EOKA fut mise à bas, Constantin Caramanlis revint de son exil à Paris pour devenir Premier ministre et la démocratie grecque fut rétablie. Cependant la Turquie ne se retira pas de l'île. Pendant que des pourparlers se déroulaient à Genève, en vain, elle préparait la suite. Elle réarmait et lança le 13 août sa seconde offensive, d'une violence inouïe, qui fit le maximum de morts et de disparus ; plus de 5 000, ce qui pourra sembler peu. Mais cela représentait près de 1 % de la population éliminée en moins d'un mois. Dans la France d'aujourd'hui cela ferait 640 000 morts, essentiellement des hommes, jeunes. Chaque Chypriote fut affecté dans sa parenté ou son milieu proche : pas un qui ne connût un disparu ou ne déplorât un mort. Le bilan traumatique collectif de l'invasion, des exécutions de masse et du déracinement n'est pas exprimable par des chiffres, il traverse encore chacun.

L'écho en moi fut amplifié par la fusion inouïe entre les dates des événements collectifs et celles de ma vie : le 20 juillet est la date d'anniversaire de ma mère, le 13 août est la date de mon propre anniversaire.

La nouvelle de la seconde vague d'invasion nous saisit en famille, en Aveyron, au bord d'un lac, le jour où je devais souffler mes huit bougies. Sur la photographie prise ce jour-là, au relais du Bois du Four, je suis seule, penchée au-dessus d'un gâteau ; il n'y a ni mon père ni ma mère. Mon anniversaire était définitivement assombri. Des décennies plus tard, l'on finit par m'inventer, en toute innocence, une autre date d'anniversaire, un mois plus tôt : le 13 juillet, en amont des événements du 20 juillet au 13 août, me convenait parfaitement.

Avec le temps se sont agrégées autour de l'invasion d'autres particules de souvenir en suspension :

le camp de réfugiés de Strovolos où se dépensait sans compter ma tante Anna avec toutes les femmes du voisinage pour offrir des repas aux déplacés établis dans des villages de tentes rapidement montés ; avec les coups de fil qui reprenaient venaient les premiers récits d'atrocités. La mise à l'abri de deux de mes cousins, à Athènes, nous donnait une mesure de la durée tragique dans laquelle nous étions installés désormais ; puis vinrent les bribes d'informations sur les destructions, les exactions, les disparus, les exécutions de masse des hommes, dans une répétition exacte de ce que l'Empire ottoman avait fait à Chios, mais aussi sur d'autres théâtres de massacres dans toute l'étendue de son territoire tandis que déclinait sa puissance ; vint le récit des forêts que l'armée turque faisait brûler, de l'approvisionnement en eau qui était coupé, menace terrible dans un pays semi-aride. Bientôt apparurent le rationnement, les citernes sur les toits, le lavage des dents en fermant le robinet, la douche que l'on prend en comptant les secondes, le même verre que chacun garde toute la journée et tant de menus gestes pour économiser l'eau. Une des métastases les plus agressives de l'invasion fut la modification de la forme de Nicosie, belle capitale de plan circulaire ceinte de bastions vénitiens, dont soudainement les rues s'arrêtaient ; les nouveaux plans étaient imprimés sans plus les nommer au-delà de la ligne de démarcation.

Les témoignages des membres de la famille, tous sains et saufs car installés à l'ouest, nous soulageaient mais ils se nuançaient de quantité de récits ; chez ma tante, une balle perdue, après avoir brisé la baie vitrée, avait fait s'effondrer le lustre et ricoché sur la table, avant d'être arrêtée par la double porte derrière laquelle elle se trouvait. La balle est toujours dans la porte.

Durant l'été 1974, nous n'en écoutions pas moins les grandes voix grecques. Celle de Maria Farantouri n'évoquait plus seulement le temps de la résistance en Grèce, elle incarnait le concert d'un pays désormais libre, donné dans la ferveur du théâtre d'Hérode Atticus, à flanc d'Acropole, tandis que les Chypriotes voyaient s'abattre sur eux le pire. Et je ne peux toujours pas écouter cet enregistrement sans être bouleversée de sentiments contradictoires. Ces musiques engagées que nous aimions habitaient nos dimanches d'un profond déchirement : nous étions heureux pour la Grèce, ravagés de chagrin pour Chypre ; et nous ne semblions plus pouvoir échapper à cette gémellité – Chypre, Grèce – que mon père avait tellement voulu tenir à distance. Maria Farantouri chante éternellement *To Yelasto pedi* – « Nos ennemis ont tué l'enfant qui riait... » – dans les cris de joie d'une jeunesse débordant les gradins du théâtre antique, dans la vibration de la nuit athénienne. Tous les spectres de la Grèce, de ses despotes, de l'Empire ottoman à l'Allemagne nazie et à la junte des colonels, sont balayés par les rythmes de la musique grecque en un soir de l'été 1974.

À l'automne nous reçûmes de Chypre les premières lettres sur lesquelles figurait le timbre-taxe alimentant le fonds pour les réfugiés, les premières cartes de l'Unicef réalisées par les enfants des camps, les premiers chiffres, les nouvelles des premiers départs massifs pour l'étranger afin d'envoyer de l'argent au pays tant il était vital pour le gouvernement chypriote de ne pas tomber comme un fruit anémié dans les mains des liquidateurs d'espoir; coûte que coûte pour inspirer confiance il fallait rembourser sa dette avant de pouvoir mieux rebâtir. On construisait partout pour reloger car l'urgence primordiale était les 200 000 réfugiés dans la zone non occupée, soit plus d'un tiers de la population; au terme des accords de cessez-le-feu avait été mise en œuvre la solution la plus sinistre, celle sur laquelle on ne revient jamais et qui se transmet aux générations suivantes: le déplacement forcé des populations.

Nous en étions là et, à huit ans, on ne tient pas de compte exact des détails mais on grandit avec et tout en est différent, que les autres le comprennent ou pas. Que le monde ait trouvé les événements opaques, anecdotiques presque, n'y change rien. Dans l'affrontement des blocs Est/Ouest il semblait alors plus important d'analyser le coup d'État de Pinochet au Chili. L'événement chilien, aussi tragique qu'il ait été, est désormais relégué dans l'histoire ancienne. À l'inverse, la crise chypriote que personne ne comprenait, au prisme inadéquat de la guerre froide, n'a cessé de prendre du sens, comme le signe avant-coureur des décennies funestes à venir, nous invitant à envisager le problème sous un angle nouveau, celui d'un affrontement à la lisière de l'islam dont plus rien désormais ne nous indiffère.

Petit à petit se mit en place toute la scénographie de l'occupation. L'un de ses éléments les plus spectaculaires fut le marquage gigantesque, sur les pentes du Pentadactylos, à destination de la zone libre de Nicosie, du drapeau turc et de la phrase de Mustafa Kemal Atatürk : *Ne Mutlu Türküm Diyene,* « je suis fier d'être turc ». Il est difficile d'y échapper, elle balafre la montagne, bien visible depuis l'immeuble de ma famille à Nicosie. Nous sûmes que l'occupant avait « sanctifié » Chypre en ensemençant la zone occupée avec la terre apportée depuis Ankara du tombeau de Mustafa Kemal, « le père des Turcs ». Une obscénité.

Enfin m'apparut assez tard une autre fausse route de ma mémoire autour de ce qui fut un cataclysme familial : la mort de mon grand-père, Mastré Evagoras.

J'avais toujours, lancinante à l'esprit, une scène et une seule : des lamentations de deuil antiques, cheveux en bataille, mêlés comme des algues gluantes, visages ruisselants de larmes, des cris, la colère, tous ensemble à Paris pleurant le rapt des soldats turcs sur l'île et la mort de mon grand-père en même temps. Un bloc solide rendant un son caverneux.

Mais, je le sais maintenant, Mastré Evagoras n'était pas mort juste au moment de l'invasion mais quelques mois plus tard. Il avait été tué le 27 janvier 1975. Il y avait donc eu deux scènes de drame : l'invasion, les premières larmes de mon père ; puis le deuil, réunissant mes parents et nous les enfants à Paris.

Le lundi 27 janvier 1975 mon grand-père, comme tous les matins, est sorti très tôt pour se rendre à son travail. Sur une photographie il saute au-dessus d'une flaque comme au galop volant. Il porte son imper mastic ; il peut faire frais à Nicosie en janvier, pleuvoir beaucoup aussi. C'est le cas ce jour-là ; « Mastic », c'est le mot canonique qui a toujours donné sa couleur à sa mort. Il se rend à la fabrique « Makariou E. et Fils » dans un petit matin de chiens aux abois, de loups agressifs. Temps trouble, vilain janvier. Il marche dans la grisaille militarisée, avant 6 heures, dans une aube hésitante. Il a soixante-dix-huit ans, il est dans une forme remarquable mais il n'entend pas arriver le camion blindé dont l'un des garde-boue le percute brutalement. Il tombe, de tout son long imperméable, bouche ouverte dans la boue, à quelques mètres du marché central de Nicosie. L'eau se déverse en déluge sur lui, seul et mort au milieu de la rue. On ne lui a pas porté secours, on a abandonné son corps.

Alberto, le plus jeune de mes oncles, prévenu, accourt. Il voit le corps de son père mort, étendu dans la rue.

Un été j'avais donné rendez-vous à mon oncle Alberto à la terrasse d'un café d'une petite place de Nicosie, près de l'église de Phanéroméni. Il fait doux et il est plus simple de parler en tête à tête, sans être dérangé par la nuée de déplacements dans l'immeuble de la famille à la vie très communautaire et parfois étouffante. Alors la modeste terrasse ombragée de lauriers-roses permet la tranquillité propice à ce que la parole se délie, que les choses les plus tues soient dites. Et elles ne sont pas destinées à être répétées mais confiées, entre deux personnes qui s'aiment aussi tendrement que nous, strictement dans le clos d'un secret partagé. C'est bien ainsi que je le comprends et le reçois, même si je le trahis en l'écrivant.

Le 27 janvier 1975, découvrant son père le visage baignant dans une flaque, il ne sait pas s'il s'est noyé, agonisant dans l'eau boueuse. Il vomit cette idée ; il s'efforce à ne pas pleurer, il n'arrive pas à parler à sa mère tant qu'il ne sait pas et cela le jette dans un immense désarroi ; l'autopsie montrera qu'aucune eau n'a pénétré dans les poumons de mon grand-père. Mastré Evagoras était mort sur le coup, les cervicales brisées net par le choc. Alors commencent mes questions, faisant écho à celles d'alors. Qui l'a renversé ? Qui l'a abandonné mort, dans la boue ? Qui a le droit de rouler durant le couvre-feu ? La hauteur du choc indique que c'est un camion qui l'a heurté. À cette heure matinale ne sont autorisés à rouler que les camions des casques bleus et ceux alimentant l'agora centrale toute proche ; l'impact sera vite repérable sur un garde-boue. Un contrôle est effectué sur tous les camions du marché, aucun ne porte de trace. Il n'y a donc plus que l'autre solution : un camion des casques bleus. Ceux qui devaient nous protéger. Et l'enquête s'est arrêtée là.

Pendant des années je comprenais mal l'hostilité cabrée de mon père chaque fois que l'on mentionnait les casques bleus. Je comprenais mal les réactions de colère de ma mère. Tout s'est éclairé lors de cette conversation avec mon oncle. Nous ne saurions pas, il n'y aurait jamais de suite. C'étaient des temps de troubles.

L'aéroport était désormais en zone occupée ; presque plus aucun bateau ne parvenait à Chypre. Mon père, le fils aîné des Makariou, ne put aller enterrer son père.

5

La frontière

J'ai ressorti un petit rouleau de papier presque cassant, fin comme un calque, qui me vient de mon père ; c'est une carte de Chypre préparée en 1964, dit la minuscule légende, par le *Department of Lands and Surveys on the basis of the 1960 census of population and agriculture.* 1960 est l'année de l'indépendance de Chypre. Y figurent des cercles bleus, rouges, verts ou noirs dont la circonférence varie en fonction du nombre d'individus. *Grecs*: bleu ; *Turcs*: rouge ; *Maronites et Arméniens*: vert ; *autres*: noir. Au feutre, zigzague le tracé de la ligne de démarcation, rouge comme une cicatrice. C'est moi qui l'ai ajoutée. Avant l'invasion déjà les frontières sont là, invisibles mais connues de tous. En 1960, beaucoup de Chypriotes ont sans doute pensé que l'île se démarquerait de cet Orient qu'ils voulaient à toute force conjurer. Dix ans plus tard d'autres se sont chargés d'écrire différemment l'Histoire ; d'autres vraiment ? N'était-ce pas de Chypre même que montait ce désir d'emporter l'île tout entière ou de la déchirer ? Les vers de la poétesse libanaise Nadia Tuéni me reviennent à l'esprit :

Ils sont morts à plusieurs
C'est-à-dire chacun seul sur une même potence qu'on nomme territoire

À la suite des affrontements intercommunautaires qui émaillèrent les années de lutte pour l'indépendance, des quartiers turcs, interdits aux Grecs, avaient émergé après la proclamation de la République chypriote.

À l'été 1973, nous nous étions rendus en voiture avec mes parents, mes frère et sœur, dans l'enclave turque de Nicosie. Bien que petite fille, je ressentis, au poste de contrôle, la grande tension dans la voiture. L'entrée dans la zone turque était interdite aux Chypriotes grecs. Mon père, nanti de son passeport français, pouvait entrer. Mais tout de même sa « tête de Chypriote » parlait contre lui. Cette Nicosie enclavée connue furtivement dans l'enfance, ce sont les rues étroites ; les carrioles des vendeurs d'ayran, le yaourt liquide salé agrémenté de menthe sauvage séchée, bu glacé ; il laissait un maquillage blanc si joli sur nos visages dorés de soleil ; le voile cachant le haut du visage de certaines femmes ; le grand marché d'époque ottomane, le Büyük Khan, à la vaste cour enserrée par deux étages d'arcades ; au centre s'élevait un édifice polygonal sur une gracieuse couronne de colonnes ; le contraste entre le délié des ouvertures et le plein du mur, entre l'enclos et le ciel : archétype des caravansérails connus plus tard en Turquie d'Europe, en Anatolie, en Syrie.

En 1973, je ressentais les regards pesants et une hostilité dans ce quartier. Mon père n'y était pas chez lui, mais y être passé voulait affirmer le contraire. Ce projet de visite avait suscité des discussions vives entre mon père et ses deux frères, mais il y tenait.

La carte de Chypre de 1964, que j'ai surchargée après l'invasion, dresse sans équivoque le décor des actes à venir dans ce coin du Proche-Orient ; elle rappelle les catégories sans cesse rebattues d'*ethnos*, de *millet*, l'identité d'un peuple, d'une « nation » avec sa religion plus encore qu'avec sa langue. Être grec c'est être orthodoxe. Être turc à Chypre c'est être musulman, même lorsque l'on est hellénophone – ce n'est pas rare – plutôt que turcophone. *Turkos* est l'abréviation facile pour désigner un musulman de l'île, qu'il s'agisse d'un Grec converti il y a des siècles ou d'un descendant des maigres apports de populations venues depuis le cœur de l'Empire après la conquête ottomane de 1571. À Chypre les « communautés », les ethnos ou les millets n'étaient pas réduites à deux, bien qu'un face-à-face l'ait emporté sur tout le reste, mais étaient plus de quatre. Grecs orthodoxes ; Maronites ; Arméniens, certains catholiques – les uniates, d'autres orthodoxes-arméniens, se posaient en confettis variés sur l'île ; mais partout les confettis bleus des Grecs dominaient largement en nombre, tandis que les plumetis de cercles rouges des Turcs – ils ne représentaient pas plus de 20 % de la population – se glissaient dans les interstices, entre les ronds bleus, prenaient part aux ronds multicolores qui englobaient sur la carte de plus petites communautés encore. Dans la longue aiguille que forme la péninsule montagneuse de la chaîne du Pentadactylos, pointant vers le rivage levantin tout proche, la densité des petits cercles rouges s'élevait à peine. Ce qu'un géographe pourrait être tenté de nommer positivement « une mosaïque » préparait le drame à venir ; comment séparer ce qui est aussi mêlé, sur un champ bleu les baies rouges ? Et pourquoi, d'ailleurs ?

En 1981, nous nous approchâmes en voiture de la ligne de démarcation qui, presque plein nord, met dans le viseur la ville des conflits par excellence, une ville symbole de la coupure mauvaise. Famagouste, Ammochostos – « l'ensablée » en grec –, Varocha en turc, ne fut pas reconnue comme partie intégrante de la zone d'occupation des Turcs après 1974. Mais elle faisait partie de leur butin, ils ne la lâchèrent pas. Mon père avait choisi ce lieu pour aller sur la frontière parce que c'est bien Famagouste qu'il voulait voir, la ville somptueuse, couverte d'églises, la seconde capitale des Lusignan, souverains francs très chrétiens qui s'y faisaient sacrer rois de Jérusalem après avoir été sacrés rois de Chypre à Nicosie, leur capitale de l'intérieur. La riche Famagouste, emporium, cité d'accueil de tous les peuples de la Terre aussi loin que portaient leurs yeux vers l'Orient, Babel de langues et de confessions ; à la fin du XIIIe siècle on y parlait le français, l'araméen, le grec, l'arabe. Francs, Arméniens de petite Arménie, chrétiens *siri* ayant fui après la chute du dernier établissement croisé en Terre sainte, Saint-Jean-d'Acre, en 1291, y parlaient tous leur langue, y pratiquaient leurs rites, s'y enrichissaient du commerce des objets de luxe d'Orient qu'ils transbordaient vers l'Occident latin, et de la cohorte des soieries, du sucre, des vins fameux de Chypre, du minerai de cuivre exceptionnel qui faisait aussi la réputation de l'île.

À Famagouste on avait élevé de belles demeures seigneuriales, la cathédrale du sacre et une myriade d'églises pour les différents rites qui n'y parlaient plus qu'un idiome : le gothique que les Latins avaient répandu avec eux jusqu'en cette partie du monde. Famagouste était paisiblement passée avec tout le reste de l'île en mains vénitiennes. L'île fut assiégée par les Ottomans à partir d'août 1570, résista un an, mais l'écrasante défaite navale de Lépante que la chrétienté coalisée infligea aux Turcs en octobre 1571 ne leur fit pas lâcher le fruit qu'ils avaient eu tant de mal à cueillir. La prise de Famagouste, luttant jusqu'à l'épuisement sous la conduite du Vénitien Bragadin, est sans doute l'épisode le plus sinistrement tragique de la première conquête turque de l'île. En 1974, les Turcs qui lancèrent l'opération Attila, tout nourris de références historiques, firent de la prise de Famagouste un symbole. Ils n'avaient pas cru que quoi que ce soit leur échapperait, leur but n'étant pas de « se contenter » de 44 % du territoire.

Famagouste était aussi un symbole pour mon père qui m'avait raconté l'histoire de Bragadin. Nul hasard donc dans le choix de cette ville pour « aller voir » la frontière. Nous avons pris pied sur une butte dérisoire sur ce terrain morne. Tout était monochrome : herbes sèches, air sec, ciel sec, aridité du barbelé, chardon de la séparation. Au loin on voyait le mirage des silhouettes gothiques toutes de pierre blonde, les minarets blancs adjoints aux édifices après la conquête. La frontière n'est en rien spectaculaire en ce lieu. Elle impose sa distance.

Depuis, à chaque voyage à Chypre, je suis allée « sur la frontière ». Dix ans après l'épisode de l'observation de Famagouste, est sorti, en 1991, un film de Theo Angelopoulos, *Le Pas suspendu de la cigogne*; chaque fois que je le vis, la douleur me cisaillait. « Je fais un pas, je suis en face ou je suis mort », dit le *stratiotis*, le soldat sur la ligne de frontière en levant et repliant la jambe comme une cigogne. Un pont le sépare d'un ennemi, si proche et si étranger, comme lui balkanique.

À chaque passage à Nicosie, chaque fois je retourne sur la ligne, dans le cœur de la vieille ville en étoile, enfermée dans ses fortifications vénitiennes, brutalement balafrée, peut-être plus brutalement encore que Beyrouth durant la guerre du fait du tracé de la muraille. L'enclos de la ville ronde est un monde parfait, avec ses onze bastions dont les fossés ont été transformés en jardins ; ce n'était pas le but principal de mes promenades. Mais j'aime sortir pour aller au cœur de la ville, à l'heure la plus chaude, quand tout le monde se terre et que les rues sont vides, me laissant toute liberté pour me concentrer sur le décor ; lorsqu'il n'était pas trop bouleversé, il me donnait le sentiment d'être « avant », dans l'abolition du temps. Le film rembobiné, nous allions recommencer à vivre les années de bonheur coupées brutalement par juillet 1974. L'architecture de Nicosie dans ses murs n'excède guère deux étages. Les vieilles maisons y dominent encore : qu'elles conservent la trace d'un passé gothique très ancien ou qu'elles adoptent l'allure ottomane de maison à cour, avec, à l'étage sur la rue, en avancée, un oriel, au toit débordant de tuiles canal ; qu'elles usent, sur le mode néoclassique, d'un vocabulaire trempé d'Antiquité ou que des rambardes métalliques et une façade lisse, sans moulure, les aient converties à la sobre modernité, toutes ces demeures s'expriment en calcaire doré de Nicosie ou en murs enduits qui réservent la pierre aux éléments de prestige. Ma grand-mère me disait souvent que Nicosie était une ville-jardin. Sa forme basse et ramassée dans ses murs, juste réveillée par la silhouette des monuments gothiques, les touffes de hauts palmiers et la chandelle des minarets m'ensorcellent toujours puissamment. J'aimais me promener en solitaire sans aucun but dans les rues pour y découvrir au détour un portail gothique, les modestes tubulures d'un balcon des années 1960, le vieux hammam, la maison du drogman Hajji Geordjaki Kornesios, une maison ottomane en déshérence qui me faisait rêver, une droguerie capharnaüm qui accrochait par buissons entiers les plus fantastiques lofas pour le bain que j'aie jamais vus, la vieille centrale électrique convertie en centre d'art contemporain, le premier atelier de mon grand-père dans une rue toute de petites fabriques ; puis, soudainement, une rue s'arrêtait… Il n'y avait jamais d'itinéraire dans mes promenades mais une certitude : j'allais buter sur la ligne verte. C'est de ce hasard recommencé que je venais faire à chaque fois l'expérience tant il serait vain et mensonger de vouloir éviter l'évidence d'une ville coupée en deux. Je voulais toucher du doigt la douceur préservée et l'écharde plantée au milieu, le grand et le dérisoire, la ville restaurée, coquette et les maisons abandonnées, vidées d'habitants sur la zone verte. Le fil barbelé qui a entouré tous mes souvenirs chypriotes depuis 1974 se mêle aux mauvaises herbes que rien n'arrête, qui ne connaissent aucune frontière, les volets pendent sur les gonds, les toits s'effondrent, sacs de sable et miradors écharpent le paysage depuis plus de quarante ans. Et j'ai la conviction que je ne verrai jamais disparaître le décor de cette mauvaise pièce, ni de Nicosie ni de l'île la fin de la coupure. Même Beyrouth, que j'ai aimée d'un amour de substitution, ne m'a pas convaincu que nous pourrions y arriver. C'est si absurde une ligne de démarcation en temps de paix. Car plus le temps passe et les tentatives pour défaire la « frontière » se font nombreuses, plus l'ouverture progressive qui permet aux Chypriotes turcs de passer quotidiennement banalise les faits, ensevelit une dernière fois les morts, oublie les disparus, les séparés, les déplacés de force. La cicatrice existe. Je suis toujours heurtée lorsqu'un Français me raconte ses vacances à Chypre, de part et d'autre de la ligne, sans qu'il ait conscience d'avoir passé un seuil. Je peux bien comprendre que l'on « aille voir », il y a tant à voir de l'autre côté aussi ; mais non sans prendre le temps du pas suspendu de la cigogne pour éprouver ce que l'on traverse d'histoire meurtrie et de vies ravagées dans un paysage comme celui-là.

La frontière ne s'éprouve pas seulement par le « spectacle » de l'amputation de Nicosie mais par la rencontre avec les villages abandonnés à Chypre. Les « villages-points rouges », les villages turcs, sont restés vides depuis 1974; car un jour, ils allaient revenir. Nous fîmes avec ma mère, en 1999 lors de son ultime voyage à Chypre, un arrêt au large de l'un de ces villages fantômes; les chèvres s'étaient emparées des lieux, poussant leur tête cornue et aux belles longues oreilles recourbées par les fenêtres. Vraiment, puis-je croire, après tant d'années, qu'après les chèvres ils vont revenir? Il y eut bien des petites secousses qui nous firent espérer. En 2005 ou 2006 mes oncles furent autorisés à traverser la ligne pour se rendre à l'aéroport de Nicosie. La société Makariou E. et Fils avait, il y a bien des années, réalisé les revêtements des sols de l'aéroport. Ils allèrent faire le constat des travaux à venir. Les choses en restèrent là. La participation de ma cousine, biologiste, à l'équipe autorisée à passer la ligne pour faire des prélèvements ADN afin d'identifier les morts – des hommes pour la plupart – des fosses communes des exactions de l'été 1974 est un autre de ces moments de torture par l'espérance. Elle n'y alla pas. Depuis je ne cherche plus à savoir où l'on en est de la restitution des dépouilles, du travail de recherche des disparus.

Ces mots résonneront dans l'esprit des éprouvés de la guerre du Liban, de la guerre de Syrie. Quelque part en Anatolie, de jeunes Chypriotes ont bien dû faire souche, d'autres ont simplement été abattus alignés près d'une fosse pour un dernier pas. Ceux-là qui passent insouciants les frontières n'ont pas l'intention de se laisser troubler pour si peu.

Au cours d'un réveillon du début de notre siècle, comme la parole commence à ralentir, que la voix se fait plus douce lorsque la nuit s'est avancée et que l'on se laisse guider par son sentiment plutôt que par la vanité de mener conversation, un vieux couple de nos amis, aujourd'hui disloqué, nous rapportait une rencontre avec un Chypriote chassé de chez lui par l'invasion et qui avait établi, à quelques encablures de la ligne de démarcation, un restaurant afin de ne pas quitter des yeux les autres et son chez-lui tout proche. Qu'avions-nous si cher payé ? Pourquoi faudrait-il imaginer une faute ?

Le flot des épîtres de ma grand-mère reprit après l'invasion ; mon père nous en faisait la lecture à voix haute. L'une d'elles décrivait les incendies ravageant la montagne pendant des jours, les Turcs ayant choisi la politique de la terre brûlée. L'incendie volontaire des forêts de Chypre arde encore en moi. J'ai commencé à prendre conscience en 1974 de ce que signifiaient les mots « guerre », « invasion », « camp de réfugiés ». On n'avait pas encore inventé les expressions « épuration ethnique », « massacres de masse », sinon je les aurais apprises aussi. On ne les avait pas encore inventées, mais on disait les choses d'autres mots qui me faisaient comprendre les faits, probablement en les amortissant un peu pour une enfant de huit ans.

À l'été 2004, et l'été commence dès mai à Chypre, nous décidâmes avec mon cousin d'aller plus avant. La ligne verte venait de s'entrouvrir ; un passage se situait à hauteur du Ledra Palace. Le Ledra Palace, un nom mythique : l'hôtel de l'immédiat après-guerre mondiale, inauguré en 1949, fréquenté par toute la bonne société chypriote, la presse, les Britanniques, Lawrence Durrell ; tous ceux qui comptaient à Chypre y passaient. Les réjouissances furent courtes : c'est là que le premier attentat de la lutte d'indépendance eut lieu en 1955, car avec le terrorisme les nationalistes hellènes, les ultras de l'EOKA, avaient choisi la tactique du pire. Malgré tout, après l'indépendance, le Ledra avait repris les droits d'un palace, le palace de l'île, qui exaltait toutes ses références historiques glorieuses en un imposant et extravagant palais néo-vénitien de calcaire blond et de marbre blanc.

Nous adorions le Ledra Palace, son luxe déjà un peu *old style*, son élégance désuète. En 1962 y avait été construite la première piscine collective de l'île dont les plages de pierre avaient vu fleurir les premiers bikinis.

En juillet 1974, dans les événements confus de l'invasion de l'île, le Ledra Palace s'était trouvé en plein carrefour des combats qui menaçaient les étrangers et les correspondants de presse s'y étant réfugiés. Les troupes des Nations unies durent intervenir et occupèrent l'hôtel. L'occupation dure depuis. Les casques bleus ont remplacé la jet-set. On aperçoit la belle silhouette du bâtiment, à distance, derrière les barbelés. En 2004, nous nous sommes engagés avec mon cousin sur l'avenue Markos-Drakos ; des arbres, plus de voitures ; où iraient-elles ? Nous marchions au milieu de la voie asphaltée. Nous n'avions jamais pu aller aussi loin depuis 1973, trente et un ans auparavant. C'était la première fois aussi que mon cousin, établi à Athènes, revenait jusque dans ce quartier aux belles maisons néoclassiques. Cette fixation sur le paysage de la ville qui me distrayait d'une gêne persistante, de l'irréalité de ce qui m'apparaissait comme un décor de film. Tout ici sonnait désaccordé.

Ni mon cousin ni moi n'avions le projet de passer outre. J'en avais parlé quelques jours avant avec son père, le benjamin parmi mes oncles, lui demandant s'il allait passer la frontière. « Non, me répondit-il sans hésiter, je ne vais pas montrer ma carte d'identité, passer des contrôles pour aller chez moi. »

En mai 2005, de retour à Chypre, je traversai cette fois la ligne de démarcation. Nous étions engagés déjà en profondeur dans la création du département des Arts de l'Islam au Louvre. Autour de ce projet s'articulait une myriade de réalisations dont des productions audiovisuelles. L'une d'entre elles portait sur un groupe d'objets chers à mon cœur : de luxueuses vaisselles de cuivre incrustées d'or, d'argent, de cuivre rouge, et faites pour le service des grands au mitan du Moyen Âge, occidental comme islamique. En ce XIVe siècle, régnait depuis Le Caire un des plus fascinants régimes sultaniens qu'ait connus l'Islam, une lignée d'esclaves-soldats affranchis, aguerris, étrangers à la terre qu'ils contrôlaient : les Mamlouks. Cette « aristocratie », non héréditaire théoriquement, capitalisait de façon forcenée tout au long d'une carrière qui pouvait s'achever abruptement et sans avoir le droit de transmettre de biens à sa descendance. Les conditions étaient réunies pour que cette fortune de pillards de l'État soit rapidement matérialisée en monuments à leur gloire et en objets somptueux ou pour qu'elle soit absorbée par le train de vie de leur propre maisonnée. Parmi leurs commandes les plus fameuses, se trouvent ces vaisselles de métal dont de rares vestiges sont préservés dans les musées. Elles ne manquèrent pas non plus de susciter des désirs en Occident ; il y avait bien sûr, parmi les souverains francs, une dynastie idéalement placée pour apprécier leur luxe et en passer la commande : les Lusignan de Chypre. Le musée du Louvre a la chance de conserver un large bassin orné d'une très belle inscription en arabe et, fait exceptionnel, en français, au nom de Hugues IV de Lusignan, roi de Chypre et de Jérusalem. J'avais pu, grâce au mécénat de la fondation chypriote de la famille Leventis, acquérir une autre pièce, sur les trois existantes dans le monde, également aux armes des Lusignan. Le Louvre préservait aussi le chef-d'œuvre de l'art du métal mamlouk : un somptueux bassin ne portant pas le nom de son commanditaire mais des emblèmes abrasés et recouverts de l'héraldique d'un spoliateur. Pour diverses raisons je pense toujours que ce bassin, qui arriva dans les mains des rois de France et servit au baptême des enfants royaux, avait été commandé par la dynastie des Lusignan. Afin d'explorer cette piste, un petit film était en préparation ; il devait nous mener avec une équipe de production de Chypre au Caire. Je suggérai donc un voyage à Chypre. Il y avait là de ma part une forme d'inconscience ou d'aveuglement. Comment n'ai-je pas d'emblée compris que nous franchirions la ligne ?

Je partis seule. On vint me chercher à l'aéroport de Larnaka où j'arrivai tard. En Orient la nuit tombe brutalement. Je fis la route dans l'obscurité. Rien ne me troubla, tant que je me trouvais sur l'itinéraire familier de Larnaka à Nicosie. Mais à un certain moment je dus quitter le familier au gré de ce que je découvrais ; j'étais partie sans que me soit communiqué le programme. Près de la ligne de démarcation, nous nous arrêtâmes car nous devions changer de véhicule ; il était préférable de ne pas avoir de voiture de location. Un van vint nous prendre. Son chauffeur était turc, chypriote turc plutôt. J'ai toujours la même répugnance, transmise par mon père, à couper par l'ajout d'un mot l'adjectif « chypriote ».

Entre chien et loup m'est apparu Can (qui se prononce Djan en turc) ; le retour à l'« Avant » fut immédiat, il ne cessa pas de s'affirmer, tant sa silhouette m'était familière. Je ne peux pas l'oublier. Je ne pense jamais à lui sans un pincement au cœur, il signifie toujours la mince possibilité d'un retour à un état complet. Mise impeccable, chemise blanche, manches boutonnées, fine cravate noire, pantalon de lainage léger gris, à pinces, au pli marqué, il fumait discrètement près de son van blanc où nous nous embarquâmes avec le réalisateur et notre matériel. Je n'entendis pas le son de sa voix, mais je voyais son profil aigu, ses cheveux gris naturellement crantés ; son allure me renvoyait à tant de silhouettes chères. Il était des miens, j'avais croisé son semblable en 1973, dans l'environnement de mon grand-père à l'usine – on disait à l'atelier – ou je l'avais vu attablé à Kakopétria, fumant en prenant le café qu'il laissait reposer longtemps pour que le marc ne se mêle pas au breuvage. Il avait cette même démarche souple et silencieuse, il était taiseux comme hier, il était efflanqué, pas très grand ; c'était bien lui.

Nous nous engageâmes sur la route, en pleine obscurité, dans l'autre Nicosie que je n'avais pas vue depuis 1973. Assez vite je manquai d'air, j'eus l'impression d'être enfermée dans ce van comme dans un étroit bocal. L'étendue espérée était à l'extérieur ; m'en séparaient les vitres du van, la nuit, la course, la compagnie. Soudainement je vis se dresser une paroi noire, haute, à la droite du véhicule. Je réalisai que venait de surgir la silhouette fameuse de la chaîne des Karpas, le Pentadactylos, la montagne formant cinq doigts. Mon cœur s'affolait, les indicateurs étaient tous passés au rouge ; dominée par l'émotion, j'avais perdu toutes mes peaux-carapaces d'un coup. Quelqu'un a dit : « Nous irons dormir à Kyrénia » ; je suis restée silencieuse, souffle coupé. Qui pouvait comprendre à part Can ? À quelques encablures de la capitale, chéri des Chypriotes, le vieux port de Kyrénia était le lieu des dîners de poisson, sous la tutelle de la montagne et la protection de son château qui jamais n'avait pu être pris, un écrin délicieux de belles maisons serrées autour de son mouillage. Il suffisait de passer la chaîne des Karpas que dominait l'abbaye de Bellapaïs – sans doute la construction gothique qui a reçu en partage le plus beau paysage du monde –, et l'on se laissait plonger dans la mer, vers la conque du port et sa cohorte de souvenirs heureux. Kyrénia était un nom qui n'amenait que le sourire aux lèvres. Apprendre ma destination dans la dérobade de la nuit, sans aucune préparation, avec la perspective qu'il faudrait y faire face au groupe, c'était beaucoup me demander en une fois.

Je suis arrivée pour toutes ces raisons à l'aveugle, doublement aveugle, de nuit, d'émotion, égarée dans le temps, désorientée.

Souvenir dérisoire : j'ai gardé depuis tout ce temps, comme une relique, un savon de l'hôtel. J'y suis allée, j'en suis sûre. Le savon comme un ticket d'entrée, en somme.

Je me suis levée très tôt pour échapper aux autres et suis descendue pour le petit déjeuner. La salle du restaurant ouvrait sur la mer. La vérité est que j'eus beaucoup de mal à m'y reconnaître. Mais la présence de la mer était promesse de continuité, la Méditerranée m'avait accompagnée toutes ces années. Je m'assis, retrouvai des odeurs, une sensation qui m'assuraient de la familiarité du lieu. J'étais en terre connue. Seule à une table, face à la mer, je laissais monter, étroitement mêlés, le parfum chaud de la pâte dorée de l'anneau de pain couvert de sésame, le craquant des petits concombres, la mâche résistante du fromage de kashkaval, la saveur aigre-douce des tomates. Tout était bien. J'étais revenue, la soudure des deux hémisphères allait se faire. Puis vint, presque aussi vite, l'évidence des années confisquées, de l'impossibilité de réparer jamais le moment qui n'a pas été, la profonde discontinuité ; nous étions un jour sortis de ce tableau, brisés en éclats, projetés dans la multiplicité de nos trajectoires individuelles, plus jamais nous ne nous y retrouverions ensemble. Le temps qui s'était inscrit dans ces murs n'était pas le nôtre, mes parents, mes grands-parents, mes oncles et tantes, mes cousins ne traverseraient irrémédiablement plus ce lieu ensemble ; rien ne nous rendrait le temps volé. Nous n'étions plus chez nous. La mer s'est écaillée. L'apparence de la douceur du petit déjeuner m'était revenue d'un autre lieu familier, des petits matins de Turquie, dans un appartement ou un hôtel à Istanbul, à Brousse, à Edirne ou à Kayseri. Le jour était devenu d'une livide tristesse malgré le soleil. Mon cœur s'est décroché dans ma poitrine. Tout cela était trop difficile ; le retour avait ouvert la perspective de revoir Bellapaïs, abbaye-nid d'aigle. Je l'avais demandé en arrivant de nuit à l'hôtel. Mais la troupe se leva tard, la possibilité de retourner à la toute proche Bellapaïs ne me serait pas donnée non plus. Je n'aperçus, dans la montagne, que la silhouette, apprise dans l'enfance, du château de Saint-Hilarion.

Nous prîmes la route vers Famagouste, en diagonale, passant de la côte nord à la côte sud, traversant la Messaoria, la Mésorée, plaine cultivée du centre de l'île. C'est une mer de blé entre les montagnes du Karpas et du massif du Trodhos qui s'étire jusqu'à Famagouste et cerne Nicosie, de l'autre côté.

Après l'étendue d'épis dorés sous un ciel uniformément bleu, nous touchions Famagouste. La ville nous revint d'un coup, plate comme une main ; en soi elle offre déjà l'image des confins. On butait presque sur elle, sur ses murs à l'assemblage de parfaits carrés de pierre. Nous y étions. La ville était un décor en 2005, une scène de film à gros budget construite, plus vraie que nature, dans un désert californien ; les figurants sont partis, le décor est resté. J'éprouve la sensation du vide que j'en reçus alors. Où étaient les hommes ? Au terme du conflit, elle aurait dû se trouver dans le no man's land. Les Turcs pourtant se l'étaient appropriée. Famagouste méritait bien son nom d'« ensablée », elle me semblait à deux doigts de s'effondrer sous la poussière, l'abandon. Comme est délaissée une personne autrefois chérie qui attendrait le retour de sa gloire et n'y gagnerait que le gris de ses cheveux. À l'image d'une petite terre cuite des collections chypriotes du Louvre : une femme, assise, se tenant le menton d'une main, les cheveux couverts de son himation, son voile, qui s'ouvre et forme un pli gracieux mais pour moi l'image parfaitement incarnée de la veilleuse désespérée. Ainsi m'apparaissait Famagouste, pythie que l'on aurait réduite au silence.

Ce silence m'enveloppait toujours en arrivant devant Saint-Nicolas, la cathédrale du sacre le plus important pour les Lusignan. Là, roi et reine recevaient, suivant le rituel français, l'onction du saint chrême et ceignaient la couronne de Jérusalem. La composition de la façade était toute pleine du souvenir de Reims, modestie et dépouillement en plus. Partout la géométrie et le végétal pur du gothique régnaient. C'était la splendeur d'une royauté sur le modèle français mêlée à l'austérité des frères prêcheurs qui m'émouvait, comme la présence des palmiers dont l'alliance avec le gothique restait pour moi la marque de Chypre. En ces lieux s'étaient affrontés, avaient coexisté aussi, les chrétientés latine et orientale et l'islam. Le gothique avait trouvé là son jardin de paradis.

Quelques hommes entraient dans la cathédrale, devenue mosquée en 1571 et dénommée Lala Mustafa Pacha, du nom du conquérant de Famagouste et tortionnaire de Bragadin. Nulle part ailleurs sans doute on ne peut saisir l'étrangeté du changement de culte. Une moquette rouge couvrait le sol de la cathédrale, fait autrefois d'un dense assemblage de pierres tombales latines. Leur nombre ne cessait de décroître, constatait un de nos ambassadeurs à Chypre, spécialiste des Lusignan. Sur le vilain rouge se découpaient en vert les *saf*, des espaces de prière individuels, formant des rangées dans une direction divergeant par rapport au chœur. Les dévots musulmans n'avaient cure d'un édifice tourné vers l'Orient lorsque leurs prières se font en se dirigeant vers La Mecque au sud-est ; divorce à la chypriote. Avec l'équipe du tournage nous étions naturellement appelés par le chœur de la cathédrale et il nous fallait éviter des rangées d'hommes tournés en diagonale. Notre lecture radicalement différente du lieu produisait une chorégraphie asynchrone. Face à un réalisateur indécis, qui changeait l'angle de ses questions, nous refaisions prise après prise, l'heure passait, et même à l'abri des murs de la cathédrale, dans cette île que le soleil chauffe à blanc, la température devenait étouffante. Le déjeuner avait été oublié, le ravitaillement en eau était incertain ; à la énième demande de prise sur le parvis en plein soleil c'en fut trop. J'étais frustrée de visites, de saveurs, sûrs vecteurs du souvenir, et violemment blessée, au-delà de ce que je pouvais expliquer. Je repartis de Famagouste aussi triste que j'y étais arrivée ; la nuit tombait déjà.

Le lendemain matin était prévue une séquence de tournage à Nicosie, dans la zone occupée. Can, le taiseux, gara son van et s'enquit de savoir comment nous souhaitions le café. Je lui répondis en turc, *Orta şekerli*, moyennement sucré. Nous restâmes assis dans le van et vîmes arriver, se balançant, tenu haut par un serveur, le traditionnel plateau de fer-blanc, à bord relevé, dont les trois arceaux s'achèvent par un anneau, le plateau de tous les cafés turcs, de la Grèce au Proche-Orient, vieilles terres ottomanes. Can avait offert le café. Sa présence me ramenait à une urbanité familière : discrétion de la cigarette, tenue coincée entre le pouce et l'index et le majeur unis, le bras collé contre le corps, le bout ardent du mégot tourné vers l'intérieur. J'avais vu autrefois la gestuelle de la bouffée prise rapidement, du bras ramené tout aussi prestement près de la jambe. Ce simple geste, cette silhouette, au milieu des sentiments contradictoires que suscitaient les retrouvailles avec la Nicosie de ce côté, constituaient autant d'ancrages rassurants. Nous nous assîmes à la terrasse d'un café au chevet de Sainte-Sophie de Nicosie. C'était étrange d'être de l'autre côté du décor tandis que la silhouette reconnue sans hésitation – il y a tant d'endroits depuis Nicosie d'où voir Sainte-Sophie –, les fauteuils d'osier et la discussion installaient une connivence avec la patronne du café qui vint s'asseoir avec nous. Nous parlions en anglais. D'où venait sa famille ? « D'ici », me répondit-elle, mot que je repris en écho à la question qu'à son tour elle me posa. Nous nous souriions, nous nous taisions.

Il fallait aller jusqu'à Larnaka prendre l'avion qui nous emmènerait au Caire pour la suite du tournage. Au contrôle, sur la ligne de démarcation, du côté chypriote, le fonctionnaire qui y était posté a regardé mon passeport, m'a regardée et m'a dit en grec : « Pourquoi êtes-vous passée de l'autre côté ? » Il avait la mine et la voix tristes. Mon nom disait où j'aurais dû me tenir. Je lui ai répondu à voix basse : « Pour un film. » J'avais honte. Je ne suis pas remontée dans le véhicule, j'ai marché et décompté les mairies en exil, serrées les unes contre les autres : « dhimos Kyrenia », « dhimos Morphou »... Elles m'apparaissaient pour de petites maisons de Lorette qui, telle celle de la Vierge, s'étaient déplacées, pour être au plus près de leurs administrés exilés ; près de la moitié de la population d'un tout petit pays coupé en deux. On n'en est pas moins un pays.

Depuis 1974 la frontière s'est immiscée en moi ; la frontière, les contours, le territoire, rien de tout cela n'est dérisoire, rien de cela n'est vide de sens. J'ai mesuré dès lors combien la disparition des frontières, leur rejet au loin étaient une utopie. Qu'est-ce qu'un solide sans contenant ? J'ai éprouvé l'effet du pas suspendu de la cigogne chaque fois que je suis allée sur la frontière, et pas seulement à Chypre.

En novembre 2015, quelques jours seulement après les attentats islamistes qui avaient fait de Paris un théâtre de massacres, j'étais, pour préparer une exposition, au Tadjikistan, encore dans de vieilles terres d'Islam. Sur la frontière avec l'Afghanistan, le site de Takht-è Sangin est fouillé par une mission archéologique française.

Le 4 × 4 roule sur une piste à flanc de ravin, à peine plus large que le châssis ; il progresse lentement sur la surface caillouteuse.

Dans un lacet qui semble ne pas devoir finir, la piste en suspens nous emmène dans le bruit lent des pneus, des pierres qui roulent, des bouts de roche qui crissent, le silence total des occupants de l'habitacle, vers quelque chose que je ne devine pas. Après un tournant en forme de boomerang, le plan s'incline et la route se déverse, le paysage s'ouvre, l'Oxus s'étale dans la plaine que rien ne limite à l'exception d'un éperon en carène renversée au premier plan. Takht-è Sangin est serré dans cet effondrement du bassin fluvial, entre promontoire et eaux, d'abord invisible à nos yeux. Au terme de la descente, sortant de voiture, nous sommes accueillis par le commandant de la garnison stationnée là pour une période de plusieurs mois.

C'est le désert des Tartares. Pas un arbre à l'horizon ; des baraquements comme des maisonnettes de poupées et le tracé au cordeau, à vrai dire banlieusard, des bordures des chemins vers chacune d'entre elles, que dessinent les cailloux calibrés et impeccablement alignés extraits du terrain. Il faut bien occuper les hommes. L'officier, en quelques mots contenus, nous dit sa grande sympathie pour nous après les massacres de Paris. En ce moment si particulier, nous, Français, qui ne sommes pas en exploration touristique, semblons porter le signe d'un tau rouge au front. Cette année-là, personne n'a été autorisé à venir fouiller. Trop dangereux.

Le commandant nous dit que nous ferons les quelques centaines de mètres qui nous séparent du site en voiture sous escorte militaire et que nous devrons prendre garde à ne pas nous exposer face au fleuve. Pas suspendu de la cigogne ; le commandant conclut : « Ils sont en face. »

Au Proche-Orient c'est par le langage que j'éprouvais la frontière. Au Liban, en Syrie, en Turquie, ailleurs encore, on évitera de nommer ce que l'on ne considère pas comme un voisin mais, sans remède vraiment, comme un autre dans ce que de plus adverse l'autre signifie.

C'était un soir, en 1991, le dernier voyage que je fis avec mon père à Chypre avant sa plongée dans la maladie. Nous passions la soirée chez Irène et Jacques, son cousin préféré, dans le Trodhos qui est le berceau de ces deux familles alliées, précisément dans le gros bourg formé par les villages agrandis et maintenant confondus de Kakopétria et de Galata. Je m'amuse de ce que ces deux familles d'entrepreneurs, de marbriers, d'architectes, qui aiment tant la pierre et la France, où repasse, régulier, le fil de leur histoire, viennent pour les uns de la « mauvaise pierre » (Kakopétria) et pour les autres du village des Galates – c'est-à-dire des Francs.

Les Turcs ce soir-là s'étaient glissés dans la discussion ; avec le zèle de qui a décidé de renverser toutes les barrières, j'essayais de faire valoir, à notre cousine

Irène surtout, la gentillesse des Turcs, le danger de généraliser, de confondre le ressentiment contre un gouvernement avec celui qu'il faut éviter d'éprouver contre un peuple. Jacques, son mari, me regardait avec cette mine mi-amusée mi-sérieuse, un calme retrait que je lui ai toujours connu ; lui, l'ancien conseiller de Makarios, le vieux renard politique, ne disait rien. Soudain c'est l'impassible Irène qui se mit à crier, hors d'elle. Une seule phrase me reste, celle qui m'abattit : « Les Turcs ! Les Turcs nous ont tout pris, nous ont chassés ; mes parents s'installent en France, puis je viens ici et ça recommence » ; elle pleurait, je l'avais blessée. Il y avait une telle véhémence dans sa voix toujours melliflue que j'en ressens la brûlante douleur aujourd'hui comme alors. Que mes arguments étaient minces, qu'ils étaient pauvres devant la vague de fond qui la submergeait : enracinée si profondément la peur des Turcs, qui n'avait rien d'une fantaisie de l'esprit mais se revivifiait de siècle en siècle, de décennie en décennie, au gré des tragédies. Qui étais-je pour parler à la place de la paisible Irène, pour parler de sa douleur familiale et individuelle ? La mémoire de nos parents, c'est encore la nôtre ; peut-être même la mémoire de nos grands-parents, si nous l'avons nous-mêmes recueillie, est-elle encore la nôtre. Après la Grande Catastrophe, ainsi que les Grecs désignent l'énorme expulsion en 1923 des populations helléniques d'Asie

Mineure installées là depuis des millénaires, la douleur était loin d'être éteinte. Des faits, des événements, des mots qui avaient formé la toile serrée et à chaque fois différente, irréductibles à un récit monocorde, de l'arrachement et de l'exil de sa famille, Irène avait reçu le récit précis par ses parents. Cette matière était la sienne.

Que pouvais-je pénétrer de cette histoire ? De celle de l'une de mes tantes, Grecque d'Alexandrie, qui ne parlait jamais de la ville de son enfance sans que les larmes lui perlent aux yeux ; dans la béatitude juvénile des eaux de la Méditerranée orientale elle se voyait repartie en rêve à Alexandrie, y courait avant que nous ne la ramenions à la réalité de la déception qu'elle éprouverait si elle y retournait. À Alexandrie le temps n'était pas le seul à passer, les étoiles avaient tourné, Cavafy n'habitait plus les rues et sa langue grecque, ses vers, non plus.

Leur douleur me touchait ; je ne la pénétrais pas mais elle m'atteignit en ce soir de Chypre où je renonçai aux mots, convaincue qu'ils ne me servaient plus à rien. Je m'éloignai dans le jardin et près de la haie je sentis, puissante, l'odeur du jasmin exaltée par la nuit. Me revint son premier parfum, celui du petit bouquet offert par mon grand-père en 1973, et avec lui tous les chagrins à la mesure d'un monde disparu, d'un monde enfantin, d'avant la haine, et qui n'était plus.

6

Tel père, tel fils

Mon père est arrivé en France en 1946. Avec son visage, sa valise, son aspiration. Son visage était un obstacle à son aspiration. Pourtant il ne le disait pas ainsi.

Son propre père, Evagoras, avait émigré depuis une île pauvre, sous domination britannique, mettant un long sillage entre lui et sa mère, Mélanie, qui ne l'aimait guère. Des histoires de désamour familial il y en a tant, celle-ci est tristement banale. Evagoras était né en 1897 ; il avait grandi dans sa solitude, enfant balloté, mal équarri, élevé par sa tante, séparé sans doute de ses frères ; il était le cadet. N'avaient pas survécu une fille, décédée jeune du typhus qui décimait régulièrement l'île, et une autre sœur dont on a perdu jusqu'au souvenir du nom, ainsi que le plus jeune fils, Emmanuel, dont mon père,

René-Emmanuel, tiendra son nom. Dans cette île aride et déshéritée, le taux de mortalité infantile était alors très élevé, même dans ces familles « de la ville » à la vie adoucie mais moins saine que celle de leurs aïeux montagnards. Les Makariou, sous le viatique d'un nom signifiant « Bienheureux » – une épithète d'archevêque –, s'enracinaient dans le village de Kakopétria, dans le Trodhos. Le massif montagneux est nourri de sources se répandant en eaux poissonneuses à travers les vallées. Le Trodhos concentre l'eau, les plus beaux fruits, les seuls microclimats tenables durant les incandescents mois d'été, rendus torrides par la disparition, siècle après siècle, d'un couvert de forêts qui avait fait la réputation de l'île au long du Moyen Âge. C'est notre arrière-grand-père qui était descendu de sa montagne pour s'installer à Nicosie avec sa famille.

Comme beaucoup d'enfants sous ces climats âpres, propices aux épidémies – malaria, typhus, dysenterie, choléra – Evagoras était malade fréquemment ; enfant fragile, il fut assez vite délaissé après la mort de son père. Un orphelin de plus ; il avait sept ans. Il commença à travailler tôt, chez un sculpteur qui l'initia à la taille directe de la pierre. Par la suite il trouva un emploi dans une entreprise qui changea son destin. Deux familles, l'une chypriote, l'autre française, Orphanidès et Murat, s'étaient associées pour créer une compagnie maritime. La famille Murat adopta immédiatement le jeune Evagoras, lui offrit une pièce de tissu pour qu'il se fît confectionner son premier costume et l'accueillit chaque dimanche pour qu'il aide au jardin puis, bientôt, tel un membre de la famille. Mme Murat lui apprit les premiers rudiments de français et cet amour de la France qui ne le quitta jamais, chose rare dans l'île dominée par les Britanniques.

Malgré le déclenchement du premier conflit mondial, dont l'écho semblait bien lointain dans l'île la plus orientale de Méditerranée, Evagoras prit la décision en 1915 de tenter sa chance, de s'ouvrir à d'autres horizons. Il choisit la France.

Il partit du port de Limassol, situé sur la côte sud de l'île, et atteignit Alexandrie où il devait changer de bateau. Alexandrie d'Égypte, Alexandrie des Grecs, la ville la plus étrangère qui soit au pays-corridor que fend le Nil, isolée d'elle par sa lagune, ville tout entière tournée vers la Méditerranée, tout entière poreuse à des mondes multiples, peuplée de communautés et de nationalités mélangées ; une ville en surplomb au rebord d'un pays, dans sa doucereuse tristesse. À Alexandrie, Evagoras disposait de deux sésames : le grec et le français, langue du cosmopolitisme élégant de tout l'Orient. C'est bien ainsi qu'il dut commencer à jouer au jacquet avec un Égyptien, partie qui lui fit manquer le bateau pour Marseille. Retard heureux : le bateau fut torpillé par un sous-marin allemand, ce qu'Evagoras apprit, non sans effroi, sur le bateau suivant où il embarqua.

À Marseille, il lui fallut se faire reconnaître par les autorités françaises en guerre. De quel bord était cet homme que son visage marquait immédiatement comme un étranger ? Evagoras n'a jamais porté la barbe ; les joues étaient rondes, son nez fort et en bec d'aigle, son menton marqué par une profonde fossette qui le signait verticalement, les yeux étaient sombres et le front haut, la peau très mate. Tout cela composait un visage indéniablement d'ailleurs ; d'un ailleurs non européen. Était-ce un Turc, ressortissant d'un pays qui s'était rangé aux côtés de l'Allemagne ? Dans le doute, on interdit à Evagoras de quitter Marseille où il fut réquisitionné pour travailler dans une usine d'armement. Après quelques vérifications, sa qualité de sujet britannique avérée, il eut le droit de se déplacer plus librement. La France, comme tant et tant de fois, fut accueillante au métèque. En 1916 il s'établit à Lyon dans la ville où la famille Murat lui avait donné quelques adresses. Il commença à se former au métier de marbrier et entreprit l'apprentissage approfondi du français. Il était fier du diplôme qu'il avait obtenu, dont il pouvait se prévaloir pour enseigner cette langue à l'étranger. Langue conquise, langue aimée. Il ne parla plus jamais chez lui une autre que celle-là.

Après une grave maladie contractée par mon père, mes grands-parents quittèrent la ville de Lyon et le quartier de la Croix-Rousse, où ils s'étaient établis en 1920 et où mon père, leur premier fils, était né en 1921. Suivant les recommandations des médecins il leur fallait regagner le climat chaud et sec de Chypre. Rentré en 1926, Evagoras entretint la flamme du français et transmit, avec ma grand-mère, franco-italienne, la langue et l'amour de la France à toute sa famille. Près d'un siècle après, la famille en est à la quatrième génération nourrie de cette culture hybridée entre France et Chypre. Pas tout à fait d'ici, pas tout à fait d'ailleurs.

À Chypre mon père continua de parler exclusivement le français, jusqu'au moment où il aborda l'école, qui lui apprit le grec, et ses camarades, qui lui apprirent le chypriote.

La famille occupait à Nicosie une jolie maison néo-attique à un seul étage, construite dans un calcaire blond coquillier qui donne à ces demeures un épiderme vivant, les marque de tavelures, de creux et de bosses comme des êtres de chair. Mon père y grandit seul pendant plusieurs années, en écoutant de l'opéra italien, trésor apporté de Lyon également. Autour de lui et de ses parents gravitaient tout ce qu'il y avait de francophone et francophile à Chypre ; les Murat, les Verdier, les Béraud, les amis Franceskidès formaient un milieu réduit de gens qui chérissaient tout ce qui touchait à la France; et à Chypre son ombre était immense. Elle avait les proportions des cathédrales de Sainte-Sophie de Nicosie et de Saint-Nicolas de Famagouste, des châteaux-sentinelles du Pentadactylos – Saint-Hilarion, Bouffevent et Kantara, le seul à porter un nom arabe –, celles du château de Kolossi et ses installations industrielles sucrières, monopole royal des Lusignan; celles de la livrée d'églises de Famagouste; celles des belles demeures médiévales et des vestiges gothiques répandus sur toute l'étendue plate de Nicosie, dans un lacis de rues poussiéreuses. Les quatre siècles de présence franque à Chypre retrempaient le choix français de ma famille. À l'école puis au *Gymnase* (le lycée) *panchypriote*, mon père ajouta un confortable manteau grec à ses richesses. Il s'en dévêtait à peine rentré à la maison, même lorsqu'il eut sur le tard un, puis finalement deux frères avec lesquels parler. Le grec n'y était pas la langue autorisée. Quarante ans après la mort de ma grand-mère, dans ma famille on parle encore le français dans un pays intégralement hellénophone et anglophone.

Après ses années d'apprentissage dans l'île, mon père envisagea d'entreprendre des études d'architecture en France. La Seconde Guerre posa à Chypre sa glaciation d'années; on l'aurait pu croire épargnée par le conflit mondial, si on la compare à la Crête occupée et ses maquis héroïques. Mais si durant la guerre l'île garda un semblant de calme, cela n'empêcha pas près de 10 % de sa population grecque orthodoxe de se porter dans les forces armées britanniques après l'invasion de la Grèce par les puissances coalisées de l'Axe en mai 1941 ; phénomène aux proportions inouïes, semblable à une mobilisation générale qui fut délibérée par eux seuls. Car, en face d'eux, la Grèce était à l'agonie ; l'occupation nazie la meurtrit à un degré monstrueux, elle fut un des trois pays d'Europe – avec la Serbie et la Pologne – qui perdit le plus de population pendant la guerre. La grande famine y tuait massivement. Par charretées on ramassait les corps dans les rues d'Athènes.

À la sortie du conflit mondial, mon père, qui avait eu vingt ans en 1941, s'interrogea pour savoir, comme tant d'hommes de sa génération, si sa vie devait reprendre là où la guerre l'avait interrompue, si le futur envisagé était possible. Il trancha positivement et prit le bateau, comme son père avant lui, depuis Limassol, faisant escale à Athènes ; sur un cliché noir et blanc au bord dentelé il pose, en costume, menton levé devant les Propylées de l'Acropole. Après la traversée du détroit de Messine, qu'il découvrit éblouissant, nimbé dans la lumière rosissante du lever du jour, il atteignit la France dont il ne conservait d'autres souvenirs que la langue et ce que ses parents en avaient entretenu de flamme ; il debarqua à Marseille.

À Marseille, à Lyon, la France avait déjà reçu les vagues de l'arrivée des réfugiés d'Orient: Arméniens rescapés du génocide de 1915, Grecs d'Asie Mineure – Micrasiates – de la Grande Catastrophe de 1923 qui ne choisirent pas la famélique Grèce pour essayer de vivre. Ils étaient nombreux dans la moitié sud de la France qui ouvrait ses ports et sa coulée rhodanienne aux étrangers. Mon père n'aima jamais Marseille et s'installa comme ses parents à Lyon pour y entamer ses études.

En 1946 c'était une ville aux loyautés éprouvées par la guerre, aux façades noires d'encrassement industriel, une ville froide et humide l'hiver pour l'émigrant d'un pays clément, une ville aux maisons sévères – bandeau plat autour de fenêtres sans fioriture sous les découpes de leurs cantonnières de bois, une ville belle et austère. Il eut sa première carte de rationnement. Il s'inscrivit à Lyon sous la houlette de l'École nationale des Beaux-Arts et des écoles régionales d'architecture. Une mention télégraphique dans un curriculum vitæ de février 1967 indique qu'il travaillait déjà. Ses parents n'avaient guère les moyens de soutenir à distance les études de leur aîné et il ne partit qu'avec un petit pécule accumulé alors qu'il était employé à Chypre par les Ponts et Chaussées.

Chez une famille grecque de la diaspora d'Asie Mineure, les Calyanis, originaires de Smyrne, il prit une chambre. Ils résidaient place Raspail, à l'angle de la rue Passet, face au Rhône, dans un de ses immeubles enduits qui donnent un air d'Italie à la ville. De place, elle n'a que le nom : largement ouverte sur le fleuve, la place Raspail forme un mail avec, encore aujourd'hui, de beaux platanes aux larges feuilles et des résineux qui devaient leur rappeler à tous leur pays d'origine.

La famille Calyanis comptait un fils et une fille, prénommée Irène. Les photographies d'époque me restituent son aspect juvénile, visage tendre et yeux grandement rêveurs.

Elle est face au Rhône, devant le pont de la Guillotière, de manière à mettre en exergue le dôme de l'Hôtel-Dieu, chef-d'œuvre de Soufflot ; bien qu'élégante dans un imperméable serré à la taille qui laisse apparaître une robe à larges rayures, c'est le cadre architectural et la composition qui intéressèrent l'opérateur et non pas le charmant modèle ; et pour cela je sais que c'est mon père qui prit le cliché.

Jacques – Yakovo – Philippou, cousin de mon père, le rejoignit avec un autre camarade pour entamer aussi des études d'architecture. Comment le français s'était-il répandu dans cette famille entre les cousins Makariou et Philippou ? Mes grands-parents, qui l'utilisaient quotidiennement, en avaient-ils transmis le goût ? Irène et Jacques tombèrent amoureux. Après leur mariage ils regagnèrent Chypre où, eux aussi, entretinrent la flamme du français.

La carte d'étudiant de mon père, datée du 10 août 1948, indique qu'il est inscrit alors à l'École nationale des Beaux-Arts de Paris, dans l'atelier de son maître, Madelain. Il est membre de la Grande Masse, l'association des élèves de l'école, et demeure étudiant à l'Institut d'urbanisme de Lyon. Je conserve des pochettes de papier kraft à l'en-tête de « Gevaert photo, Société rhodanienne de photographie, 140 cours Lafayette, Lyon ». D'une main ferme qui était sa marque il a noté « Famille ». Le F se déploie comme un étendard au-dessus des autres lettres ; nos écritures se ressemblent. Au dos de chaque cliché, il y a presque toujours les commentaires écrits par ma grand-mère, en français, qui forment les annales chypriotes et familiales, à la fois tendres et drôles, maintenant éparses. D'une photo de mon grand-père, sur le péristyle de la maison de Nicosie, devant des roseaux, elle résume : « Quel est ce Noir d'Asie ? » Tout au long de ces années elle entretint mon père de la vie qui continuait à Chypre, l'encourageant au retour, dressant la chronique des moments doux, au gré d'une correspondance intimiste dont je n'ai plus que le journal visuel destiné à alimenter le désir de revenir. Mon père continuait son chemin ; à Paris, il travaillait, parallèlement à ses études, en tant que dessinateur dans des cabinets d'architectes ; sa carte temporaire de travail a été délivrée par la préfecture de la Seine en avril 1956. À la rubrique « Nationalité » il est noté : « britannique ». Il n'avait pas de citoyenneté réelle, il n'était qu'un sujet britannique. C'est la France qui lui octroya la citoyenneté avec la nationalité. Il la demanda sans doute fin 1956 ; mon frère, l'aîné, naquit la même année.

Mon père n'avait pas encore achevé son diplôme d'architecte, le grand œuvre qui supposait la conception exhaustive d'un projet. Il le soutint en juin 1957 et obtint, assorti de la mention « très bien », le prestigieux titre de « DPLG » : *Architecte diplômé par le gouvernement.* Depuis la mort de ma mère en 1999, je conserve le monumental cylindre à plans qui enferme son diplôme. C'est la dernière chose qui se dressait dans le salon de l'appartement familial intégralement vidé, la dernière chair autour d'une colonne vertébrale, le rouleau de notre arche d'alliance : Chypre, la France, l'architecture, la culture, l'effort. Dans le grand étui gris, se trouve tout l'appareil des rendus architecturaux attendus pour un diplôme : plan de site, coupes, axonométrie et élévation de chaque étage forment un ensemble de planches monumentales délicates à manipuler. Mon père choisit pour sujet de diplôme un musée de site archéologique à Chypre. Je suis émue que ce soit le site de Salamis/Salamine de Chypre que fouilla le département des Antiquités de Chypre sous la houlette de Vassos Karageorghis entre 1952 et 1974 ; émue qu'il ait choisi un site majeur dont les fouilles commençaient juste à l'heure d'entamer son diplôme, signe de la gémellité de ses attachements, à Chypre et à la France. Les premiers travaux de dégagement avaient été entrepris en 1890 par le *Cyprus Exploration Fund* sur le site de Salamine, sur la côte sud-est de Chypre. Son roi le plus fameux se nommait Evagoras et avait combattu l'occupant perse au tournant des Vᵉ et IVᵉ siècles avant notre ère. Salamine est maintenant en zone occupée. Le musée de site conçu par mon père se serait ouvert sur la mer, aurait comporté tout ce qui était nécessaire à son fonctionnement : galeries de présentation des collections, réserves, salle des épigraphistes orientée comme il se doit au nord pour jouir d'une lumière constante, logement des chercheurs et du conservateur. Conservateur, musée… je lui dois ces mots qui sont passés de lui à moi si simplement. Dans le même rouleau j'ai trouvé le projet encré et gouaché, conforme à une esthétique de la fin des années 1950, d'un immeuble de deux étages faisant office de cabinet et de résidence pour un architecte ; lui, j'imagine. Pourtant il ne rentra pas à Chypre. En 1955 les affrontements intercommunautaires étaient devenus une constante de la vie chypriote avec leur cohorte d'attentats. Devenu français, sa vie était florissante ; entre 1956 et 1966 naquirent trois enfants. Bien sûr le mariage n'était jamais passé aux yeux de ma grand-mère française ; en novembre 1955 mes parents s'étaient mariés à Paris, apitoyant le curé de l'église de la Trinité qui leur offrit une messe en grande pompe pour compenser l'absence de parents des deux côtés. Mes grands-parents de Chypre n'avaient pu venir, la liaison aérienne n'existait pas encore entre Chypre et la France ; quant à ceux de Neuilly, ils ne s'étaient pas déplacés. Après une messe aux allures de Te Deum, les amis s'en allèrent continuer la noce joyeuse à Montmartre, au *Lapin Agile*, où les accueillit Anatole, le garde champêtre de la Commune libre de Montmartre. La réconciliation des signes et des rites les plus divers, avec fantaisie, c'est bien ce qui les caractérisait tous deux. Mes parents avaient pris goût au burlesque dans les années païennes de l'après-guerre rive gauche. Le « bal des Quat'z'arts » était organisé chaque année par la Grande Masse et donnait lieu à une fête qui se prolongeait par des concours en loges et en ateliers, pimentés d'inventions et de costumes à thème. Une photographie prise à cette occasion montre ma mère sous une mantille, peigne dans les cheveux en convaincante Andalouse, mon père soudain sérieux en smoking. Peut-être est-ce déjà après l'obtention de son diplôme.

Mon père fut engagé par un cabinet d'architectes de Paris, à la belle clientèle, largement industrielle et internationale, sous la conduite d'un patron d'origine américaine. Il construisait le monde de demain.

Parlant lui-même l'anglais, ce qui demeurait rare alors, mon père suivait pour lui la conduite de chantiers à l'étranger, de la Suède à l'Écosse. La vie était heureuse, ma mère l'accompagnait aussi souvent que possible. Le couple tenait en main un bouquet de promesses d'avenir. En février 1967 mon père signa avec son patron la cession du cabinet qu'il achetait au prix significatif de 100 000 francs, près de 900 000 euros convertis à la valeur de 2019. La France avait beaucoup donné à un métèque, fils d'une famille d'une bourgeoisie orientale ouverte mais sans moyens. Tout y était permis aux audacieux : devenir français, envers et contre son allure, se tailler un avenir à la mesure de son talent et de ses ambitions. Pays si hautement aimable que celui-là. Aussi, dire que le visage de mon père fut un obstacle à son aspiration peut sembler inexplicable. Et pourtant, ne l'a-t-il pas assez entendu, le mot de « rastaquouère » ? Vilain mot de ma grand-mère française qui entraînait avec lui une odeur d'huile, de luxe parvenu, une allure suspecte, un exotisme de goût vulgaire ! Comme son père, auquel il ressemblait à s'y méprendre, le mien ne portait alors pas la barbe, avait les joues rondes, le nez fort et busqué, la même profonde fossette verticale, des yeux sombres, un front haut, une peau très mate. Dans les années suivantes il aggrava son allure du port de la barbe et des cheveux laissés plus longs ; ils affectaient l'aspect, fréquent à Chypre, de denses spirales, formant des boucles serrées, ordonnées en casque tout autour du crâne. Avec la barbe, ces sortes d'anglaises crépues lui composaient une tête identique à celle des sculptures chypriotes du premier millénaire. Je soupçonne qu'avec le temps il en fut fier. Non, on ne pouvait pas le prendre pour un Italien ; il n'était pas de ces Européens qui se fondaient dans le paysage d'une société française infiniment moins mélangée en 1946 qu'elle ne l'est aujourd'hui. De ce qu'il en avait éprouvé il n'était pour ainsi dire pas question dans nos conversations. Mais, me souvenant de quelques propos qu'il me tint, je sais que mon père vécut son visage comme un obstacle ; pas comme un interdit. Un obstacle se surmonte et il vous grandit ; la sympathie qu'il avait à l'endroit des travailleurs immigrés, il l'avait éprouvée d'abord pour avoir su ce que signifiait être seul dans une ville sans que quiconque ne vous adresse la parole pendant des jours. Il avait durement ressenti la méfiance des Lyonnais. C'était, il est vrai, le Lyon de l'immédiat après-guerre. Il retint toujours cette qualité d'étranger qui le portait vers les autres ; vers le peintre en bâtiment venu faire des travaux à la maison, qu'il traitait en hôte, auquel il offrait le café à la table de la famille, chez lequel il était honoré et touché d'être invité, et plus encore – nous étions bien après 1974 – parce que ce peintre, en outre, était musulman et que jamais mon père ne perdait l'occasion de la main tendue.

Le destin s'annonçait heureux en 1967; mon père était devenu le propriétaire, endetté jusqu'au cou, riche de son avenir, d'un beau et grand cabinet à deux pas des Champs-Élysées. À la fin de cette même année, avec deux associés, ils devinrent les architectes et urbanistes de la ville de Divonne-les-Bains et eurent désormais deux cabinets.

C'est ainsi que se prépara, nimbé de réussite, le voyage de 1973 à Chypre. Mon père pouvait sans rougir célébrer ses retrouvailles avec les amis d'excursion, de gymnase, venus nombreux à l'aéroport. Il avait tenu toutes ses promesses. Il n'y avait pas de raison qu'il eût le moindre soupçon de ce qui allait arriver, de l'invasion de l'île pas plus que de la récession économique féroce qui guettait. Ceux qui furent immédiatement atteints par le premier choc pétrolier sont ceux qui exerçaient un emploi industriel. La société française, à la sortie des Trente Glorieuses, avait une variété d'emplois qui retarda la prise de conscience de l'énorme crise qui allait s'abattre sur les économies modernes; par « modernes » j'entends celles qui étaient allées au bout du développement d'un cycle, semblaient avoir sur place dégagé toute la productivité possible. Le capitalisme s'était emballé, il ne fabriquait plus une société, il cherchait à améliorer la mécanique du gain. Peu à peu les hommes deviendraient des problèmes plus que des solutions.

Furent d'abord atteintes les industries textiles, ce milieu que Claude Sautet choisit de regarder à la loupe dans *Une histoire simple*, un film tourné en 1978 et qui me bouleverse toujours. Puis peu à peu toutes les industries de transformation qui allaient avec le textile. On inaugura le terme de « délocalisation ». Suivirent les poids lourds industriels, fleurons de notre économie, et avec la sidérurgie c'est un chapitre de l'aventure économique, de l'esprit d'entreprise à la française et des conquêtes sociales qui sombrèrent. Leur emboîteraient bientôt le pas l'industrie automobile, tous les mangeurs de métal et d'intelligence lourde formés dans nos écoles d'ingénieurs. La pompe économique tirerait toujours un peu plus sur le cœur d'un pays anémié. On cesserait de penser à un développement harmonieux, concerté du territoire. Les lignes de trains fermeraient. Les villes se contracteraient ; et avec l'emploi industriel continuellement s'affaisserait le visage d'un pays tout entier. Dans la riante ville de Montluçon, celle de ma marraine, l'entreprise pharmaceutique que dirigeait son mari mettrait la clef sous la porte, comme tant d'autres. La circulation de l'argent ne se mesurerait bientôt plus qu'à la présence persistante des services publics.

Mon père, qui travaillait pour le secteur industriel, sentit dès l'année 1974 le premier choc pétrolier ; Compagnie électromécanique du Bourget, usines

Rep-Elec, usines et bureaux Filtres et Mica, usines Contracem à Dijon, usines Kelton à Besançon, siège d'IBM à Corbeil, adieu… Chacun a sa litanie des morts au champ… de quoi, d'ailleurs ? Je ne peux écrire « au champ du progrès », plus de quarante-cinq ans plus tard, alors que l'on mesure les effets du jeu de dupes d'un nouveau contrat économique qui ne produisit que des fruits précocement desséchés, sur des branches chétives, au lieu des nouveaux horizons de travail annoncés. Commencèrent les années piteuses après les Trente Glorieuses et mon père, pour ne pas mettre la clef sous la porte, licencia vingt et une personnes sur les vingt-trois qui l'accompagnaient depuis des années. En 1974, le choc de la crise économique qui le frappait de plein fouet s'amplifia du choc tragique de l'invasion de Chypre. C'était toute sa vie qui avait basculé. Il ne s'en releva jamais.

La succession d'ères qui toutes supposent un début, un apogée et une fin peut créer le mirage d'une histoire cyclique. Il n'en est rien. 1974 n'était pas 1929, 2020 n'est pas 1974. Nous n'en sommes pas sortis ; il y a tout lieu de penser que nous allons y plonger un peu plus. L'Histoire avance, elle n'est pas rétrograde, mais cela ne signifie en rien qu'elle est progressiste. Simplement, en bonne broyeuse, elle avance. En 1974 elle hacha mon père aussi menu que possible.

On peut passer encore des années debout dans sa vie sans jamais totalement se redresser. Ainsi en alla-t-il de lui. Et pourtant il n'était pas homme à en parler. Mais les enfants saisissent tous les signes, les regards qui s'absentent, les réponses qui tardent à venir, les choses que l'on ne fera plus sans que l'on sache pourquoi, le silence. C'est pourtant le silence qui laissa une place plus grande à la musique, à la langue des gestes, aux livres échangés, aux visites que nous fîmes ensemble. Le complice silence qui nous réunissait à Chypre, sur la terrasse dominant l'immeuble de la famille, alors qu'allait retentir le premier appel à la prière, depuis la zone occupée. Il devait être 5 heures. Je l'avais à peine entendu venir mais je le sentais présent. L'un de nous deux dit : « Les Turcs nous manquent », et nous écoutâmes ensemble le premier *adhan*, avec une émotion retenue.

Le silence, les mots. Lorsque j'eus dix-huit ans, étudiante à la Sorbonne, je lui écrivis une lettre que j'adressai à son cabinet de la rue Lecourbe. Il était bien temps qu'il sache que j'avais grandi, que j'allais épouser la philosophie ; qu'il ne comprenait rien en somme… On a une chevelure de merveilleuses idées folles à dix-huit ans. Je lui dis que je lui avais envoyé une lettre. Il ne marqua aucune surprise. Mais j'attendais impatiemment sa réaction, son agacement, son irritation. Un signe, un mouvement pour le faire descendre du récif où je le sentais installé. Cette lettre était, au milieu des reproches, la déclaration vibrante de fidélité d'une fille à son père, le serment d'une fidélité à toute épreuve. J'étais fébrile. Et rien ne vint. Une semaine, deux semaines, un mois, des mois. Lorsque j'eus vingt ans, le jour de mon anniversaire, mon père me tendit un petit paquet de feuilles pliées entourées d'un ruban rose et me dit : « Je crois que je peux te la rendre maintenant. » Ce fut tout.

Le silence, les livres. Alors que j'avais entamé des études d'histoire de l'art, le soir tombé il entrouvrait la porte de ma chambre, paraissait tout en longueur dans l'embrasure. Sans mot dire, il s'avançait, regardait ce qui se trouvait sur l'établi de la lecture, s'attardait sur ce qu'il ne connaissait pas encore. « Je peux le prendre ? » Il repartait avec son butin, l'ouvrant dans son antre de draps qu'il gagnait toujours tôt. En parallèle du rond de ma lampe, il créait le rond lumineux que lui ouvraient mes livres. J'aimais ses visites du soir et j'aperçois maintenant qu'il semblait me verser tribut pour une dette d'apprentissage, comme si j'étais à sa hauteur. Le renversement du don assurait la réciprocité de nos liens. Il venait apprendre de sa fille à laquelle il avait tant appris ; son humilité me faisait la haie la plus glorieuse. Je n'ai pas compris alors ce qu'il me rendait là ; il me fallut bien des années pour me rendre à sa clarté.

Le silence, la musique. À Paris, ensemble au concert, je reçus ses larmes discrètes sur le *Deuxième Concerto pour piano* de Brahms. Je le lui fis écouter une dernière fois dans sa chambre d'hôpital, en septembre 1996. Et les mêmes larmes perlèrent à ses yeux ; c'était quelques jours avant sa mort.

La chute avait été rapide, entre 1994 au moment du diagnostic, et la mi-septembre 1996 où il s'éteignit dans un hôpital de la banlieue parisienne. Nous nous relayions ma mère, mon frère, ma sœur et moi pour aller chaque jour le voir.

On avait dû le transporter en urgence pour faire face à une détérioration très brutale de son état.

Le diabète faisait feu de tout bois dans ce corps que l'esprit ne commandait plus. Il avait perdu l'usage de la parole et fut mutique depuis le début de son hospitalisation jusqu'à sa mort. Ses yeux, chargés de reproches ou de peine, disaient tout. Il semblait ne plus comprendre le français ou plutôt ne plus vouloir réagir à la moindre sollicitation dans notre langue. Il n'acquiesçait silencieusement qu'à mes pauvres questions en grec. Il n'était plus curable ; son réseau veineux était devenu si poreux que les perfusions se diffusaient comme une tache dans les chairs, que la moindre piqûre causait un hématome. Sur sa peau parcheminée le contact du bouton de la tenue qu'on lui faisait endosser formait des cratères profonds à la cicatrisation impossible. Il se délabrait sous nos yeux, se défaisait mais, encore au milieu de cet effondrement, pleurait en écoutant Brahms. Les regards et les caresses étaient devenus notre seul vocabulaire. L'incroyable force de ses yeux, qui ardèrent jusqu'au bout, m'a appris qu'aucun être humain n'est réductible à ses maux ; que jusqu'au terme il fait son métier d'homme. Mon père l'avait porté haut, comme un devoir sacré, toute sa vie. Il ne comprenait pas le suicide et pourtant c'est bien un suicide stoïcien qu'il choisit pour mettre fin à son agonie. *Agonie*, un mot grec qui signifie combat. Pour la première fois depuis des mois, le corps couché auquel il était réduit était à nouveau assis dans un fauteuil et c'est à lui que l'infirmière dit : « Vous serez bien, monsieur Makariou, vous allez pouvoir vous reposer dans une grande maison avec un jardin. » L'unique phrase qu'il avait prononcée en entrant à l'hôpital avant de se taire à jamais, était : « Je veux rentrer chez moi. » Tout espoir avait cessé pour lui dans cette belle après-midi déclinante. Le soir même il refusa de prendre ses médicaments, de boire et de manger. Dominant – par quelle force ? – sa maladie d'Alzheimer, il tint trois jours jusqu'à ce que la faim et la déshydratation aient eu raison de lui, jusqu'à ce qu'il ait eut raison de sa déchéance. Il avait mené son ultime combat. Sans aucun mot. Il m'a donné sur son lit d'hôpital une magnifique leçon.

Le dernier jour, le 16 septembre, avait été long et nous étions tous fatigués à l'idée de reprendre la voiture, de nous jeter dans la circulation. Au téléphone, nous convînmes de n'y aller que le lendemain. Mais revenant du musée à pied, je croisai une petite fille qui parlait à son père, lui demandant ce qu'était un cercueil. Je venais de recevoir le message d'une jeune Parque. Et comme, alors que j'étais rentrée, mon compagnon me faisait valoir que, partant à cette heure, nous serions pris dans les embouteillages, j'insistai pour que nous y allions coûte que coûte en emmenant ma mère. Nous arrivâmes, les ombres s'agrandissaient dans sa chambre, elle était baignée d'une lumière chaude de début d'automne. Il dormait. Je me suis approchée pour le regarder dans son sommeil. Puis j'ai soulevé le drap et vu sa main gonflée, violette, morte. Ses mains longues et fines que j'avais admirées ne tiendraient plus jamais la mienne. Ma mère ne voulait pas comprendre jusqu'au moment où quelque chose de sa résistance a lâché ; elle s'est affaissée et a dit : « Mon Dieu, merci. » Comment allions-nous faire désormais sans pilote pour aborder Chypre tant nous étions incertains d'en détenir, sans lui, les contours et la clef ?

À la sortie de la crémation les cendres avaient été partagées en deux. Décidément comment échapper au partage ? En Méditerranée, face aux calanques de Cassis, nous avions répandu la poudre légère et grise de ses os et de son peu de chair ; elle s'était envolée contre nous, qui regardions la rougeoyante étreinte des bras de la falaise. J'avais lu un texte de Baudelaire qu'il aimait. Commença en direction de Chypre le voyage de la deuxième part de ses cendres comme « échantillon minéralogique ». Fils de marbrier, transformé en échantillon de pierre, comment ne pas goûter ce pied de nez à la mort ? Une célébration pour l'ouverture du caveau fut organisée au vieux cimetière de Nicosie. Ils étaient tous là, famille et amis, serrés dans la chapelle pour un dernier retour. Le plus jeune de mes oncles me rapporta que le ciel s'obscurcit, puis un orage violent éclata, accompagné d'une secousse tellurique. Il était 15 heures, la neuvième heure du récit biblique de la mort du Christ. Je ne sais pas si Alberto vit alors le voile du temple se déchirer, ni s'il comprit que les Évangiles se redisaient à travers lui.

7

Porteuses de grâce

De 1991 à 1994, ma mère m'a protégée en gardant le silence. En 1991, lors d'un voyage à Chypre avec mon père et ma mère, un souvenir d'excursion en montagne marque le début de la descente. Mon père s'était engagé sur une route de montagne, non goudronnée à flanc de ravin. Je ne sais plus où nous tentions d'aller, vers un monastère sans doute. Nous nous élevions péniblement dans la montagne. C'était le silence dans l'habitacle, avec le seul bruit de la mécanique lente des pneus qui broyaient régulièrement les cailloux sous leur caoutchouc et soulevaient la poussière. Elle semblait ne pas devoir finir, cette route. De place en place, des refuges tailladaient la roche. Ma mère ne parlait plus, sa peur s'était installée dans la voiture.

À l'apparition du premier véhicule venant en sens inverse, l'angoisse devint palpable. Elle n'avait pourtant jamais eu peur en voiture avec mon père ; je n'avais jamais eu peur non plus mais de cette peur-là, ce jour-là, je me souviens.

J'aimais tant faire de la route avec lui. Nous fîmes ensemble des traversées magnifiques d'épaisses écharpes de nuits provençales ; route tortueuse, route nocturne filant rapidement. Le silence alors, maman s'étant endormie, était la passerelle sur laquelle nous nous rencontrions. « Parle-moi » ; et je lui parlais à voix basse, sur une musique en sourdine, dans la solitude des kilomètres guidés au pinceau chiche et fantastique des phares sur les parois de gorges rocheuses. Nous étions heureux.

Mais là, à l'été 1991, se dessinait, trait pour trait, le négatif de l'image de nos nuits provençales : le soleil écrasait la route ; les lacets s'éternisaient, je me taisais, maman ne s'était pas endormie, ne s'était pas abandonnée. Après quelques kilomètres, elle supplia que nous redescendions ; en marche arrière, plus dangereuse encore. Ce souvenir est un des rares qui surnagent de ce voyage amnésique alors que j'aurais dû en savourer chaque gorgée ; pour la première fois j'étais seule avec mes parents, après que mes frère et sœur avaient quitté la maison. Il ne me demeure de cet été chypriote que quelques lambeaux ; la fontaine est tarie, je ne saurai rien en faire jaillir si ce n'est l'épisode de la route qui nous déroute ; parce qu'il fait écho à une autre escalade difficile dix-huit ans auparavant.

En 1973, nous allions faire la visite du château de Saint-Hilarion, campé sur un des contreforts les plus escarpés du Pentadactylos dans la chaîne des Karpas. Dans le légendaire et profond passé chrétien de Chypre, Hilarion, ermite, était venu se réfugier aux dernières années de sa vie de prière en ce lieu inaccessible. En 1228 Jean d'Ibelin, régent de Chypre pour le compte du jeune roi Henri Ier de Lusignan, transforma le nid d'aigle et au fil du temps le château devint mi-forteresse mi-résidence de plaisance, fort de sa vue inoubliable au-dessus du port de Kyrénia.

De bon matin nous nous essayâmes à sa conquête mécanique. Notre voiture de location était anglaise : c'était une Vauxhall. Mon père n'en conservait que la première syllabe et disait : « C'était un veau. » Dans la montée, soudain, elle partit vers l'arrière. Il sauva la situation au frein à main et d'une pression victorieuse sur l'accélérateur. Passé la frayeur, nous avons aimé cet épisode héroïque et en avons ri souvent.

Mais sur cette piste de montagne dans le Trodhos, en 1991, c'est toute la route et toute notre confiance qui cédèrent. Mon père ne nous protégeait plus. Ma mère le sut immédiatement. L'image de notre incertitude, si nette, sur la route, émerge seule du flou du voyage de cette année-là.

Mon père et ma mère s'étaient rencontrés à Paris. Ma mère était de dix ans sa cadette ; elle était née en

1931, enfant unique d'un couple de commerçants qui avaient réussi. Son père était de la dernière classe mobilisable en 1939 ; elle fit l'exode avec sa mère qui les conduisit dans la traction-avant paternelle jusqu'au village d'Ille-et-Vilaine dont la famille paysanne de mon grand-père était originaire. Le père, Aimé, fait prisonnier la veille de l'armistice, passa deux ans et demi en camp en Allemagne. Revenu en France, péniblement remis d'une captivité très éprouvante, il entra dans le réseau de résistance de Pierre Brossolette, un nom que nous prononcions toujours à voix retenue et pleine d'admiration. Ma mère attendit son père dans un face-à-face dur avec sa mère : celle-ci avait choisi de lui donner le prénom de la seule aventure que l'on prêtait à mon grand-père : Liliane. Ma mère était ainsi chargée de rappeler à son père sa faute. Sa mère la fit bouc-émissaire par l'imposition du prénom. On ne peut pas imaginer un tel début dans l'existence quand on a, comme moi, eu la chance d'éprouver la solide cathédrale de l'amour parental au-dessus de soi.

J'observe la jeune enfant qu'elle était, photographiée en noir et blanc avec, à l'esprit, les récits de ses frasques scolaires : une jolie petite fille aux boucles auburn me fixe d'un regard incroyablement vivant et rieur, elle a les jambes pliées sous elle, elle porte un sarrau, elle ne pense qu'à sortir du cadre et à aller gambader, elle a déjà franchi le bord de l'image par la pensée. Sur une photo en couleurs du début des années 1990, elle a le même regard vagabond, elle s'est envolée, elle rêve sous ses boucles, les jambes repliées sous elle. À des décennies de distance elle est demeurée la même : une substance de fantaisie, l'appétit de la poursuite des idéaux, le goût de l'évasion, du voyage. Elle est d'ici et d'ailleurs. Elle ne demandait qu'à aller aussi loin qu'on pourrait l'emmener. Un jour de 1953 un homme a frappé à sa porte rue Joubert, à Paris ; il habitait le même immeuble, l'avait trouvée jolie et se présenta. Elle lui entrouvrit sa porte assez méfiante, ne comprit ni son nom ni le nom de son pays, ne comprit pas ce qu'il lui proposait – lui montrer des photographies de Chypre. Et comme il concluait « J'espère que nous nous reverrons », elle lui répondit : « À l'occasion dans l'escalier. » Si l'entrée en matière fut manquée, mon père sut apparemment trouver, avec son bel esprit de suite, les mots et l'occasion nécessaires au développement d'une relation amoureuse. Mais le discours amoureux me paraît intrinsèquement lié à une certaine façon d'avoir été élevée pour devenir une femme en France ; il formait une modalité rare et subtile de l'être, une délicate grammaire d'expressions, de gestes, de regards, un bréviaire complet des usages et des interdits du discours. Un naturel en somme, un tout instinctivement manié, profondément intégré par une jeune Française née en 1931.

Mon père déchiffrait-il cette grammaire, celle de ma mère, même s'ils parlaient la même langue apparente ? Je suis bien sûre qu'en cela il n'était pas français. Pour ma mère, fille d'une petite bourgeoisie française sourcilleuse, choisir mon père, choisir de vivre avec ce visage étranger, sans être mariée, c'était, dans la France d'après-guerre, une rupture. Plutôt la réaffirmation de la rupture ; elle était partie du domicile de ses parents le jour même de sa majorité à vingt et un ans. Elle étouffait dans le huis clos familial. Elle avait déjà eu alors une grande histoire d'amour, impossible ; les deux riment. Libre, parfois joyeuse, elle était rattrapée par l'ombre de son prénom et c'est alors qu'elle s'évadait. Au propre, comme au figuré. De cela, de rien, je ne lui tiens rigueur.

J'en conçois toujours la même débordante tendresse pour l'enfant fragile qu'elle avait continué d'être. Elle n'a jamais cessé d'être fascinée par l'obscure profondeur des puits, un sentiment d'inexorable détresse qui pouvait endeuiller ses plus grandes joies. Elle projetait, malgré le débordement de sa tendresse, une ombre épaisse d'incertitude sur nos vies. Elle ne pouvait y échapper, ne pouvait se soustraire à elle-même et à la malédiction imposée par sa mère qui ne l'avait pas aimée. Elle l'avait combattue de toutes ses forces et avait construit une coque d'amour insubmersible autour de ses enfants. Elle ne le sut pas, mais elle avait triomphé. Lors de la dernière conversation que j'eus avec elle, alors que je partais le lendemain en voyage et ne devais plus jamais la revoir consciente, je lui dis qu'elle avait été une mère formidable. Ces mots m'enlèvent à l'abysse de son absence.

Une autre photographie me la montre ainsi qu'elle était profondément : une porteuse de grâce ; elle doit avoir seize ou dix-sept ans, elle est encore sur le bord de l'enfance tandis que point la femme qu'elle va devenir. Son cou est caressé par des boucles coupées à mi-longueur ; elles sont disciplinées par le nœud d'un large ruban à rayures bleues et blanches assorti à la marinière et à la jupe qu'elle porte. Je me souviens de cette jupe aux panneaux assemblés savamment qui faisait converger les rayures bleues en une composition rayonnante ; elle l'avait gardée, je l'ai portée. Elle me plaisait d'autant plus que les couleurs en étaient méditerranéennes. Sur la photo prise en plein soleil, on distingue à peine les rayures de l'étoffe ; la jeune fille se tient légèrement déhanchée, et porte le petit corps chaud d'un affectueux caniche noir qui serre sa tête dans l'arrondi de son épaule. Elle est tout entière un sourire. Elle semble flotter légère dans cette journée d'été, dans ses sandales blanches à talons, dans le bonheur d'être.

Une porteuse de grâce, c'est ainsi que je la vois, l'image que j'en retiens ; et le son de sa voix lorsqu'elle me disait, un peu inquiète : « Ça va, ma mie ? »

Inquiète de quoi, d'ailleurs ? Sans doute que j'ai aimé comme elle les sentes étroites, les apories et les histoires d'amour ; qui sait, deux mots pour dire la même chose. Je cherchais souvent à l'éviter, elle ne m'était pas assez étrangère. Si mon père pesait de toute son incarnation, ma mère flottait. Ses états d'âme formaient comme les traînes de nuages de la peinture de paysage chinoise : une réserve qui s'enlève sur le vide du papier ou de la soie, un silence. Elle passait de la volubilité à l'absence, sans transition. Je ne sais quelle porte, à un moment, s'ouvrait dans l'épaisseur des choses et elle pénétrait dans un autre monde, un jardin qui n'était qu'à elle. Probablement sur le bord d'eaux dormantes, la douceur d'un courant lent peut-être dans ce jardin sous les roses, à Triel-sur-Seine, dont elle me parlait souvent. Un coteau herbu y descendait vers le fleuve, des trembles et des peupliers frémissaient, de jolies maisons fin de siècle s'y donnaient des allures de manoir, en surplomb sur la Seine, perchées et heureuses. J'entendais dans les récits qu'elle en faisait un air de douceur, le seul qui lui revînt de son enfance. À Triel-sur-Seine, les primes années s'étaient déployées en leur plus beau matin ; l'ombre de sa mère ne régnait pas ; maman y retrouvait seulement, dans les virevoltes de leurs jeux, l'amie d'enfance, la presque sœur, Paule. Les deux petites filles, poétiquement surnommées par leurs camarades « l'asticot »

– ma mère – et « la fêlure » – Paule –, bâtissaient un univers d'aventures et de liberté. Dans cette enfance, qui devait leur paraître éternelle, elles fumaient des cigarettes de branches de sureau avant que la guerre ne provoque leurs retrouvailles nocturnes dans les abris antiaériens où leurs jeux reprenaient de plus belle. Elles habitaient sur l'île de la Jatte, une dépendance sauvageonne et populaire de Neuilly. Elles en étaient les deux princesses, régnant sur un peuple de jeunes enfants bien moins favorisés qu'elles. J'en ai retenu un seul nom : les « petits Paillet ». Le nom apporte la saveur délicieuse d'une enfance française, la gouaille des expressions d'une certaine langue en train de sombrer. Ma mère avait appris alors les mots d'argot qu'elle connaissait, attrapé cette pointe d'accent parisien qui est devenu une rareté, construit une bibliothèque d'images et de sensations qu'elle nous a transmise.

Entre mon père et ma mère, il y avait le pain sacré de la langue, d'une pâte qui n'avait pas été travaillée, qui n'avait pas levé dans le même fournil familial, mais ils la partageaient très sûrement et en donnaient quotidiennement la becquée à leurs oisillons. Langue réparatrice, qui nourrissait, apaisait, les enracinait en France. Un pays à venir chercher pour mon père, un pays à aimer malgré tout pour ma mère. Elle n'aima que la Méditerranée. Ses parents étaient de la moitié nord de la France, de

Bretagne et de Picardie. L'année de mes cinq ans, après deux mois de vacances sous la pluie, elle raccrocha définitivement au porte-manteau des accessoires la Bretagne. Elle n'y remit plus les pieds, à la grande tristesse de mon père, si attiré par l'exotisme définitif de l'océan, de la couleur de son ciel, des calvaires et des sonorités poétiques de noms étranges : Douarnenez, Loctudy, Locronan, Tréboul, Plougastel-Daoulas, Huelgoat… De la Picardie maternelle, de ses vergers, de ses villages-rues, de l'horizontalité franche de cette terre ouvrière et paysanne, ma mère ne parlait jamais. La mère et la fille évitaient les relents tristes de pauvreté jamais surmontée, d'échecs, d'enlisement social d'un patelin au nom sonnant comme dans un fabliau médiéval : Yzengremer. Ma mère tenait à distance la Bretagne, la Picardie, tout ce qui la faisait purement française. Et pourtant elle avait grandi dans les paysages que le monde entier vient voir, à Paris et sur l'île même de la Jatte, chère à Seurat. La maison de ses parents était en bord de Seine, les pieds dans l'eau. C'était une maison couverte de bardeaux peints, à la façade-pignon bordée de cantonnières de bois délicatement ouvragées, qui se dressait là déjà du temps que les peintres impressionnistes venaient poser leur chevalet en plein air. Depuis l'avenue, « côté terre », elle apparaissait ramassée. Au-dessus de la Seine un balcon de bois filait tout le long. La bicoque avait une allure de chapeau pointu et s'accrochait sur le talus fluvial au-dessus d'un étage de meulières. Près des appontements, étaient amarrées quelques lourdes barques que l'on louait pour la pêche du dimanche. À l'automne la vigne vierge couvrait la maison d'or et de pourpre et se reflétait dans les eaux lentes de la Seine. Bien que ma mère eût grandi dans un décor de dimanche à la Grande Jatte, dès qu'elle connut mon père elle choisit de s'arrimer à l'Orient.

Quel étrange choix que celui de plus de dénuement, comme un tourbillon de poussière et d'herbes sèches. Elle avait bien été prise d'inquiétude avant d'aller à Chypre la première fois, sûre que l'île ne serait en rien comparable à son pays. Elle avait été étonnée de découvrir à l'inverse une patrie aimable, terre et gens confondus, et elle l'avait adoptée sans conditions. Elle poussait vers Chypre mon père, lui reprochant de ne pas assez entretenir les relations avec les siens, avec l'île, avec la langue ; elle poussait vers Chypre sa famille et fut heureuse quand je me mis à l'apprentissage du grec. Avant mon mariage elle me dit un jour : « Tu me promets, n'est-ce pas, que tu ne changeras jamais de nom ? » S'orientant vers Chypre, qu'ai-je fait d'autre que la suivre, sans doute plus que de suivre mon père ? À l'inverse mon père nous tirait constamment vers la France, nous apprenait sur le bout de nos dix doigts l'alphabet de ses provinces.

Après 1974, ma mère fut tout autant que mon père l'artisane du rapatriement gastronomique de Chypre à Paris, de l'accueil des signes qui pouvaient nous réparer. C'était sainte Irène penchée au-dessus des fourneaux, entretenant la constance d'une flamme chypriote, concoctant quelque baume gustatif miraculeux ou posant sur la platine un disque grec dans la tranquillité du dimanche matin tandis que se préparait en cuisine le café turc. C'est à elle, autant qu'à lui, que mon propre feu s'est alimenté.

L'omniprésence de la cuisine rappelle une autre porteuse de grâce qui était à Chypre le pendant de ma mère. C'est la dernière *yaya* – grand-mère – de la famille avec laquelle le rapprochement se faisait évident. Yaya Sévasti était la mère de ma tante Nitsa ; c'était une grand-mère universelle : je l'ai adoptée comme mienne après la mort de ma grand-mère de Chypre en 1981. Sévasti était née à Alexandrie au début des années 1910, et avait ramené de cette vie des Grecs d'Égypte un mélange particulier de douceur, de tenue et d'humour désabusé, le tout empreint d'une folle sophistication. Je la revois, tassée sur elle-même, toute petite femme de noir vêtue après la mort de son mari, portant toujours à l'intérieur de la maison une robe longue de coton austère serrée à la taille que l'on n'appréciait plus guère dans l'affaissement général de son corps. Elle était aussi ridée qu'on peut l'être et lorsqu'elle souriait

– faisait-elle vraiment autre chose que sourire ? – tout son visage ondulait. Elle avait un air de malice, une voix de petite fille, une énergie de fer et une prodigalité attentive à autrui ; elle, comme ma mère, étaient les vierges sages de la parabole biblique : l'hôte peut arriver à n'importe quelle heure, les veilleuses ne seront pas éteintes et la table sera mise. Elles appellent toutes deux encore ce passage de l'Évangile de Jean : « Si le grain meurt et tombe en terre il donne beaucoup de fruits. » Leur naturel était l'abandon à l'autre ; leur bonté s'exprimait souvent par la cuisine. À Nicosie ma mère passait du temps avec Sévasti qui lui expliquait des recettes et, une fois les hommes partis, se consacrait au café pour les femmes de l'immeuble ; du premier étage venait nous rejoindre une vieille voisine d'Alexandrie, « Mme Sophie », ainsi qu'on l'appelait en français. Une fois le café servi, Sévasti se lançait dans tout un train de préparations culinaires minutieuses dont la lente cuisson embaumait la maison des heures durant. Ma mère suivait pas à pas les explications, plus visuelles que verbales bien sûr, mais leur langage de gestes était sûr et les mots ne sont pas toujours utiles. Sévasti aurait été la mère idéale de la mienne. Dès que j'arrivais à Nicosie, Sévasti faisait avec moi ce que faisait ma mère à Paris, m'interrogeait sur ce qu'il me ferait plaisir de manger puis partait en campagne pour s'approvisionner en ingrédients pour un agneau au colocase – un curieux tubercule d'Orient si délicieux –, ou pour un ragoût de *mouloukhiya* comme en Égypte, feuille mucilagineuse, gluante, noyée de citron. Elles étaient deux poétesses de la cuisine, exprimant leurs émotions, leur dévotion dans les plats qu'elles préparaient. Pour me faire comprendre tout ce qu'elle y mettait, Sévasti me fit lire *Loxandra* de Maria Iordanidou qui narre « par le menu » les inventives réponses culinaires aux circonstances de l'existence, heureuses ou dramatiques, que traverse une nombreuse famille stambouliote ; c'était une cuisine de la réparation, dispensatrice de messages, que celle de Sévasti et de ma mère.

Auprès de mon père, ma mère avait adopté une culture de la générosité, très éloignée de la mesure bourgeoise de son horizon originel. Elle tourna le dos à son terroir – et Paris dans son enfance était un terroir, des villages – pour aller s'enraciner par ses fourneaux dans une île lointaine, choisit d'en épouser tous les replis hercyniens, historiques et humains. Ses plats chypriotes étaient sa façon de ramener pour nous la Chypre d'avant la division. Ma mère reprochait à mon père de ne pas nous avoir appris le grec qui n'était pas la langue de sa maison d'enfance. Elle non plus n'avait pas appris le grec mais elle était tout de même heureuse de pouvoir dire quelques mots, qu'elle prononçait mal. Elle aima presque tout de l'île : que ce fût une île d'abord, que le soleil y règne trois-cent-quarante jours par an, que l'on y prenne des repas sous des treilles, que l'on y mange si bien, que les montagnes s'y conjuguent à la mer, qu'elle y ait trouvé une famille avec toutes ses ramifications, que la tribu ait formé un récit, que l'île enchantée soit habitée par le souvenir de rois et de reines, par le peuple de Chypre qu'elle trouvait haut en couleurs, généreux, affable et drôle, que se mêle sur cette terre si petite tant de bigarrures, de contrastes et de strates d'histoire. Cette sensibilité, elle l'avait développée au voisinage de mon père qui fut son éducateur. Sortie de sa famille française, sans grands horizons culturels quand bien même son père avait été grand lecteur – mais taiseux, tellement taiseux –, elle avait découvert la passion de l'ouverture au monde par le prisme d'un homme. Mon père lui parlait de Chypre et des églises peintes du Trodhos, de la nécropole royale de Salamine autant qu'il le faisait de l'abbaye de Cîteaux, de Montmajour ou des manuscrits de la mer Morte, des Aztèques, d'Enguerrand Quarton, peintre de la médiévale école d'Avignon, ou des derniers classiques du XXe siècle. Elle était émue aux larmes devant la pietà du maître de Villeneuve-lès-Avignon, par l'abbaye de Sénanque et par Saint-Nicolas-du-Toit dans la nichée des résineux au-dessus de Kakopétria, par la contemplation d'une lumière matinale en Vaucluse ou par l'envolée des voûtes de l'église Saint-Eustache à deux pas de notre appartement à Paris… La lyrique beauté du monde l'écorchait ; me vient un vers des *Matinaux* de René Char dont je me dis que, pour l'avoir écrit, il dut la connaître : « Ils sont privilégiés ceux que le soleil et le vent suffisent à rendre fous, sont suffisants à saccager ! » Un rien la saccageait, là était son immense et séduisante fragilité.

Le 16 septembre 1996, au bout du couloir du service de l'hôpital où mon père s'était laissé mourir, elle me dit : « Qu'est-ce que je vais faire maintenant ? Il était toute ma vie. » C'était à sa fille cadette qu'elle le disait, et elle n'aurait pu être mieux entendue. Oui, nous, ses enfants, nous n'avions pas autant compté que lui. Désormais elle ne savait plus où porter ses pas dans le monde. J'ai su ce jour de septembre, puis tous les jours qui ont suivi pendant trois ans, qu'elle avait choisi sa pente et ne nous ferait pas longtemps le plaisir de nous tenir compagnie. Mais avec élégance elle nous donna le change la dernière année de sa vie et nous fîmes semblant d'y croire.

Dès 1991, sans mettre de nom encore sur le constat, elle avait compris, à Chypre, sur une piste de montagne, qu'elle était en train de perdre l'homme avec lequel elle avait partagé plus que sa vie. Elle fut la seule à voir la lente dégradation, avec courage. En 1992, elle l'amena à cesser son activité d'architecte. Il avait soixante et onze ans et commençait à ne plus pouvoir fixer sa pensée. Pesait encore sur lui, épée de Damoclès juridique, la garantie décennale sur ses travaux, engageant sa responsabilité et celle de ses enfants.

Nous devions donc garder les plans et documents techniques relatifs aux derniers chantiers, pour lesquels la garantie des dix ans n'était pas éteinte. Nous ne pouvions entreposer la masse des dossiers et des relevés que dans la cave de l'appartement à Paris. Péniblement nous remisions ce qui avait continué de le porter malgré l'effondrement de 1974. Ma mère le regardait, sans mot et sans remède, atteinte comme lui. Quand nous eûmes presque achevé, il resta derrière et je le retrouvai assis, sur une des très hautes marches des escaliers ; il avait les yeux humides. Nous lui avions fait enterrer sa vie. À partir de ce moment il fut collé à la maison, à elle, et il s'enfonça.

À la fin de l'année 1992 j'avais réussi le concours des conservateurs du patrimoine et au début de l'année suivante je choisis de faire mon premier stage à Toulouse durant deux mois. Mon père et ma mère vinrent me rendre visite et c'est alors que j'étais désormais passée du bon côté, celui des gens qui auront du travail, que tout bascula ; ils pouvaient bien tous deux lâcher puisque je tenais debout. Nous faisions le tour du cloître des Jacobins dans une lumière cinglante de février ou mars. Soudain mon père ne put plus mettre un pas devant l'autre, la mécanique de sa marche s'était déglinguée. Son poids l'emmenait vers l'arrière, et comme d'anciens jouets de tôle il donnait l'impression que le mouvement enrayé allait produire un effet rétrograde d'autant plus troublant qu'il était d'une régularité de métronome ; ses mains croisées dans le dos sous les pans de son imperméable lui donnaient l'allure d'un général que je lui avais toujours connue. Mais le général désormais battait la campagne. Tout au long des trois ans et demi qui lui restaient à vivre je le vis peu à peu se déconstruire, s'effriter, perdre forme et mots. Ma mère en tenait le compte à rebours implacablement douloureux.

À l'été 1994, à l'issue de ma formation j'effectuai mon ultime stage de conservateur à l'étranger, à Istanbul, et, comme habituellement, je coupais volontiers les communications lorsque j'étais au loin. Nous étions alors dans des mondes différents, des temps et des espaces qui ne se ressouderaient que par l'épreuve charnelle des retrouvailles et de la parole. C'était le temps béni d'avant le téléphone portable, avant le fil à la patte, celui où l'on pouvait se glisser dans un interstice du monde et presque penser y disparaître. Mais il fallait bien rentrer à Paris, refaire surface, car je devais récupérer les clefs de l'appartement que j'allais investir, pleine de pressentiment, dans la rue même où habitaient mes parents. Dans la rue stambouliote pentue qui longeait le flanc du vieux lycée français du quartier de Péra, Galatasaray, il y avait, en ces temps d'avant-hier, une batterie d'abris téléphoniques en tôle laquée en orange formant une voûte blanche à l'intérieur qui ne prémunissait pas du froid mais de la pluie. Je passai mon appel de l'un d'entre eux, à ma mère à Paris, et je reçus une salve violente que je ne compris pas, jusqu'au moment où elle m'assena, comme asphyxiée : « Et tu ne te rends pas compte que ton père a sans doute une maladie d'Alzheimer ! » Étrange reproche ; elle ne voulait pas que cela le fût ; mais elle était submergée par la douleur, parce que si l'on ne savait pas encore beaucoup de choses sur la maladie, on en savait assez pour comprendre que la descente serait vers l'enfer. Le diagnostic était sans appel ; les remèdes n'existaient pas, on imaginait à peine retarder le cours de la démolition programmée. Peu de temps après je me suis fait la remarque que c'était bien de lui d'aller finir d'une maladie au nom de peintre, en pensant à l'assonance avec le nom d'Elsheimer, artiste poétique du paysage. Peu de temps après, de retour de Vienne, j'apportai à ma mère un livre sur Bruegel l'Ancien, peintre qu'elle aimait passionnément. Elle n'était pas là, il reçut donc le livre ; et revenant de la profondeur de son incohérence il me questionna : « Quel Bruegel, le père ou le fils ? »

À partir de ce moment ma mère est devenue notre tout, et plus que tout, l'« éducatrice blessée » de mon père. Les rôles s'étaient inversés. Nous nous sommes toutes deux accrochées aux morceaux de bois flottants qui passaient à notre portée dans le naufrage répété des nuits, lorsqu'il s'était égaré, de son lit à la cheminée ; lorsqu'il y demeurait recroquevillé et grelottant et que seule elle n'arrivait pas à le ramener au chaud sous ses draps. Alors je venais manœuvrer avec elle et tirer le corps du malade, poids presque déjà mort. Les nuits étaient pénibles, les jours le furent aussi, de disparitions en début d'incendie et c'est elle qui s'y consumait. Parfois elle essayait de lui faire reprendre ses pinceaux, surveillait ses dessins.

Dans ces ultimes années une parole de plus en plus intense m'attacha à ma mère. À ce point elle constatait qu'elle ne pouvait plus s'affronter au cerf qui avait peuplé sa vie et avec lequel elle s'était emmêlée bois contre bois. Alors régulièrement nous nous retrouvions en tête à tête dans la grande cuisine de l'appartement ; elle, en bout de table, se tenant la tête entre les mains, les yeux baissés, la voix faible, le souffle difficile, parlant du fil de sa vie, de sa mère dont elle disait : « C'est Folcoche », en référence à *Vipère au poing* d'Hervé Bazin ; elle parlait de sa douleur à traverser l'épaisseur de son éducation, de sa rencontre manquée avec son père, de ses amours de jeunesse, de mon père, des difficultés à se comprendre, de la difficulté de vivre, de la joie de vivre, des espérances, des envies de voyage, de Chypre, adopté et défendu bec et ongles, de Paule l'amie trop tôt perdue, de ses enfants, des reproches qu'elle se faisait. Le besoin de parler était sans fin ; j'essayais de ne pas être impatiente et d'accueillir sans jugement, tel un tombeau pour ses paroles. Dans ce dialogue où je ne parlais pas, mon père tenait un rôle crucial ; je n'étais qu'un écran de projection. C'est avec lui en fait qu'elle avait repris la conversation. Le paysage de sa vie s'écrivait en couleurs heurtées. Mais Chypre y versait une lumière douce et heureuse pareille aux ombres étirées des fins d'après-midi ; peut-être aux joies d'enfance de Triel-sur Seine.

Ma mère était devenue la passeuse de relais, mon père nous avait lâchés, et c'est elle qui désormais tenait. Si peu de temps tout de même.

Un jour, à l'heure de midi, je la vis marcher dans la rue, près de la Bibliothèque nationale – elle habitait à deux pas ; je restai interdite devant son affaissement, si palpable ; mon père était déjà mort et elle avait vieilli de quinze ans le temps de sa maladie. Elle mourrait de sa maladie à lui, chez elle la maladie serait simplement moins opportuniste, juste épuisante, usante jusqu'à ce qu'elle rende son dernier souffle. Je ne la reconnaissais plus. Elle avait perdu le goût des couleurs, des parfums, des saveurs, tout l'ennuyait. La maison et sa tenue n'étaient plus en harmonie. Elle était désormais sans autre tuteur qu'elle-même. Elle avait soixante-huit ans et nous avions tous encore tant envie de l'entendre, tant de questions à lui poser.

L'année suivante ma sœur eut l'intuition qu'il fallait organiser sans tarder un ultime voyage à Chypre où elle ne retournerait pas si facilement seule. Plus que de la raison, ce voyage relevait d'une clairvoyance qui est jusqu'à aujourd'hui un sujet de bonheur. Nous partîmes et nous fabriquâmes de nouveaux souvenirs. Les plus jolis s'attachent aux soirées passées dans une maison louée en montagne, à Kakopétria, suspendue au-dessus des eaux tumultueuses du torrent qui dévalaient, mugissantes, des sommets. Soirées de récits, de jeux, de devinettes, de mimes, matins frais de la montagne. Un jour mon oncle Édouard arriva de Nicosie portant un panier de fruits tout juste cueillis, sachant que j'aimais les figues blanches ou *smyrni* – de Smyrne. Je devrais éprouver le sentiment que je suis cernée de morts : l'offrant a disparu comme ma mère, mais je me sens toujours environnée de très vivants ; je n'échangerais pas le trésor de mes morts contre les basses-eaux de certains présents à la surface de la Terre. Les miens sont juste de l'autre côté de la porte, ils vont la pousser, entrer et la scène va reprendre. Leur présence n'est que suspendue, un rien suffit à la rétablir ; parfois un déplacement d'air, la façon particulière que nous avons, ma sœur, ma cousine et moi, à des milliers de kilomètres, de croiser nos mains dans notre giron ; une intonation de voix, le surgissement d'une odeur, une expression qui soudain nous vient au visage.

Édouard, rêveur Édouard, à la parole lente, vieux comme un sage de mille ans, assis sur sa chaise de paille, tête légèrement inclinée, nous contemplait, maman et nous, en silence. Même lenteur chez son frère, Alberto, commençant chaque phrase en français par une approbation si retenue qu'elle ne s'élançait qu'avec l'entrave d'une longue initiale : quelque chose comme « Vvvvvouis... Jusssteeement », ce dernier mot prononcé tout aussi lentement. La grâce de la lenteur est peut-être la sensation qui reste attachée à cet été 1999. Dans son « Vvvvvouis... Jusssteeement », j'entends l'interjection grecque qui ponctue souvent les phrases, ne veut rien dire mais donne le temps de penser, *andaxi, malista,* ou le très chypriote *sigura* emprunté à nos langues latines. À Chypre nous avons toujours eu le sentiment d'avoir enfin le temps, non pas seulement parce que nous y passions des vacances mais pour une qualité intrinsèque de l'air, du ton qui éloigne la presse, l'accessoire et semble installer toute transaction humaine dans une stabilité rassurante. Et pourtant il s'en est passé des choses, mais rien qui puisse pour moi démentir l'impression que demain conservera un je-ne-sais-quoi de la fragrance d'hier. Le temps n'aurait pas eu complètement de prise sur Chypre qu'il n'en serait pas autrement, ou alors, c'est simplement pour moi que s'enracine enfin là, et là seulement, l'idée que je suis de quelque part. Par cette continuité même qu'elle incarnait, ma mère se reconnaissait bien « de là ». Tout l'exprimait dans l'ultime voyage de 1999 où elle visita tous les parents de la famille proche, du plus près au plus éloigné, du plus âgé au dernier-né. Sans son mari elle était bien devenue en elle-même un membre respecté de la famille et pas une de ces pièces rapportées que l'on assoit au bout du banc. Elle en tirait une joie profonde qui justifia qu'elle nous fît, sans effet de manche, une déclaration dans le cimetière de Nicosie où se trouvait notre caveau de famille. Sous la haute taille des cyprès et un ciel magnifique, admirant la beauté forte du lieu, elle nous dit au début du mois de juillet : « C'est vraiment ici que je voudrais être enterrée, la mort n'y est pas triste. »

Nous écumâmes Chypre une dernière fois avec elle, de la forêt de cèdres aux rochers de la péninsule d'Akamas, de la vallée de Pitsilia à la plaine de Nicosie, de Paphos aux abords de la baie de Morphou, à deux pas de la zone occupée. Une fin d'après-midi, quittant notre maison louée sur le réduit de côte nord toujours libre, nous nous approchâmes de la frontière ; le *brandy sour* pris face à la mer, dans un paysage déchiqueté et puissant, dans un théâtre dépareillé de chaises de bord de mer et de canisses nous laissa le goût d'un temps revenu, apaisé, d'un bonheur rédimé.

À quelques jours de là, ayant passé beaucoup de temps avec le verrier du village d'Omodos, à l'écouter parler de son art et à le regarder faire, nous redescendîmes tard de la montagne, bien après une heure décente de déjeuner, calée à Chypre sur le modèle anglais. Dans la plaine, nous avisâmes, sur le bord de la route, un enclos où se dressait une table et des chaises et nous nous arrêtâmes pour nous restaurer. Après quelques minutes une vieille arriva, robe et tablier noir de rigueur, s'enquérir, sans parler un mot d'anglais, de ce que nous voulions ; un Chypre d'un autre temps. Mobilisant mon grec du quotidien je lui passai commande puisqu'elle ne disposait pas de menu. Nous vîmes arriver bientôt un de ces festins simples que nous aimions : légumes frais et un plat mitonné à l'huile, fromage et fruits. Puis il fut temps de reprendre la route et je lui demandai l'addition. Elle marqua de l'embarras et je réalisai notre impair : nous étions rentrés chez une vieille femme qui ne tenait pas un restaurant mais elle nous avait nourris aussi bien qu'elle le pouvait. Notre écot payé, nous repartîmes encore une fois émerveillés de cette île enchantée où l'on n'oublie pas son antique devoir d'hospitalité.

Trois mois plus tard, lors des funérailles de ma mère, réunis à Paris dans l'église Notre-Dame-des-Victoires, dans un nouveau deuil qui survenait trois ans après la mort de mon père, nous fûmes, ma sœur et moi, finalement tirées de la douleur par des mots prononcés par un vieil ami de mes parents. Racontant le rituel des repas chez les Makariou, Alain, à la forte culture chrétienne, avait bien en tête la parabole des vierges sages et des vierges folles et savait décidément où placer ma mère. À n'importe quelle heure le maître pourrait rentrer et il serait accueilli. Nous finîmes par rire à l'évocation des dîners, par rire et par pleurer car profondément on ne pleure que sur ce qui fut très heureux et s'est enfui. Les larmes de regret sont des larmes de privilégiés. Ma grand-mère ne vint pas enterrer son unique enfant; elle lui survécut presque un an, s'éteignit paisiblement et en pleine possession de ses moyens à quatre-vingt-quinze ans.

Me revint l'image d'un dernier repas pris avec Alain à la veille de notre retour de Chypre; nous surplombions la mer, ma mère surplombait sa vie et notre histoire.

En novembre 1999, les cendres de ma mère rejoignirent dans la tombe familiale à Chypre celles de mon père; cette fois je les portai moi-même. À Nicosie nous fîmes l'habituelle promenade du vieux cimetière. Lumineuse douceur du jour. Comme toujours nous avions apporté de quoi célébrer les antiques libations sur les défunts: prosaïquement, un thermos de café, du pain, du fromage local; nous avions allumé les veilleuses, nous avions débarrassé la pierre des débris de branches de cyprès. Nous nous assîmes sur le marbre froid, moi et « les hommes », mes deux oncles et mon cousin. Mes oncles avaient demandé à leurs ouvriers de venir préparer les sangles, ils déplacèrent d'un seul mouvement la dalle de marbre blanc. Le caveau apparut, un pope prononça quelques mots, nous enfuma d'encens ; mon oncle Albert descendit, plaça l'urne, remonta et referma avec son frère le tombeau. C'était fini.

Sur la sobre dalle de marbre blanc du Pentélique de notre tombe bilingue, est gravée en lettres-bâtons graissées de noir la litanie des morts de la famille ; deux orthographes d'un même nom : Macariou et Makariou. Le nom de mon père est en grec, celui de ma mère – Liliane Macariou (20.07.1931-01.11.1999) – en français. Dans quelle langue sera le mien ?

8

Beyrouth : promenade d'amour et de mort

À l'été 2003 je suis revenue au Liban que j'avais quitté depuis des années, à Beyrouth. La ville est tout entière attachée à ma géographie sentimentale par une rencontre faite en 1985. Nessim avait dû s'exiler hors du Liban après le début de la guerre ; il avait trouvé refuge à Paris où il vivait de son métier de journaliste et de traducteur, où il écrivait. Nous nous étions quittés en 1991. Il avait accompagné toutes mes années de formation sur l'Islam.

En ce soir de l'été 2003, mon sang cognait, mon cœur battait fort dans le bus qui m'amenait de l'aéroport au centre-ville de Beyrouth. Je regardais par la vitre et ne reconnaissais rien ; à la vue d'une longue place au décor d'opérette, je demandai à la spécialiste des Druzes du Liban, assise à côté de moi :

« Tu sais où nous sommes ?

– Place des Canons. »

Ce que je découvrais n'était plus en rien l'image qui m'était restée, figée par la guerre du Liban, de la place des Canons que l'on appelle aussi la place des Martyrs. Adossée à la mer, c'était un lieu dévasté d'où partait la ligne de démarcation entre Beyrouth-Ouest musulmane et Beyrouth-Est chrétienne durant les années de conflit, de 1975 à 1990. C'était toujours le Beyrouth de la guerre que j'avais à l'esprit ; c'était le décor de mes années de vie avec Nessim. La ville soulevée par une énorme conflagration était retombée sur elle-même dans un nuage de particules en suspension. Plus de dix ans après la fin de la guerre et une paix « en chiens de faïence », la poussière avait été bien cachée, avec les morts, sous le tapis. Et moi, n'avais-je pas été pareillement soulevée, n'étais-je pas retombée, n'avais-je pas voulu mettre sous le tapis toute la poussière et le souvenir des liens avec le Liban ? Chypre et le Liban étaient une réciproque exégèse. L'invasion de Chypre avait ouvert la saison tragique en 1974, le Liban avait suivi un an après. L'un comme l'autre faisaient partie de cette bascule de la table de l'Orient méditerranéen. À première vue l'embrasement du Liban n'avait pas grand-chose à voir avec les événements chypriotes ; mais si : par la proximité des lieux, des paysages frères, des déchirures. À l'est de Chypre, le cap Saint-André, son finisterre, pointe son doigt vers un Levant proche dont les côtes ne sont pas à plus de soixante-dix kilomètres. Le Liban et Chypre, deux pays de longue histoire, de petite taille, appartiennent au bassin le plus oriental de la Méditerranée. Chypre c'est « l'étoile du Croissant fertile », disait un théoricien du nationalisme panarabe.

La guerre du Liban avait commencé en 1975 par un attentat dans un bus et elle s'était éternisée, avait pris les dimensions d'une tragédie des Atrides décuplée. La mort régnait partout.

Pour l'exorciser, Nessim lui consacrait une thèse ; j'y avais plongé avec lui. Son travail portait sur les effets de la mort massive au Liban ; chaque jour son classement, son organisation, sa traduction nous mettaient aux prises avec une matière horriblement poisseuse. Nessim était à l'affût des faits divers, du quotidien humble et sale de cette sale guerre civile, traquait les témoignages, les anecdotes absurdes, la sublimation par la création, les productions poétiques et romanesques, les photos qui dressaient un paysage de massacres réciproques, d'exactions des milices contrôlant, triant et exécutant en fonction de la confession indiquée sur la carte d'identité. Piégeage des cadavres, tortures, viols, sévices post mortem anéantissaient ce « milliardième de différence » de chaque être. Chaque jour, la collecte et l'analyse des photos, des faits divers de la presse libanaise, le travail d'enquête étaient la répétition, toujours plus difficile, d'un bourbier sanglant d'où émergent encore pour moi aujourd'hui des bribes : la silhouette des petites filles noires du Hezbollah, tchadorisées, portant des lance-roquettes hauts comme elles, ou l'histoire édifiante du fabricant de cercueils ruiné par la guerre, le récit épouvantable des collections d'oreilles prélevées en trophées sur les cadavres. Finalement la mort au Liban n'avait pas de confession, elle était partout violente, abjecte, hurlante, incompréhensible. Aucun esprit ne pouvait mettre ordre et sens dans cette débauche hideuse qui fauchait surtout des civils.

Pour faire la traversée nous avions des équipements bien frêles, sans doute illusoires. Ah, laissez là, avec toute espérance, les sociologues, les anthropologues, les chroniqueurs, la géopolitique… parce que, il fallait bien l'admettre, cela ne nous réparait pas. Non, les efforts désespérés de l'analyse, la dépense d'intelligence n'éclairaient pas d'un jour plus supportable la situation. Il s'agissait chaque jour de supporter, et écrire *autre chose* devenait notre réponse. Nessim, le premier, avait fait connaître aux lecteurs arabes les grands auteurs hispaniques ; son premier lieu d'exil, lorsque le danger était devenu, pour lui journaliste, trop grand, avait été l'Amérique latine où, comme beaucoup de Libanais, il avait de la famille. Partager ses lectures, rencontrer certains auteurs de passage à Paris m'était une fête mais plus encore écouter ce qu'il écrivait pour lui, pour nous, en arabe, l'aider à le traduire en français. La poésie est louée au plus haut point dans le monde arabe parce qu'il n'y a guère d'autres espaces de civilisation qui aient porté, depuis des siècles, à un tel degré de système la violence. Quel monde a vu sa plus grande capitale, Bagdad, deux fois détruite, vidée de sa population par le massacre ? Durant toute son histoire, l'Orient islamique a produit le plus extrême raffinement, la plus haute exaspération du sentiment amoureux dans un tourbillon de folie. Sur cette mer de décombres surnage la culture. Pour Nessim, convoquer les mots de la langue que lui déniait, du fait de sa qualité de chrétien, une partie des factions libanaises, c'était la condition d'un redressement vital. La poésie avait force de loi face à la déraison. Nessim venait de ce pays, le Liban, qui avait abrité la première presse du Moyen-Orient et dont la capitale était, dans le monde arabe, la métropole du livre. En pleine guerre, les maisons beyrouthines continuaient de livrer des ouvrages à la facture soignée, à l'impeccable maquette, imprimés sur de beaux papiers. Les éditions Dar an-Nahar sortaient une collection « Patrimoine » consacrant des volumes d'anthologie aux grands noms des lettres et de la pensée libanaises : Nadia Tuéni, Eveline Bustros, Georges Schehadé, Charles Corm... Des noms ignorés de presque tous à Paris. Nadia Tuéni nous accompagnait de sa musique élégante et triste qui « enfermait sous sa langue un pays » ; ils croisaient dans les eaux éclaircies de nos journées. Ils nous ouvraient des cieux, comme les textes que nous écrivions et partagions entre nous. Je m'introduisais par une porte étroite dans ce monde qui était le sien. Dans la lecture des poètes arabes anciens nous retrouvions l'écho des thèmes qui nous traversaient. Je lis encore comme mes contemporains Abu'l Ala al-Maari, le poète arabe cynique du XIe siècle, Hallaj, le fou mystique de l'âge d'or bagdadien, l'Andalou Ibn Hazm et ses épîtres amoureuses et cryptées ; ils sont tous d'hier comme d'aujourd'hui que je vis avec G., le moderne traducteur en français d'Ibn Hazm. Les boucles se referment. L'écriture, pour Nessim et moi, c'était une torche allumée dans nos nuits, la sienne à Beyrouth, la mienne dans le territoire interdit de Chypre. Pourtant il nous était difficile de ne pas retourner aux origines violentes de nos festins de mots : nous ressassions sans repos notre histoire, et celle de l'autre n'était pas propre non plus à nous consoler.

Rapidement Nessim s'était gorgé de Chypre ; jamais l'ombre des mythes grecs n'avait plané autant sur sa vie. Je m'étais imprégnée du Liban ; jamais à ce point je n'avais soupçonné qu'un jour je deviendrais levantine. Nous avions produit une identité qui était jumelle jusqu'à l'étouffement. L'on ne respirait entre nous que l'air vicié du bassin oriental de la Méditerranée, mer ogresse qui faisait mauvais sort à ses enfants. « Cœur aux lèvres » est l'expression la plus juste pour dire dans quel état d'esprit j'ai vécu six années durant.

Paradoxalement le Liban n'était nulle part aussi tangiblement présent qu'à Paris, avec un groupe d'amis, d'éditeurs, de journalistes, d'artistes. Une diaspora libanaise plus mêlée dans l'exil qu'elle ne l'était au Liban se rencontrait pour de longues soirées. Elles étaient dominées par les chansons de Fayrouz, seul vrai monument d'unité des Libanais, et l'on y commentait les événements, parlait des derniers livres ou des expositions de nos amis, des traductions, des occasions où les uns et les autres se retrouveraient, des charrettes pour les articles à rendre. Antoine, Sarkis, Violette, Mounir, petites étoiles brillantes de nos soirées… Nous refaisions l'examen de la situation, nous nous promettions un autre monde demain, échangions les nouvelles et par-dessus tout nous y communiions dans un humour paroxystique et grinçant, virant du drolatique à l'outrance. Un soir l'un de nos amis, par le jeu de coups de téléphone en ricochets à travers le monde – une spécialité libanaise d'avant le téléphone portable –, apprit que sa maison d'Achrafieh, quartier chrétien de Beyrouth, avait été touchée. Enfin, après onze ans de guerre, il ne portait plus le stigmate infamant d'avoir été épargné ; la peur n'était que matérielle : la maison tenait encore debout et la famille était sauve ; nous débouchâmes une bouteille de champagne.

Souvent, cela se prolongeait tard, s'enchaînant pour Nessim à une nuit d'écriture, tandis que l'étudiante que j'étais tâchait de trouver le sommeil, un pied dans la vie des gens de mon âge, un pied dans le monde grave des adultes qui m'entouraient, tous venus d'un pays en guerre. À intervalles réguliers, le lien géographique, consubstantiel et amoureux entre Chypre et le Liban créait chez moi une poussée d'irritation puis de rejet ; le Liban n'était pas un baume, pas un traitement, mais un symptôme de substitution, surinfectant la plaie chypriote à vif. Lui et moi nous vivions liés mais séparés ; dans notre histoire amoureuse, il nous était impossible d'échapper au jeu des ressemblances et à la pioche des mêmes cartes entre Chypre et Liban. Du bassin oriental de la Méditerranée, nous ne décollions pas les yeux ; l'actualité libanaise, entre 1985 et 1991, ne nous en laissa d'ailleurs guère l'occasion. Pendant ce temps, le bloc soviétique sombrait. Mais l'URSS est morte, tandis que le basculement de l'Orient se communique encore au monde d'aujourd'hui.

Tout le Paris de nos noces était teinté de la couleur du conflit libanais mais aussi de la nostalgie de Nessim. Elle reliait entre eux des points où renouer avec la cuisine libanaise, évidente cousine de la gastronomie chypriote, alimentant la gémellité constamment troublante entre Liban et Chypre. Une poignée d'endroits aimantaient toujours nos pas : librairies, appartements des amis, café habituel où nous retrouvions le vieil Orient en la personne d'un ami kurde irakien, un lettré distingué, échoué dans un temps et un lieu étrangers. Finalement n'avions-nous pas ramené Paris à un réduit libanais, comme si moi aussi j'avais vécu depuis toujours dans cet étranglement de terre qu'était un secteur de Beyrouth ? Du moins à Paris passions-nous de secteur en secteur ; les amis étaient maronites orthodoxes, quelques-uns musulmans, tout le monde se mêlait enfin un peu dans la diaspora. Un peu seulement, car même l'exil renvoyait ces intellectuels, qui avaient voulu s'abstraire de leur confession, à leurs divisions, leur *millet*, leur identité communautaire et religieuse. Au Liban elle était, ô combien, prégnante pour les chrétiens, pour Nessim qui écrivait en arabe classique, la langue préemptée par l'islam, langue du Coran, du pouvoir, dont depuis des siècles les chrétiens n'étaient pas. Comment le nier ? Dans cet État supposément chrétien depuis sa création sur le tissu musulman du Proche-Orient, chacun était enfermé, même en s'en défendant, dans sa « qualité » de chrétien maronite, de musulman sunnite, d'orthodoxe, de musulman chiite, de druze. Et les chrétiens arabophones ne pouvaient se targuer d'être les légitimes détenteurs de la langue arabe, objet de tant d'enjeux. Si je pouvais faire le même constat sur la confessionnalisation de Chypre, fort imprégnée par l'Orient islamique, la langue en revanche donnait une force considérable à la majorité, orthodoxe, des Chypriotes : hellénophones, ils usaient de la langue par excellence de la chrétienté orientale, celle dans laquelle avaient été écrits et transmis les Évangiles. Sur leur langue, le grec, ils régnaient en maîtres et elle contribuait à dessiner leur territoire, même réduit après l'invasion. À l'inverse, aux chrétiens arabophones du Liban, à Nessim qui avait tenté de braver toutes les frontières, jusque dans ses choix les plus personnels, il était rappelé sans trêve qu'ils étaient étrangers en leur terre mère.

Le visage de Nessim était une glose tant il ressemblait à la représentation canonique d'un saint martyr ou de quelque hésychaste de peinture byzantine : barbe sombre et douce, grands yeux inquiets enfoncés sous d'épais sourcils, haut front bosselé sous une chevelure noire et légère ; et avec ça, une voix assourdie, comme voilée, faite pour le secret. Le regard était à l'affût. Son physique l'inscrivait naturellement dans mon paysage, ma famille de barbus chypriotes ; il aurait pu être un cousin ou un frère.

Nos trajectoires jumelles ne cessaient de tracer un réseau de lignes plus denses d'année en année, inextricable, entre Chypre et le Liban ; paradoxalement il ne cessait de m'attacher fortement à Chypre. Nos pays étaient comme deux balcons au-dessus de la Méditerranée ; entre eux résonnaient des chapelets de noms. Les Cèdres, Beyrouth, Beit ed-Din, Jbeil, Tripoli, Baalbek, Anjar, la Bekaa. Le Trodhos, Nicosie, Bellapaïs, Kantara, Saint-Hilarion, Kourion, Kyrénia, Famagouste, la Messaoria. Il y entrait pour l'essentiel la géographie d'avant : les souvenirs de mes oncles qui se rendaient au Liban pour acheter du marbre, l'évocation d'une douceur à proportion de la hauteur des pyramides de gâteaux, ceux des raffinements d'une urbanité qui trompait l'intelligence de ce qui allait survenir. Comment passer des souvenirs doux et sucrés de mes oncles à la réalité atroce de la guerre ?

La « géographie d'avant » à Chypre, comme à Beyrouth, formait l'arrière-plan de toutes les conversations. La guerre avait recomposé le territoire ; les deux villes, Nicosie et Beyrouth, étaient coupées en deux. Beyrouth-Est et Beyrouth-Ouest se divisaient le long d'une ligne verte, laissée vide ; vide d'habitants, investie par les camps opposés, mais abandonnée surtout aux herbes folles et à tous les signes de la décrépitude et de la protection la plus rapidement improvisée : sacs de sable et barbelés, inscriptions à la peinture, criardes tant par ce qu'elles proclamaient que par leurs couleurs, dérisoire exhibition des drapeaux. À Beyrouth la destruction était partout. Les deux villes offraient un visage frère mais pas identique. Chacune avait sa ligne verte ; Nicosie l'a toujours. Mais Beyrouth, totalement abandonnée à la dictature confessionnelle, était dévastée en profondeur. Beyrouth-Ouest, secteur musulman, durant tout le long temps de la guerre demeurait un espace d'affrontements entre milices ; de nombreux attentats y étaient perpétrés, rendant la survie aléatoire et le quotidien infernal. À Beyrouth-Est, secteur chrétien sous l'autorité d'une seule milice, la vie, surtout nocturne, pouvait presque paraître normale. Les douceurs de la nuit beyrouthine se donnaient libre cours tant que l'électricité n'était pas coupée ; elle offrait alors un belvédère sur les scènes de combat de Beyrouth-Ouest dont le ciel était épisodiquement déchiré des fusées lumineuses des lance-roquettes.

Pendant des années je tremblais à l'approche de l'été quand Nessim me parlait de ses projets de vacances au Liban. Les liaisons téléphoniques, comme tout le reste, étaient hasardeuses, il faudrait gérer le silence, l'inquiétude, l'attente, l'oreille fixée sur les soubresauts d'une radio qui livrait les événements : un attentat, un massacre, une explosion, la reprise des combats, l'ouverture ou la fermeture du passage du musée sur la ligne verte. C'était aussi le moment du choix pour lui : en premier lieu passer par Damas puis la montagne lui valait, pour aller voir sa famille, un flot d'humiliations infligées par l'occupant syrien – valise violentée, cadeaux volés, paquets éventrés ; alternativement, aller jusqu'à Larnaka, et de Chypre prendre le bateau jusqu'au « réduit chrétien » de Jounieh, au nord de Beyrouth, semblait le plus simple mais il fallait ensuite faire la route vers la montagne et surtout se rendre à sa qualité de chrétien. Le goût était amer pour un de ces Libanais engagés qui avaient rayé la mention de la confession sur leur carte d'identité. Geste dérisoire ?

Pour peu que je fusse à Chypre durant l'été, ou même en Grèce, l'attente se faisait plus prégnante. Pour surmonter l'inquiétude ne nous restait que l'humour, surréaliste rempart derrière lequel nous nous tenions ; il ne résista pas à partir de 1987 lorsque la situation économique du Liban se tendit avec l'effondrement de sa monnaie. Au nom des miliciens, des quartiers de Beyrouth, s'ajoutaient maintenant, tournoyant dans nos têtes, le cours de la livre, la litanie des inconforts au quotidien, les produits de première nécessité qui manquaient. Une agonie dans l'agonie. Durant ces mêmes années à Chypre, quelques jeunes gens se faisaient tuer bêtement en tentant de hisser sur la ligne verte le drapeau chypriote, blanc enfermant la silhouette de l'île dans une couronne de lauriers. L'héroïsme semble toujours bête lorsque le temps ne lui a pas encore donné raison.

La rupture irréparable avec Nessim eut lieu de 1991 à 1992, d'abord *altissimo* puis *decrescendo.* L'histoire s'achevait, et cet épuisement me faisait sortir d'arènes sanglantes. À ce degré je ne pouvais plus supporter notre marche statufiée toujours dans les mêmes douleurs, le nez rivé sur un horizon figé. Nous avions abusé de l'écriture en miroir. J'avais perdu les belles joues fraîches de mon enfance. Galatée était fatiguée, j'avais la tête ailleurs, le regard tourné sur le dôme bleu des mosquées d'Iran, j'abordais l'Orient par sa face la plus glorieuse. Il avait produit du beau, cela m'importait, et Nessim n'y était pas mon guide. C'est avec lui que j'avais appris à prononcer amoureusement l'arabe, découvert un peu de prosodie, vécu avec les mystiques et les poètes – les morts comme les vivants –, rencontré la littérature hispanique, mais le monde promettait plus encore. Après mon départ, il envoya en émissaire un autre talentueux poète. « La plupart du temps, pour communiquer avec ceux qu'ils aiment, les amants leur envoient un obscur, qu'on ne remarque pas, et dont on ne prendra pas la précaution de se garder à cause de sa jeunesse, de son costume râpé [...] ou au contraire un haut personnage que son âge avancé ou sa piété démontrée mettent au-dessus de tout soupçon », commente Ibn Hazm de Cordoue, du XIe siècle comme d'aujourd'hui. Je cite dans la traduction qu'en a donnée G. avec qui je vis, le merveilleux traité *De l'amour et des amants* du grand Andalou Ibn Hazm, que Nessim m'avait fait connaître ; je n'avais pas encore rencontré le traducteur. Ibn Hazm et son traité repassent comme une navette dans mon existence. Je peux lire ma vie, de l'Orient à l'Occident, à la lueur des titres de quelques chapitres du traité d'Ibn Hazm : « Comment on s'éprend d'un seul regard » ; « Comment on s'éprend d'une description » ; « Comment les yeux font signe » ; « Comment les mots insinuent » ; « Le secret replié »... Le Liban demeure pour moi cette terre sentimentale, tout imprégnée de poésie, d'amour, et de guerre ; et Ibn Hazm me rappelle opportunément que l'amour est justement une *fitna,* une sédition qui nous sépare de la communauté et, de fait, la fracture. Nessim continuait de me faire la terre trop petite et le ciel désormais trop bas. J'avais envie de cieux moins menaçants, d'horizons ouverts sur une terre inconnue. Plus que de monde arabe, j'avais envie de France. Il était temps de m'ancrer dans une histoire qui n'avait pas qu'une part sombre et n'était pas que division. Pour la première fois j'ai ressenti la douce exhalaison d'azote des forêts au nord de la Loire, le bonheur du sous-bois, la paresse des rivières, la vase et les lentilles d'eau ; je me souvins de l'odeur de la chambre de Douarnenez. Ma place était ici. Il fallait cicatriser enfin.

Mon père saisit finement l'occasion pour donner l'impulsion nécessaire à ma remise en selle. Il organisa à mon intention un grand tour des cathédrales gothiques à l'approche des épreuves écrites du concours des conservateurs que je présentais comme médiéviste ; l'Islam n'y était pas alors isolé en une discipline distincte. La mue obligée de la jeune islamisante que j'étais en une médiéviste supposée aguerrie vint à point nommé m'aider à dépasser le songe d'une vie ailleurs. J'abandonnai mon projet de demander la nationalité chypriote, que – comble de l'ironie – mon père, parti bien avant l'indépendance de 1960, devenu français en 1956, n'avait jamais eue. J'ai respiré profondément en 1992 lorsque je décidai de m'inscrire au concours des conservateurs du patrimoine. J'avais à recycler le mauvais bois de ces étranges années ; je m'en fis d'abord un pays puis un métier.

J'avais enterré Beyrouth et sa guerre qui n'en finissait pas de finir, j'avais entouré le Liban d'un haut mur que je ne franchirais plus, à telle enseigne qu'il me privait d'une partie de Paris constellée de mes lieux habituels ; peu m'importait. J'avais fermé des portes. Je n'avais plus l'intention de les rouvrir.

Je pris des chemins, chemins d'Espagne, sur lesquels je rencontrai G., historien du monde islamique, de l'Andalousie arabe, subtil connaisseur des replis du sens des mots. Le Liban continuait de dormir et sans doute Chypre aussi. Je mis à distance le plus éreintant de l'Orient, je m'efforçai à oublier le Liban, à calmer Chypre ; je travaillais le chemin du bonheur, il passait par la France. C'est à peine si, chaque année, à l'approche des beaux jours, j'éprouvais une insidieuse douleur de retour, une envie de musique, de départ et d'Orient. Pendant les dix ans qui suivirent je l'assouvissais en allant en droite ligne en Grèce ou à Chypre, en voyage à Istanbul ou en Syrie, ou ailleurs ; il ne m'en fallait pas plus. J'avais adopté la stratégie du trou dans la carte, de l'évidage de la zone dangereuse, si fréquente en Orient où l'on a un commerce difficile avec la géographie.

Depuis 1991, j'avais tout lieu de croire que tout était apaisé et, lorsqu'au printemps 2003, G. fut chargé d'organiser une réunion pour des étudiants-chercheurs à l'université Saint-Joseph de Beyrouth, je n'hésitai même pas. À Beyrouth nous n'étions jamais allés ensemble. J'étais heureuse de cette perspective. Mes souvenirs me semblaient si desséchés.

Au lendemain de mon arrivée nocturne et médusée à Beyrouth, la lumière du jour raviva ma mémoire. La vision appuyait juste sur le nerf optique du souvenir et faisait rejaillir la ligne exacte de la cicatrice. Au cours des journées qui suivirent, la ville balafrée se révéla plus crûment. Les bâtiments du centre-ville, que personne n'habitait, ensemble de pure parade reconstruit dans le cadre du projet *Solidere*, présentaient une peau irréellement tendue, trop liftée, accentuant la lecture en transparence des ecchymoses et des mauvaises vascularisations.

Je me perdais dans la ville, en quête des pierres qui exhibaient encore sincèrement leur âge et leur état. Je ne me rendais pas à une ville réparée, je cherchais le bâti disant dignement ce qu'il avait traversé. Tel un orphelin constatant sur le visage aimé l'œuvre de la rigidité cadavérique et l'abus cosmétique des ordonnateurs de pompes funèbres, je sentais monter la nausée. Je préférais Beyrouth cul-de-jatte qu'outrageusement restaurée. Et outrageusement restaurée, elle l'était. Le tapage des éclairages nocturnes faisait revivre par contraste les veilles, les fusées déchirant les nuits de guerre d'une ville alors parfois intégralement privée d'électricité.

Pourtant, un soir, un dîner sous une tonnelle recouvrit d'un voile très doux le spectacle de ce naufrage : il ramenait la mémoire de dîners heureux sous une treille à Chypre, dans un jardin à la montagne, celle des discussions de la famille réunie sur la terrasse à Nicosie, toutes lumières éteintes. À Beyrouth, en 2003, la grâce de cette nuit, pour la première fois, faisait planer une normalité apaisante, et sur la conversation un air d'avant les guerres ; « il fut un Liban des jardins comme il est une saison douce ».

Puis vint la visite au musée. Le passage du musée… Le Musée national était magnifiquement restauré. Un petit film y montrait le retour sur les lieux des archéologues, conservateurs et chercheurs, et le sciage des coffrages de béton protégeant les œuvres essentielles et monumentales qui occupaient l'atrium : le cercueil du roi Ahiram vieux de près de trois mille ans, celui d'« Achille », les cuves des sarcophages de marbre blanc et lisse aux beaux visages classiques de la nécropole de Byblos… Accompagnant le film, se faisait entendre, lancinante, la Cinquième *Bachianas Brasileiras* de Villa-Lobos. Rien n'avait bougé dans l'atrium central, sous la verrière du bâtiment construit du temps du mandat français dans les années 1930.

Me revinrent les images d'autres théâtres de guerre, celles des opérations d'évacuation des collections au Musée national de Nicosie. Certes, les œuvres étaient revenues mais l'occupation continuait et le rapport affectif que j'ai depuis toujours avec le patrimoine, et qui s'est forgé enfant, avec l'invasion et les destructions à Chypre, rendait la visite douloureuse. Ma gêne grandissait : après plus de vingt ans de fermeture, le musée avait été reconduit conformément à l'organisation qui était la sienne quand il s'avéra impossible de le maintenir ouvert en pleine zone de combat, en 1975. Cet effacement du temps était troublant. On avait bien ajouté aux œuvres déjà présentées quelques trouvailles archéologiques mais rien n'avait dérangé l'ordre d'un discours suspendu par la guerre pendant vingt ans ; rien n'avait bousculé la présentation, pas même la lueur jetée par de nouvelles découvertes faites dans des territoires limitrophes du Liban. On avait là aussi recousu le cadavre, convaincu que la seule chose qui importât était qu'il eût l'air présentable. Rien que l'air. Le Musée national entretenait une fiction, en reconduisant à l'identique le musée d'avant-guerre.

Le séjour à Beyrouth m'asphyxiait. Les morts allaient se relever et les revenants de mes années libanaises rouvrir la porte. Tout avait lâché. La réparation n'était pas plus crédible sur ma mémoire que sur le visage de Beyrouth, les souvenirs ne demandaient qu'à affluer, ils poussaient en moi. Je me croyais passer du quartier beyrouthin d'Ashrafieh aux modestes recoins de la Nicosie d'avant ; le terrain comme le temps étaient incertains. J'étais face à mes émotions, submergée à nouveau de mort, de guerre et d'amours chagrins. Beyrouth et Nicosie étaient restées cet écheveau d'affrontements, balcon au sol, herbes qui gagnent, un espace vide d'où certains sont sortis un matin pour n'y pas revenir.

Douze ans après je n'avais pas achevé de nettoyer les plaies hâtivement refermées, de la rupture avec Nessim jusqu'à la mort de mon père en 1996, de l'oubli du Liban jusqu'au choix de la France. Je rentrai à Paris dans un état confus.

9

Ce que l'on fait aux images, on le fait aux hommes

« Les bouddhas sont morts comme des hommes, nous vivons comme des pierres. »

Propos d'une femme Hazara rapporté par Florence Aubenas, 7 janvier 2002.

Vingt ans après l'invasion de Chypre, j'avais commencé ma carrière au musée du Louvre, dans la section dédiée aux arts de l'Islam du département des Antiquités orientales ; on y conserve un peuple de vestiges pour l'essentiel antérieurs à notre ère. J'y conjuguais le Proche-Orient et l'Islam. Les deux notions ne se recouvrent pas exactement bien sûr ; mais appariées elles donnent de l'Orient l'étendue et la profondeur. Au quotidien j'y côtoyais les objets et œuvres qui matérialisent un ensemble de mutations formant la haute marche de l'humanité vers des sociétés fondées sur la centralisation du pouvoir et des richesses, la ville et l'organisation de l'espace collectif et des cultes, le calcul, le commerce, la fixation des mythes fondateurs... et en premier lieu l'apparition de l'écriture ; elle a servi à composer pour la première fois l'Histoire, dans cette part du monde que l'on appelle le Proche-Orient : dans les hautes vallées fertiles entre Tigre et Euphrate, formant une île prospère que les Arabes, à l'avènement de l'Islam, nommèrent la Jézireh ; sur les rivages prometteurs du Levant ; dans la montagne sèche et sur le plateau iranien, au magique pays des forgerons du Luristan ; dans l'austérité pierreuse des confins d'Anatolie ; dans tout le Croissant fertile, de Chypre aux terres du bas-Irak.

C'est en islamisante – terme barbare et commode – que je lisais les siècles qui avaient précédé l'Orient islamique familier ; je n'avais pas cessé de faire le va-et-vient entre toutes les lectures que ces deux ordres de temps rendaient possibles. Je tiens en grande méfiance la posture étriquée du spécialiste à œillères qui de son pré carré ne démord pas. Il m'a toujours semblé vital de descendre dans les cryptes du passé, d'en rapporter des bribes pour les examiner à la lueur du terrain d'aujourd'hui : une forme d'archéologie de l'état du monde présent. Je ne crois pas que ce soit un oxymore.

Ainsi de la destruction des bouddhas de Bamiyan en mars 2001 jusqu'aux destructions de Mossoul en février 2015, je ne me sentis pas tout à fait prise au dépourvu ; réfléchir est ma seule contenance face à la colère que ces événements soulèvent en moi depuis toutes ces années.

Il y eut pourtant de si nombreuses répétitions annonçant l'anéantissement de ces œuvres irremplaçables que sont les bouddhas monumentaux de Bamiyan ; sale XXIe siècle vraiment ! Mais, pour ne pas l'entendre, les accordeurs d'opinion choisissent d'appliquer au clavier de leur instrument le ton de la sourdine, propre à étouffer la propagation de la nouvelle. En mars 2001 à Bamiyan, lorsque nous n'avons réagi que, comme tant de fois encore nous allions collectivement le faire dans les années suivantes, la main sur le cœur, avec émotion, par la condamnation, mais vraiment rien d'autre, j'ai le sentiment que nous avons failli. Avec la destruction des bouddhas de Bamiyan, nous avions laissé glisser de nos mains, inattentifs, le travail de résurrection, le souffle de vie redonné au passé par les archéologues. Je le pense plus que jamais alors que je dirige le musée Guimet sur lequel régna Joseph Hackin (1886-1941), orientaliste, membre de la Croisière Citroën en Haute-Asie, fouilleur de Begram et de Bamiyan, héros de la Grande Guerre, rallié de la première heure au général de Gaulle depuis l'Afghanistan, mort pour la France en 1941 lors d'une mission aux côtés de son épouse Ria. De leur vie lumineuse, les deux effigies monumentales témoignaient aussi. Les bouddhas demeurent ineffaçables de la frontalité de la falaise ; leurs silhouettes de 55 et 38 mètres de haut se dressent toujours par le contour de leur niche et les arrachements de la matière ; ils résistent encore. J'avais invité en 2018 au musée l'artiste Pascal Convert à une carte blanche sur son travail de longue mémoire à Bamiyan. Nous discutâmes à plusieurs reprises du parallèle entre le dynamitage des deux bouddhas en mars 2001 et la destruction des Twin Towers de New York qui allait suivre en septembre de la même année. Je lui parlai de Jean-François Jarrige, directeur du musée Guimet, qui avait inauguré à l'automne 2001 une exposition sur l'Afghanistan, montée à la hâte après la destruction des bouddhas. Il avait été frappé aussi par ces visions jumelles et rappelait qu'à l'entrée de l'exposition « un film présentait en boucle le dynamitage des deux bouddhas géants de Bamiyan. C'est alors que l'on réalisait avec le recul combien ces images de mars 2001 étaient prémonitoires des visions de cauchemar de la destruction, le 11 septembre, des deux tours du World Trade Center de New York ». Comme la gémellité était frappante en effet ; me revenait constamment cette phrase entendue lors d'une conférence sur l'islamisme : « Ce que l'on fait aux images, on le fait aux hommes. » (L'expression est d'Olivier Christin.) Aucun geste de destruction n'est anodin, hier comme aujourd'hui où l'on déboulonne les statues.

Pour moi, la guerre contre la mémoire des pierres, un aspect de la guerre contre les hommes, avait commencé dès 1974. Et la longue et sinistre litanie des destructions au Proche-Orient rendait à mon oreille un son ancien. J'avais le triste avantage d'avoir vu, avec des années d'avance, se produire les mêmes actes, partant des mêmes substrats, portant la même haine éradicatrice, pour les mêmes raisons. La même, les mêmes... C'est mon apprentissage savant de l'Islam et les épisodes de destruction des années qui suivirent qui ont versé une lumière définitivement crue sur les dévastations à Chypre. Chypre avait été une avant-garde des destructions ciblées. Dès après l'invasion, les nouvelles de ce front nous étaient parvenues par bribes. La première concernait la belle église d'Aghios Evlalios à Karavas, lieu de villégiature du Poséidon de la famille, Bambos, cousin de mon père. Elle se dressait à quelques mètres de la plage, qui est étroite car, passée la chaîne du Karpas, on plonge directement dans la mer. On disait l'église détruite. J'en ai une jolie aquarelle peinte par mon père et des photos qu'il a prises en 1974. Consolons-nous, seul l'intérieur a été saccagé ; comme ont été saccagés méthodiquement toutes les églises et tous les cimetières orthodoxes de Chypre dans la zone occupée, entre 1974 et 1976. Dans l'église du monastère d'Antiphonitis, construite pour l'essentiel au XIIe siècle, juste avant que Chypre ne glisse de mains byzantines dans les mains latines des Lusignan, il ne demeure pas grand-chose des fresques qui l'ornaient. Le Christ *pantocrator* – tout-puissant – essuya le feu du peloton d'exécution des occupants turcs, tirant méthodiquement sur la coupole après l'invasion. L'église d'Antiphonitis perdit ses fresques, découpées puis vendues à la pièce sur le marché noir, à l'instar de ses icônes. La plus fameuse, la Vierge de l'iconostase, a été rapatriée à Chypre en 1998, suivant de peu les pièces du puzzle des fresques, recueillies à Nicosie en 1997. Autre lieu, autre chef-d'œuvre, autre exaction : à Lythrankomi, l'église de Panaghia Kanakaria, construite au VIe siècle, était un témoin exceptionnel de l'art byzantin résistant à la « crise iconoclaste » qui s'imposait à Constantinople, la capitale de l'empire. Il n'y eut pas sur l'île de ces décors d'un nouveau type, dépourvus de représentations, et l'on continua d'y être fidèle à l'impérieuse nécessité de représenter l'incarnation divine. « Le Christ est l'icône de Dieu », dit saint Paul. Lythrankomi offrait le parterre de ses cubes de verre à la figuration de l'Enfant Dieu dans une vibration d'éternel printemps. Après l'invasion de juillet 1974 le pope s'y était maintenu et veillait sur les lieux. Les mosaïques étaient alors intactes. Mais en 1976 il finit par être contraint de fuir le village. En 1979 le décor avait été arraché et l'église transformée en étable. Nous suivions tout cela autant que nous le pouvions car l'on n'en parlait pas dans la presse. Les mosaïques se retrouvèrent aux mains d'un marchand turc qui avait vendu les fresques d'Antiphonitis, sur le marché noir des œuvres d'art. Le gouvernement chypriote obtint le retour des mosaïques à Chypre en 1991 et elles furent accueillies par une foule de cinquante mille personnes en liesse.

À l'église de Lysi les fresques de l'abside furent, elles aussi, séparées du mur, découpées en tronçons et proposées sous le manteau. Elles furent sauvées grâce à la fondation Menil à Houston qui rendit possible leur restauration. La chercheuse Annemarie Weyl Carr passa la ligne de démarcation pour aller prendre la courbure exacte de la chapelle absidiale de Lysi et remonter les trente-huit pièces du puzzle. Il y a de courageux fantassins du patrimoine qui n'ont souvent pas vraiment conscience de faire un geste héroïque, qui font et veillent simplement ; comme Khaled Assad exécuté à Palmyre, comme ailleurs en Syrie les gardiens des sites autour d'Alep, de Deir ez-Zor… Après avoir été exposées quinze ans à la fondation Menil les fresques de Lysi revinrent à Chypre et sont exposées à Nicosie, en attendant qu'elles puissent un jour retrouver leur place originelle.

Mais s'il n'y avait que les fresques, les icônes, les objets d'art, les mosaïques, suivis par les pillages archéologiques, qui atteignirent à Chypre des proportions colossales et formèrent, après l'invasion et au mépris des règles internationales, la vaste section chypriote du musée d'Archéologie d'Istanbul, on pourrait encore invoquer l'ordinaire des temps de guerre. Cependant, à côté de cela, s'est écrite une autre liste accablante que ne justifie pas l'appât du gain mais seulement la haine éradicatrice et confessionnelle. Plus que tout, la haine de l'Homme. Cette liste, c'est celle de la destruction systématique, entre 1974 et 1976, des cimetières orthodoxes en zone occupée, de toutes les dalles, de toutes les croix qui s'y trouvaient. Ce sont des spécialistes de la Turquie, que j'avais rencontrés à Istanbul, Étienne Copeaux et Claire Mauss-Copeaux, qui enquêtèrent pendant plusieurs étés de suite dans la zone occupée et rapportèrent les faits. Pendant des années j'ai gardé dans ma bibliothèque leur livre, *Taksim !*, publié en 2005, sans pouvoir l'ouvrir. Le titre, le sujet me brûlaient les mains ; la simple lecture du sommaire me soulevait le cœur ; *Déchirure, Étrangers chez eux, Tuer les morts...* Ce dernier chapitre surtout, parce que je savais bien ce que j'y trouverais, car après 2003 et l'ouverture de quelques check-points sur la ligne de démarcation à Nicosie la parole se déliait. Mais peut-elle vraiment dire l'indicible, le viol des morts ? J'ai fini par prendre mon peu de courage à deux mains et ouvert le livre, crayon fermement tenu entre les doigts ; c'était ma seule façon de me défendre, annotant nerveusement les marges, soulignant, reprenant souffle, refermant, recommençant. En 2012 j'avais vu les images prises à la dérobée lors de la destruction totale du vieux cimetière arménien de Djoulfa, en Azerbaïdjan ; nous allions ouvrir le département des arts de l'Islam ; ces images ravivaient ce que j'avais voulu occulter, longtemps, pour m'éviter le pire. Mais après la répétition des exactions des dernières années, je m'étais préparée, je savais que je trouverais à travers les pages toutes les croix abattues, dans chacun des cimetières de Chypre, méthodiquement ; toutes les dalles de *granito* – un granit reconstitué – des tombes seraient déplacées ; les os, ou ce qu'il en pouvait rester, brisés et exhibés hors des fosses. Sans doute y avait-il beaucoup de dalles de marbre ou de granito livrées par l'*ergastérion* – la fabrique – « Makariou et Fils », alors la plus importante usine de sols et marbrerie de l'île.

Ce que montraient Étienne et Claire Copeaux, c'est que les enclos mortuaires, qu'ils fussent en pleine ville autour de l'église ou en limite d'agglomération, avaient été transformés en décharges par le déversement continu, encore dans les années 2000, des ordures. Parfois, l'effort était notoire pour que l'œuvre d'abjection se poursuive, le cimetière étant loin, les habitants ayant à faire plusieurs kilomètres pour continuer d'outrager le souvenir des morts. Certains cimetières servaient de parcs à moutons, lorsqu'ils n'étaient pas transformés en pourrissoirs à charognes. Il y a, paradoxalement, un entretien continu de la destruction. Le cimetière des *gavur*, terme infâmant pour désigner les chrétiens, pouvait servir de terrain de foot pour les enfants : dans les trous où étaient dressées autrefois les croix il n'était que de planter les poteaux des buts. À Lapithos, le spectacle était si épouvantable que le cimetière fut simplement rasé. Qu'y a-t-il de plus exposé à l'offense, de plus impuissant à se défendre que les morts ? La défense de tous les défunts incombe à la communauté de tous les vivants ; c'est ce qui nous fait humains. À Chypre dans la zone occupée, partout les morts, et avec eux la mémoire des vivants, avaient été violés.

En 2012, la destruction des tombeaux de Tombouctou a fait venir sur les lèvres les bonnes questions ; l'atteinte à une population entière, et à son identité culturelle, constituait-elle un « crime contre l'humanité » ? Il aura fallu attendre 2016, et le procès du djihadiste incriminé dans la destruction de sept des mausolées de Tombouctou, pour que les atteintes aux témoignages culturels et historiques d'un groupe humain dans l'intention d'effacer sa mémoire soient punies ; les faits commis ne visaient pas des personnes mais un patrimoine culturel, la chair et les os d'une communauté. Pourtant déjà en octobre 2001, après la destruction des bouddhas de Bamiyan, avait été créée une qualification de « crime contre le patrimoine commun de l'humanité », mais elle n'avait pas encore connu d'application réelle. En avril 2016, peu de temps après les destructions à Mossoul et à Palmyre, nous en avons débattu avec plusieurs spécialistes du patrimoine et deux juges de la Cour pénale internationale, lors d'une réunion à huis clos à Oxford, à l'invitation de l'Académie diplomatique internationale. Avec sensibilité l'un des deux juges, africain, soulignait la difficulté de ne pas céder trop rapidement au vertige de la reconstruction. Il faut du temps pour que l'Histoire se suture. Il faut accueillir ses plaies. Il faut du temps pour réparer les vivants. Et à Mossoul, à Palmyre, à Alep, à Tombouctou, à Bamiyan, à Tikrit, dans tous les cimetières et les églises violentés de Chypre, à Djulfa, sur toutes ces terres qui sont encore ou furent d'Islam. Dans tous les lieux où la mort, le carnage, les exactions ont marqué d'une empreinte de crime les mémoires, le travail de recueil des témoignages matériels et humains sera long pour intégrer l'indicible à l'histoire commune, le réduire, l'ingérer puis reconstruire. Ce temps du travail passe aussi par le silence après la parole.

À Chypre la parole n'a pas lieu. Les Chypriotes qui ont été rejetés à l'ouest de la ligne de démarcation pressentent le pire, pour la plupart sans l'avoir vu, sans savoir le plus souvent exactement ce qu'il est advenu de leurs églises et de leurs morts. En Méditerranée orientale c'est un sujet qui touche à l'honneur des lignages. Si l'on quitte un lieu, on relève les ossements de ses ancêtres pour les emporter avec soi. Mais, dans la violence de l'invasion et la furie de la fuite à l'été 1974, les morts sont restés derrière et la culpabilité demeure grande, la douleur lancinante, inextinguible. Ceci s'applique aux séparés des deux bords, Chypriotes turcs comme grecs. Ma famille a beaucoup de chance, notre cimetière à Nicosie n'est pas en zone occupée. Seule la tombe d'une de mes arrière-grand-mères se trouve dans une nécropole aujourd'hui située dans l'inaccessible zone verte ; il est abandonné mais n'a pas été profané.

Les cimetières, les morts qu'on laisse derrière soi, c'est la matière la plus sensible des vivants. Que l'on ne puisse plus retourner sur ses pas, et alors grandit un pays où se mêlent les souvenirs des vivants et des morts ; c'est le temps de la relégation d'une partie de sa vie dans un territoire inaccessible. Si les exilés pressentent qu'ils ne pourront jamais y retourner, la brûlure de leur souvenir est intense ; son feu s'alimente sans cesse de la mort comme de la vie, pareillement confisquées. La similitude entre la mémoire des défunts et celle de la vie escamotée m'est apparue dans toute sa clarté lorsque j'ai rencontré le fiancé d'une de mes cousines, né en zone occupée. En bord de mer, à Kiti, se trouve la maison familiale d'après l'exil. La famille de Christos avait fui précipitamment sa maison à Kyrénia et arrivait sans rien. À Nicosie le père avait retrouvé une belle situation professionnelle, conforme à celle qu'il avait eue avant la guerre. Leur train de vie était cossu. Le week-end, la famille regagnait la maison de Kiti. Posée sur la plage, elle était à peine visible, entourée d'une dense haie de lauriers-roses et de résineux, mais s'ouvrait généreusement vers la mer. Passé l'enclos on la découvrait simple, à un seul étage abrité sous une véranda, au bout d'une allée de dalles à la découpe irrégulière s'enfonçant dans le sol sablonneux. Image conforme à une esthétique heureuse des années 1960, la maison était déjà construite lorsqu'ils y avaient trouvé refuge. L'intérieur me surprit par son ameublement qui jurait avec l'élégance des parents de Christos. Je ne comprenais pas le paysage de chaises dépareillées, le mélange inesthétique de mobilier de facture médiocre, même s'agissant d'une maison de vacances. Christos remarqua ma mine surprise et me raconta les circonstances de leur arrivée. Ayant tout perdu, la famille fut accueillie par les habitants de Kiti avec des trésors de sollicitude et d'attention. Chacun à la mesure de ses moyens offrit qui une chaise, qui un buffet, un lit, un peu de vaisselle… Depuis, la maison était demeurée inchangée.

Rien de l'aménagement ne fut mis au rebut une fois l'aisance retrouvée car ce décor désaccordé témoignait de ce que Christos et sa famille avaient refait de fragiles racines. Le théâtre de leur reconstruction, pieusement conservé, formait ce dissonant mémorial ménager. On peut croire qu'il y a loin de l'hétéroclite de la maison de Kiti à la tombe abandonnée de leur famille à Kyrénia et pourtant indissolublement sont liés les horizons des vivants et des morts.

Les cimetières musulmans de Chypre, les mosquées, les lieux de pèlerinage comme le *tekke* sont respectés et l'ont été, à quelques exceptions près, qui par leur rareté révèlent qu'il s'agit de délits individuels. Mais dans la zone occupée, la violence ne pouvait être comprise, dans toute son étendue, que commandée par l'État – le gouvernement turc qui avait lancé l'invasion –, les autorités agissant pour tous. Et la profanation des cimetières orthodoxes de la zone occupée à Chypre ne connut aucune exception. De la tombe de la famille de mon cousin Christos je sais d'emblée qu'il ne reste rien, tout simplement.

Il y eut pourtant quelques lumières d'espoir. À Karavas le cimetière avait été relevé en 1996; ils ne furent pas nombreux en zone occupée à avoir le courage d'aborder le sujet des profanations. La violente humiliation des morts n'a cessé de s'imposer, apportant sa plaie de déshumanisation, faisant de chaque habitant de l'autre côté de la ligne, de tous les Chypriotes turcs, des complices, les couvrant d'une honte sans fin, les enserrant dans l'étau d'une culpabilité collective ; elle condamne toute réconciliation. Le journaliste et homme de lettres chypriote Kutlu Adalı ayant eu le courage de célébrer, dans un article, la restauration du cimetière de Karavas, fut assassiné quelques semaines plus tard. On n'a bien sûr jamais retrouvé les coupables, qu'ils soient « loups gris » ou relèvent d'une autre organisation ultra-nationaliste turque. En 2000, Étienne et Claire Copeaux ne purent que constater une nouvelle profanation du cimetière de Karavas ; les croix renversées, les lourdes dalles de granito déplacées et des tombereaux d'ordures déversés achevaient bien les tombeaux.

Je retrouvai à Djulfa, le plus grand et le plus vieux cimetière arménien, le même attentat aux morts, à la mémoire, en l'occurrence arménienne. Il avait le malheur d'être situé à la frontière azéro-iranienne, en territoire azerbaïdjanais, sur des terres d'un Islam pro-turc. J'écris « avait » car il a été intégralement détruit lors d'une éreintante opération qui mobilisa beaucoup d'hommes et des moyens lourds. Malgré cela, venir à bout de près de trois mille magnifiques *khatchkars* – ainsi que l'on nomme les croix ornementées sans Crucifié – dressés entre le XIe et le XVIIe siècle n'alla pas sans quelques raccourcis expéditifs ; outre les hautes stèles cruciformes, le cimetière de Djulfa offrait l'exemple d'effigies de pierre, à l'allure totémique, représentant le plus souvent des béliers. Lourdes masses compactes, « idoles » tridimensionnelles, comment les annihiler ? On ne s'embarrassa pas de procédé. Il suffit aux hommes de main azerbaïdjanais de les décapiter à la meuleuse, laissant les corps intacts. Ce que l'on fait aux images, on le fait aux hommes. Ainsi a achevé de disparaître le plus vieux et le plus important cimetière arménien, entre 2001 et 2005, dans une curieuse contiguïté temporelle avec la destruction des bouddhas de Bamiyan. La destruction du cimetière de Djulfa est ceinte d'un étouffant silence. L'émotion de l'Unesco dénonçant « la barbare destruction de milliers de pierres tombales » retomba. C'est tout ce que peut l'émotion.

Lors de la carte blanche à Pascal Convert au musée, figurait une de ses photographies, intitulée *La Grotte aux chaussures des talibans.* Sur la coupole peinte d'une grotte bouddhique taillée dans la falaise de Bamiyan, les talibans s'étaient acharnés à détruire les images, les dégradant par ce qu'ils pouvaient imaginer de plus humiliant : jeter la semelle de leurs chaussures sur les représentations afin de les salir et de les anéantir ; de les salir au sens le plus symbolique du terme, en tenants d'une religion où pénétrer dans un espace sacralisé suppose que l'on se déchausse ; comme Moïse, prophète biblique adopté par l'islam, s'était aussi déchaussé dans la proximité terrifiante de Dieu pour recevoir les tables de la Loi ; comme petite fille je m'étais la première fois déchaussée au *tekke* à Larnaka. Seul le Prophète de l'islam, Muhammad, n'avait pas, à l'heure de son ascension vers le trône de Dieu, eu à ôter ses sandales. Les sandales du Prophète – les *na'layn* – tout comme leur empreinte, ont un statut digne en islam ; mais pas les Nike des talibans. Sur la fumée des pneus brûlés à l'intérieur de la grotte, la projection des tennis et l'empreinte de leurs semelles avaient créé une mosaïque de marques blanches. Je rapprochai en esprit l'image de la grotte des talibans des gestes des soldats turcs tuant symboliquement, du bout de leur fusil, le Christ pantocrator de la coupole de l'église d'Antiphonitis après l'invasion de Chypre. Il faut croire que les godillots turcs étaient une moins bonne arme de jet que ne le seraient les Nike des talibans à Bamiyan, mais il en a vu d'autres, le Christ ; il est ressuscité.

En juin 2018 nous avons présenté une version un peu réduite de *La Grotte des talibans*, photographie imprimée de façon indélébile au platine dans les fibres du papier, à la commission des acquisitions du musée Guimet. Le projet suscita un débat passionné. La photographie que nous présentions témoignait de la paradoxale émergence d'une nouvelle image par la volonté attentatoire des talibans. Voulions-nous exalter la destruction en soulignant l'échec de leur tentative de dégradation ? Devions-nous en garder la trace ? Dans le débat chaque sensibilité s'exprima et à l'issue du vote la photographie fut acquise.

Lors de la carte blanche autour de Bamiyan, nous présentions, dans la rotonde du quatrième étage du musée, face au grand panorama photographique de la falaise, quelques reliques des fouilles de Joseph et Ria Hackin sorties des réserves ; il s'agissait de deux mains de terre crue – la matière des grands bouddhas détruits –, vestiges d'autres sculptures qui avaient autrefois investi la paroi et qui, nombreuses, avaient au fil des temps cédé à l'érosion de la falaise même. L'une de ces mains avait appartenu à une sculpture de grande taille. Elle présentait d'abondants restes de feuille d'or car ces sculptures de terre avaient autrefois un épiderme intégralement doré ; j'avais également choisi pour faire face au panorama un saisissant visage ou plutôt, comme une métonymie, une absence de visage. Il s'agissait peut-être d'une représentation d'un fidèle compagnon du bouddha. Si la chevelure longue et rejetée en arrière, retenue par un bandeau, était parfaitement conservée, toute la face avait été perdue ou plus probablement arrachée, suivant un plan diagonal. Sur cet arrachement on était venu fixer, dans les années 1930, l'étai de bois relié à un cube qui permettait à l'ensemble d'être stable sur son support. L'effet de disparition du visage était si poignant que nous n'eûmes pas l'idée de nous défaire de ces socles historiques, de peu postérieurs à l'arrivée des vestiges archéologiques au musée.

Longtemps après j'ai continué de penser au plan d'arrachement de la tête de Bamiyan, m'interrogeant sur un accident ou sur une destruction volontaire. J'en parlai avec une amie, Cristina M., qui travaillait depuis Beyrouth pour la cellule de crise de l'Unesco sur le patrimoine syrien. Juste après la chute de Palmyre, deux jours après que Daech l'eut quitté, Cristina avait été envoyée sur le site en voiture blindée. Je lui fis part de mes réflexions sur le visage défiguré de Bamiyan que nous conservions. Elle acquiesça car elle avait fait le constat d'un identique mode opératoire au musée de Palmyre. Dans ses salles, les bustes provenant des hypogées de la ville antique avaient été jetés à terre et systématiquement détruits, le plus souvent avec un soin cruel apporté à la défiguration ; je retrouvais sur les images qu'elle me faisait parvenir exactement les mêmes plans de casse diagonaux. Le coup, porté avec un outil tranchant, avait fait tomber, suivant une ligne partant du front et amputant jusqu'au maxillaire, tout ce qui avait trait humain. Le visage n'était plus, il avait suffi de détacher puis de réduire en poussière cette partie : les traits, ce qui caractérise, ce qui identifie. Que l'on se convainque encore après cela que montrer ou voiler le visage n'a pas de sens. En Indonésie, plus grand pays musulman du monde, je discutai du sujet avec une chercheuse de l'École française d'Extrême-Orient, qui avait vu les mêmes ravages sur certaines œuvres bouddhiques de l'île de Java mais les autorités indonésiennes le cachaient autant que possible. La crevaison des yeux, l'énucléation, le « défacement », l'égorgement rituel s'appliquaient aux images, comme elles s'appliquaient aux hommes. On mesure, à le dire, la charge de l'image.

Depuis des siècles, l'islam, dans ses phases de réaction, très variables suivant les contextes et la posture des religieux, avait adopté des moyens divers, de l'extrême au minimaliste, pour inhiber la représentation des êtres dotés d'une âme, d'une *anima.* Plusieurs manuscrits montrent le zèle de certains éradicateurs d'images, le plus souvent des « docteurs de la Loi » religieuse, la *sharia.* Des manuscrits, dans diverses collections d'Istanbul à Saint-Pétersbourg, témoignent de l'étrange contradiction entre la conservation de l'écrit et la rectification doctrinale qu'un simple geste suffisait à opérer sur les images ; dans une version somptueusement illustrée d'un texte célèbre, un plaidoyer pour la langue arabe rédigé au XIe siècle, tous les êtres animés ont été « abolis » par un geste : le cou a été tranché à sa base d'un simple trait noir. L'égorgement symbolique, bien connu des historiens de l'art islamique, n'a pas suscité tous les commentaires qu'il appelle justement.

L'attentat contre la figure peut passer par d'autres rituels. Beaucoup de musées conservent, depuis la fin du XIXe siècle, des fragments d'une magnifique frise de carreaux de céramique à inscription coranique. Ils viennent d'un mausolée fameux, celui d'Abd al-Samad à Natanz en Iran, érigé dans la première moitié du XIVe siècle. Cette suite de carreaux est réalisée dans une technique complexe et coûteuse, le « lustre métallique » créant une couche de métal, de mordoré à cuivré, incorporée à la couverte vitreuse. À Natanz, les hampes et les boucles de l'inscription arabe, d'un bleu de cobalt contrastant avec le lustre, se détachaient sur un fond de feuillages peuplé d'oiseaux. Par quelle monstruosité saugrenue le céramiste avait-il eu l'idée de semer partout ces oiseaux, êtres animés, derrière le Verbe éternel de Dieu ? Que faire lorsqu'une autorité s'en aperçut ? Détruire les carreaux ? À cela deux choses s'opposaient : le coût de la fabrication d'abord, mais plus encore le geste interdit qu'aurait représenté la destruction d'une partie du texte coranique. Je suis allée à Natanz ; les carreaux formaient à l'origine une frise placée à six mètres de hauteur ; j'imagine donc mal que l'on serait intervenu après coup, la frise déjà mise en place, pour résoudre la difficulté. Et, plus simplement, depuis le sol on n'aurait pas pu discerner les oiseaux. Mais les oiseaux demeuraient. Aussi, leurs yeux furent-ils tous crevés méthodiquement.

Serait-ce lorsque les carreaux furent ôtés, l'inscription dépecée au XIXe siècle, dispersée à travers les mains de collectionneurs, puis peu à peu dans des collections publiques, que les pilleurs et revendeurs firent ce geste « pieux », gagnant ainsi un argent plus propre ? J'en doute, il était déjà suffisamment attentatoire de démanteler l'inscription coranique en la vendant pièce à pièce. La résolution de la question avait une incidence sur des choix de restauration des carreaux de Natanz, alors que nous préparions au Louvre le projet du département des arts de l'Islam. Devant ce groupe de carreaux de la frise, je ne cessais de me demander à quel état il fallait arriver. Conserver la trace de la réparation que les restaurateurs occidentaux successifs avaient apportée ou ôter les bouchages et mettre au jour le geste destructeur iconoclaste, les yeux crevés des oiseaux ? Cacher ou mettre à nu le geste systématique de la crevaison des yeux ? Et cela méritait en tout état de cause une explication lorsque les œuvres seraient montrées.

Des yeux crevés systématiquement, on en retrouvait ailleurs en terre d'Islam, pourtant personne n'en a encore fait la pénible cartographie.

Partout, en tout point du monde islamique, comme en Jordanie dans le beau bain palatial de Qusayr Amra érigé au VIIIe siècle, il faut se rendre aux mêmes constatations : le visage tout autant que les temps préislamiques sont souvent choses haïssables ;

ils l'ont été dans le passé et le sont toujours fortement à notre époque où l'islamisme est en pleine vigueur. Encore tout récemment, à Takht Bhai au Pakistan, site d'un monastère bouddhique classé sur la liste du Patrimoine mondial de l'humanité, des ouvriers, découvrant par hasard une sculpture du Bouddha grandeur nature, l'ont réduite à menus morceaux à coups de masse, encouragés par un homme de religion. Puis ils ont foulé les décombres comme les talibans de Bamiyan piétinaient symboliquement les peintures bouddhiques par la projection de leurs chaussures. Bien sûr les autorités pakistanaises ont condamné le geste et les coupables ont été punis ; il n'en demeure pas moins que la volonté d'outrager et d'éradiquer est enracinée profondément dans la plupart des esprits dominés par un fondamentalisme arc-bouté sur les préceptes de détestation à l'égard de l'image, du visage, de tout ce que condamne l'islam dans sa forme la plus étriquée.

Diriger un musée consacré à l'Asie, qui conserve de rares et précieux témoins de l'art bouddhique de ce vaste territoire que l'on appelait le Gandhara, donne plus de force à ma voix pour dire aujourd'hui ce que je sais depuis bien avant qu'hier, ce que je savais lorsque j'étais au Louvre ; ce sur quoi j'avais tant de mal à amener à parler mes collègues spécialistes de l'Islam. Que j'aie essayé d'organiser des conférences au Louvre sur le sujet pour que nous puissions y réfléchir ensemble n'y changeait rien. Le malaise sur la question, dominant dans le milieu des connaisseurs du domaine, était plus que palpable ; il valait mieux ne pas en parler. Car cela suppose une grande fatigue de penser clairement ; et du courage, en ces temps où la parole est aux abois, où la pensée a renoncé à tout effort de subtilité, où l'ombre de la récupération et les imprécations qui vouent aux gémonies une parole sans entrave font reculer les plus aguerris. Chez nous le triomphe de l'excommunication bien-pensante se porte au secours des extrémistes de l'islamisme. Nous les nourrissons du fiel que nous fabriquons contre nous et ils le transforment en manne. Il faut savoir choisir son ennemi, l'identité du mien ne fait aucun doute : il a pour nom l'obscurantisme et le déni d'universalisme ; il a pour visage le communautarisme, il amène à la partition par la violence. Notre société se réduit par elle-même au silence, confrontée à l'immense malaise de discriminer dans le sens le plus juste du terme : faire le tri entre le bon grain musulman et l'ivraie islamiste. Et ainsi nous abandonnons les meilleurs.

Sur les grèves du Proche-Orient, entre 2001 à Bamiyan et 2015 à Mossoul, à Ninive, à Palmyre – je n'ose pas écrire une date de fin –, inexorable, arriva la vague de l'islamisme ; cette vilaine forme de l'islam, sa maladie auto-immune.

Et voilà qu'un matin du mois de février 2015 le téléphone sonnait de façon répétée dans mon bureau du musée Guimet. Les forces de Daech, entrées à Mossoul quelques mois auparavant, diffusaient les images de leurs destructions. C'était un épuisant recommencement.

En boucle tournaient les images du pilonnage à grands coups de masse des statues du musée de Mossoul et, poignantes, celles du tronçonnage du grand *lamassu*, le taureau ailé du musée provenant du site proche de Ninive, une des capitales du défunt Empire assyrien. Il y avait dans ces images de la destruction méthodique, géométrique comme peut l'être le tracé d'une scie équipée d'une roue dentée électrique, quelque chose d'insoutenable. Discuter des faits avec G. m'était essentiel pour ne pas les laisser me submerger d'une immense tristesse. Nous partagions la résistance et la volonté forte de ne pas nous enfermer dans le carcan de nos émotions, écrasés par l'abrutissante perte des mots. Parler était vital. Les islamistes de Daech expurgeaient la ville de son histoire, de ses tombeaux : ce fut celui d'Ibn al-Athir, chroniqueur du pourtant très sunnite sultan Saladin, superbe édifice du premier tiers du XIIIe siècle emblématique de la ville, qui en fut la victime ; ce furent aussi les mausolées d'Awn al-Din, de Yahya Abu'l Qasim, celui de l'imam Bahir ; celui réputé abriter le prophète biblique Seth, reconnu par l'islam… À ce lot de ravages s'ajoutaient ceux commis au musée et sur les sites archéologiques environnant Mossoul. Imagine-t-on de nos jours la même éradication, en un autre lieu, de tout un paysage de ville historique sans que l'on y prête plus d'attention ? Je n'ai pas entendu les lamentations qu'appelait cette scène de crime et de dévastation. Mais en février 2015 la presse me posa peu de questions sur les racines de tout cela dans l'islam, tant le monde islamique demeure ce gigantesque espace de civilisation que le monde ne feint pas d'ignorer car, largement, il l'ignore bel et bien. Étrangement, au milieu de tant de bruit, l'islam demeure sans voix. L'islamisme a pris toute la place dans des esprits tétanisés par la peur. Comment alors s'attendre à ce que s'élèvent des voix pour défendre ce qu'il y a de plus précieux dans l'islam ? L'effroi se tient en embuscade, la plupart n'attendent que d'en être libérés pour pouvoir à leur tour réduire à rien cet Islam qui les épouvantait hier. Le jeu labyrinthique des reflets ainsi répétés me donne le vertige.

Ce 26 février 2015, lorsque la vidéo mit en scène la mise à mort du musée de Mossoul par Daech, leurs hérauts nous disaient en voix off sur les images : « C'est le musée des Anglais, nous détruisons les idoles des peuples d'autrefois ; [...] le Prophète (la paix de Dieu soit sur Lui) a ôté et enterré les idoles à La Mecque. » L'allusion au « musée des Anglais » était illustrée par une méchante reproduction en noir et blanc de la découverte du taureau ailé du musée de Mossoul à Ninive en 1849. À Ninive c'est bien un Anglais, Austen Henry Layard, qui, apercevant le mamelon du tell de Kuyunjik, fouillé partiellement avant lui par le consul français Paul-Émile Botta en 1843, finit par l'identifier à l'antique Ninive ; Ninive, capitale assyrienne du roi Sennachérib, est mentionnée dans la Bible. L'assyriologie, une branche de la discipline orientaliste, s'inventa là et s'enrichit rapidement de la découverte sur le site de près de 25 000 tablettes d'argile couvertes de caractères cunéiformes. Le bras droit de Layard, l'Arabe Hormuzd Rassam, y fit l'heureuse trouvaille des tablettes consignant la légende de Gilgamesh, héros en quête de vie éternelle, qui nous livraient ainsi le premier récit fondateur que l'humanité ait conservé.

À la terre de Mossoul, et de tous les sites archéologiques environnants, se mêlaient donc la gloire d'un des plus vieux empires du monde, le nom illustre d'Assurbanipal dont une partie de la bibliothèque gisait à Ninive, l'ombre lointaine de Gilgamesh, les échos de l'histoire de nos origines recherchées à travers la Bible, l'écriture perdue, enfin déchiffrée de peuples effacés de la surface de la Terre. C'étaient les tombeaux rouverts, le passé ramené vers soi. Les archéologues avaient su abolir le temps. Car le déchiffrement, n'était-ce pas rendre la parole à ceux dont nous ne savions plus rien ?

Daech organisait parfaitement son discours de la destruction en deux ordres distincts : le premier, destiné à sa *umma*, sa « communauté », fut peu relayé. Il opérait une épuration au sein même de l'histoire islamique pour s'en tenir à ce qui était visible dans le monde du temps idéalisé du Prophète de l'islam. Le second discours, forgé pour l'extérieur, était d'un tout autre ordre ; il visait une autre cible : nous. Ces combattants du retour à l'ordre moral de l'islam nous livraient un avertissement ; Daech nous tenait le langage de la destruction de « nos » monuments, les musées – une invention occidentale –, les sites archéologiques – une autre de nos diableries. Tout cela n'apportait que des cohortes pourrissantes et haïssables de civilisations que nous nous étions acharnés à ramener à la lumière, de civilisations qui avaient disparu lorsque l'islam fut révélé et se répandit sur Terre.

Daech nous rappelait haut et fort qu'il savait cela et qu'il l'effacerait d'un coup de meule ; il nous rappelait qu'une nouvelle foi avait triomphé et que tout ce qui était retenu dans les entrailles de la Terre était condamné à rester sans voix à jamais ; qu'avait à faire leur islam de ces peuples païens enfouis avec le temps ? Les islamistes mettaient en application avec une rigueur implacable le pire de la doctrine. Car c'était bien du pire qu'il s'agissait.

Ce n'est donc pas la folie qui présida à la démolition, au musée de Mossoul en 2015, d'un taureau ailé monolithe, haut de plusieurs mètres, lourd de plusieurs tonnes ; tout cela supposait une dépense physique colossale comme était colossal l'effort pour massacrer à la masse les collections de sculptures du musée de Kaboul, fait d'armes des talibans lors de leur prise du pouvoir en 1996. Et c'était bien le mot de « massacre » que le directeur du musée de Kaboul employait pour décrire le crime, les groupes de vingt à trente talibans procédant à une extermination systématique : 2500 sculptures bouddhiques précipitées dans les fosses communes sur la seule foi de leur appartenance au passé antéislamique. En rang les statues ! Le long des fosses ! Comme les hommes, coupables d'être orthodoxes, à Chypre en 1974, et d'autres avant eux. Alors ces images ravivaient toutes les dévastations, les exactions commises à Chypre.

On pouvait bien, haussant les épaules avec résignation, se dire que de tout temps on a détruit mais la fureur exterminatrice visait ici deux régimes différents de la mémoire : celui des temps très anciens, de temps sur lesquels les tombeaux se sont refermés, sur lesquels on a fait silence et dont on a perdu la trace ; mais aussi celui d'un présent jugé déviant, ayant ramené le passé à la lumière d'aujourd'hui dans un lieu que l'on appelle « musée ».

Voilà bien pourquoi, très exactement, les musées sont des lieux du combat des idées, des lieux essentiels en ce qu'ils affirment haut et fort la foi en une humanité partagée qui conjugue l'universel plutôt qu'elle ne convoque l'exclusion. Voilà pourquoi j'ai choisi, il y a longtemps, de travailler dans un musée, de travailler sur l'Islam, puis traversant à nouveau la frontière de me porter vers l'Asie, avant de traverser encore d'autres frontières.

Les islamistes n'étaient pas simplement de petits malfrats en quête de profits faciles ; bien qu'il soit indéniable qu'ils ont aussi tiré parti du trafic d'œuvres d'art, leur conviction a du prix, elle ne se marchande pas. Au musée de Palmyre, comme à Kaboul, c'est la destruction plutôt que le trafic d'œuvres orphelines qui avait prévalu. Ce que l'on fait aux images, on le fait aux hommes.

En premier lieu ceux de Daech épurèrent les territoires qu'ils avaient conquis des tombeaux impies, ceux des imams du chiisme – obédience considérée désormais quasiment extérieure à l'islam, anathémisée comme si elle avait renié l'islam que domine largement le sunnisme – à Basra au sud de l'Irak. Ils y ajoutèrent la série de tombeaux des XIIe et XIIIe siècles détruits à Mossoul ; les islamistes agirent aussi implacablement à Rakka, dans la Jézireh syrienne, où la qualité de Compagnon du Prophète fondateur de l'islam ne suffit pas à protéger la mosquée-sépulture d'Uways al-Qarni ; elle ne remontait qu'au début de notre siècle ; pour être djihadiste on n'en est pas moins souvent mauvais historien d'art…

L'on ne compte plus les tombeaux et monuments confrériques, de marabouts et autres soufis, mystiques de tous ordres qui ont disparu dans cette haine exterminatrice en Somalie, au Soudan, en Égypte, en Libye, en Tunisie, au Maroc et au Mali, au Pakistan et en Inde, mais aussi dans les Balkans, anciennes terres ottomanes. En Turquie, le très réactionnaire parti AKP a, pour le moment, évité cette veine et protégé les tombeaux et *tekkes*, les monuments des confréries spirituelles de l'islam. Celui de Mustafa Kemal Atatürk, père fondateur de la Turquie moderne réputée laïque, en fera sans doute les frais avant les autres…

En 2012, au musée du Louvre, accompagnant la visite de l'exposition « Routes d'Arabie » pour une personnalité saoudienne réputée d'ouverture, je me souviens de son malaise, virant à la panique, qui suscita sa traversée à grandes enjambées de la salle où nous présentions un impressionnant ensemble de pierres tombales du cimetière de La Mecque, al-Malaa, détruit à l'avènement de la dynastie wahhabite. Un membre de la suite de l'éminent personnage, resté derrière, se tourna vers moi et me demanda : « Mais alors on a le droit de construire des tombeaux ? » Puis, devant mon persistant silence, il conclut de lui-même : « Ce sont les wahhabites alors qui l'ont interdit ?

– Oui, lui ai-je répondu. Vous savez, le Taj Mahal est un tombeau… »

Il est si rassurant d'invoquer la primitivité de la pensée des islamistes. Comment peut-on envisager que Daech ait un discours cohérent alors qu'il heurte le sens et l'éthique de ce que nous croyons être une communauté mondiale ? Serait-elle défaite la morale d'après la Seconde Guerre mondiale, issue de la condamnation de la barbarie, celle qui se croyait renforcée de l'effondrement des idéologies qu'elle accueillait avec soulagement au pied du mur de Berlin en 1989 ? Celle qui sonnait dès lors de la trompette pour que s'effondrent tous les murs ? Pour ma part je n'entends toujours nulle irrationalité dans les déclarations de Daech ; la monstruosité n'est pas nécessairement irrationnelle ; le penser, c'est cesser de penser. C'est aussi ce que j'avais essayé d'affronter dans l'élaboration du projet du département des arts de l'Islam au Louvre.

De Bamiyan à Mossoul, la guerre avait changé de face : le peuple des pierres du passé était désormais un ennemi à abattre, une mémoire à exterminer. Je me demandais ce qui avait viré un peu avant 2001, guettant les secousses et les répétitions. Qu'est-ce qui liait ces actes réitérés en une chaîne de sens ? L'Islam est le présent de ce monde ; aucune civilisation ne saurait venir après lui, semble-t-il nous dire ; les statues, les monuments antiques, les écritures indéchiffrables portent la menace de sa disparition, de sa réduction en cendres ; rien n'est plus cher aux plus extrêmes et solitaires de ses combattants contemporains que le sol vierge, la terre vide de tout vestige. Le passé des autres est un démenti à leur islam rassis, un défi, pas un exemple ou une exhortation.

Pour le comprendre il faut amener à nous les faits d'hier et d'avant-hier, ceux d'un plus lointain passé encore. La violence de l'État en terres d'Islam est une antienne ancienne. Elle peut donner matière à des histoires d'un souffle qui emporte le lecteur ; et parce que je continue de penser que cette civilisation, dans les replis profonds de ses contradictions, a produit une infinie matière à réflexion, à beauté – et qu'elle soit teintée de tragique n'en retranche rien –, alors c'est à l'art de l'édification des Arabes que je laisse la conclusion et à quelques-unes de leurs anecdotes édifiantes que l'on appelle *qisas* en arabe.

Le conte peut nous dire la suite.

Quand, à la quatrième décennie du VIIe siècle, la Perse passa aux mains des Arabes dans leur fulgurante conquête d'un monde déjà vieux, la splendide ville de Ctésiphon leur appartint. Elle faisait résonner la gloire des Perses et de leur illustre royauté, et s'imposait, provocante, à eux. Le premier empire de l'Islam, autrement dit le califat, stabilisé après une phase d'expansion, fonda en 762, à proximité de Ctésiphon, sa nouvelle capitale, Bagdad. Les historiens arabes anciens intentèrent souvent aux Abbassides, seconde dynastie qui endossa la titulature suprême du califat, un sévère procès en « iranité ». Pourtant, tout iranolâtres qu'on les soupçonnât parfois d'être, on n'en rapporte pas moins sur les Abbassides cette anecdote en forme de sagesse : le calife arabe Harun al-Rashid, que notre mémoire associe aux contes des *Mille et Une Nuits* et à l'image de son fidèle vizir, le Persan Jafar le Barmécide, voulut abattre le Taq-i Kisra, le grand arc de brique à la hauteur stupéfiante, du palais blanc de Ctésiphon, dans la capitale des rois perses. Le Barmécide tenta de l'en dissuader : « Prends garde que tu ne puisses parvenir à le détruire, ô Harun » ; le calife s'en offusqua autant que l'offusquait la vue de ce monument d'un temps d'avant l'Islam, le défiant de toute sa superbe : « Que dis-tu là ? N'est-ce pas bien parce que tu es persan et voudrais protéger les traces de tes ancêtres ? » Et la rage au cœur Harun ordonna la destruction de l'arc impie. Mais la puissante architecture résista, le toisa et, comme il annonçait son désir de renoncer, Jafar le Barmécide lui rétorqua : « Prends garde de t'arrêter là ! Que ne dirait-on ! Que tu n'as pas su abattre le palais de ceux que tes aïeux ont vaincus, que toi-même tu as été vaincu ; allez, il te faut donc poursuivre. »

Que nous dit l'anecdote ? En terres d'Islam l'image et le passé sont les arrière-gardes d'un monde disparu autant que les signes annonciateurs du désastre ; bien des textes classiques arabes abondent en récits sur l'effraction du passé qui provoque la malédiction et déverse la calamité ; ainsi en va-t-il d'une autre *qissa* : sous la mosquée des Omeyyades à Damas une statue est retrouvée poing fermé ; immédiatement brisé par avidité, il laisse s'échapper le grain de blé-talisman qui y était enfermé et protégeait les récoltes de la ville ; alors se déclenche la famine. Après cette perle, contée par l'historien médiéval de Damas Ibn Asakir, on pourrait en ajouter beaucoup d'autres au collier des anecdotes, elles ne serviraient qu'à le faire plus long.

Vertige de la liste. C'est l'histoire à venir, pas advenue, qui donnera raison à cette lecture présente. Car ce que l'on fait aux images, on le fait aux hommes.

En 2015, Hatra, Apamée, Ninive furent quelques-uns des sites antiques ravagés. De Doura Europos, on pourra peut-être un jour revoir les extraordinaires peintures de la synagogue, par chance déplacées au musée national de Damas. On pourra continuer d'égrener le souvenir de la bibliothèque des archives d'argile d'Assurbanipal, dont le contenu est heureusement préservé au British Museum à Londres ; ceux de l'Afghanistan, et de sa riche histoire par la présence de ses œuvres au musée Guimet ; j'aime pouvoir le dire avec les mots choisis d'un très érudit ambassadeur de ce pays en France qui m'écrivait à propos des collections afghanes du musée Guimet : « Français et Afghans sont gens fortunés de trouver, pour les uns des collections rares, récoltées et présentées avec intelligence ; pour les autres, de faire connaître les trésors de l'Afghanistan et de partager ainsi leur fierté d'être une culture si riche. »

10

Istanbul, passage des Fleurs

En Turquie, nous sommes partis à quatre. Ma mère, mon père et Jacques, le meilleur ami, le presque frère de mon père, revêtu du même prénom que le cousin préféré, et lui aussi d'Orient. Jacques était un juif de lointaine ascendance espagnole, de père turc et de mère bulgare. Il continuait de parler le ladino, ce vieil espagnol, que les communautés juives d'Espagne avaient emporté avec elles lorsque, sommées de se convertir, une fois achevée la Reconquête de la péninsule par les Rois catholiques, pour beaucoup elles avaient préféré l'exil. De la même génération que mon père, Jacques avait gagné la France avec sa mère devenue veuve ; c'était avant la Seconde Guerre mais il n'avait jamais réussi à dominer un inimitable accent qui roulait fort, où j'entendais un mélange suave de langue slave et de sucreries turques. Et avec cela il était dentiste. Réfugié au Maroc pendant la guerre, il avait rencontré mes parents peu après que leur couple s'était formé et ils ne se quittèrent plus jusqu'à ce que la mort de mon père rompît leurs rangs en 1996.

Nous étions là, tous les quatre, sur le bord de la Méditerranée, en 1991. L'Égée demeurait un souvenir grec bien sûr, dans la poursuite de tous les sites archéologiques dont le nom fameux nous mettait en appétit. Éphèse, Didyme, mais plus que tout ressurgit l'image d'Aphrodisias. Dans la fraîcheur d'un matin de mai, le site nous était apparu enveloppé d'une pâture verte piquetée insolemment de myriades de coquelicots ondulant sur leur fragile tige. Loin de la mer, dans un paysage de plaine et devant un rideau de montagnes, la Grèce rencontrait la solide Anatolie. *Anatolia* signifie « orient » en grec ; alors, ici vraiment, je touchais du doigt la Grèce d'Orient.

Ma mère et moi, nous regardions les deux hommes qui jouaient, penchés sur le plateau du jacquet. Le *shesh-besh* est un jeu de tout l'Orient, on le pratique des Balkans au Levant, de Chypre à la Grèce, en Turquie, bref dans tout ce qui fut profondément marqué par la même patte rude des maîtres ottomans. Le jeu est portatif ; il tient en une boîte à charnières, qui une fois ouverte découvre un « plateau » divisé en colonnes, matérialisées le plus souvent par des motifs triangulaires à la base. Il est traditionnellement en bois incrusté, et se joue avec des pions plats, les noirs et les blancs, et deux dés. Il n'inspire guère la parole, son silence n'est contrarié que par le bruit retentissant que font les pions que l'on claque fortement sur le plateau. Il est préférable qu'ils soient en plastique pour en faire le plus possible, commentaire sonore du déroulement *crescendo* de la partie. C'était, il y a encore quelques années, la vraie musique des cafés traditionnels à Chypre, à Bellapaïs, à Nicosie, à Kakopétria ; celle résonnant en Grèce dans les périphéries tabagiques et masculines de Thessalonique ; celle que l'on entendait sous les ors néo-helléniques du beau café *Neon* d'Athènes avant qu'il ne brûle, ou aux tables de Damas et dans les petits cafés des souks d'Alep.

Ils étaient là, tous les deux absorbés, devant la mer, dans ce jeu éternel, portant la médaille de leur physique : l'un turc par sa moustache, l'autre que distinguait sa barbe, tous les deux le front haut et dégarni, la peau de basane, le nez fort et l'œil matois. « Nous sommes de vieux Ottomans », dit Jacques. Oui, tous deux, ils étaient de vieux Ottomans, nés avant la chute du sultanat et la proclamation de la République turque en 1924. Je les aurais assez bien vus porter le fez, coiffure conique rouge avec un long pompon noir qui fut interdite dans la Turquie de Mustafa Kemal Atatürk. Ils étaient venus ensemble tâter du souvenir ; Jacques avait encore un peu de famille lointaine à Istanbul ; mon père, lui, que venait-il chercher ? Il venait vérifier qu'il avait la force de ne pas haïr et recueillir les bribes de ce qui lui manquait fort depuis tant d'années. Il y avait alors dix-sept ans que l'invasion de Chypre avait eu lieu. Je n'ai que des souvenirs heureux de ce voyage, où je découvrais la Turquie. Après quelques jours en bord de mer nous repartîmes vers Istanbul qui marquait le terme de notre séjour et suscitait chez nous une grande attente.

Le premier contact avec la ville fut décevant. J'avais tant rêvé de la conjugaison de l'héritage byzantin et des mosquées ottomanes, de la Corne d'or et du Bosphore ! Le goût de zinc et de plastique des façades, mi-entrepôts mi-magasins, du quartier de Laleli, dans le cœur de la presqu'île de Stanboul, me décontenança. Et partout le sentiment d'un habitat souffreteux, mal entretenu, d'accidents urbains, d'immeubles vilains comme la poussée incontrôlée de mauvaises espèces qui déparent un jardin, les rues défoncées, la civilisation de la bassine de plastique. Ce n'était donc que cela ? Cette laideur post-soviétique, cette gêne économique qui suscitaient des monceaux de vêtements affreux, vendus débordant sur la chaussée au milieu d'une foule hâtive, indifférente. On entendait beaucoup parler russe ; nous vivions dans un monde, croyait-on, désormais sans bloc, sans idéologie, et les Russes venaient se frotter à une économie capitaliste bon marché. Istanbul était leur emporium et leur donnait accès à la Méditerranée, faute de mieux. Pour retourner sous les palmiers à Nice, sur la promenade des Anglais, ou à Cannes, il leur faudrait attendre que revienne une durable aisance.

Le goût gris, industrieux, prolétaire, la vie chiche contribuaient à donner l'impression que, de Moscou à Istanbul, il y avait un continuum. Istanbul, ville des détroits, n'était pas méditerranéenne mais bien plus continentale et pour tout dire froide et balkanique. L'atmosphère était lourde, et mes cheveux détachés, longs et blonds, volant au visage, attiraient un écheveau désagréable de regards. Je me rappelai ce que ma mère m'avait rapporté de ses impressions du quartier turc de Nicosie en 1973.

Le lendemain, les cheveux attachés en chignon, j'entraînai mes parents vers la Süleymaniyyé, le complexe architectural construit pour le sultan Soliman le Magnifique par son architecte Sinan, au sommet d'une des collines dominant la rive sud de la Corne d'Or. En face se tient le quartier de Galata, dans la Turquie d'Europe séparée de l'Asie par les eaux du Bosphore, qui lie la Méditerranée, après le détroit des Dardanelles, à la mer Noire. Les Grecs appelaient la mer Noire par antiphrase Pont-Euxin, « mer accueillante », tant elle est connue pour ses épouvantables tempêtes. La ville passe ainsi des calamités d'un été torride aux pluies diluviennes et aux bourrasques de vent, de la neige au froid sec le plus intense. Un climat harassant, dépourvu d'équilibre règne sur la topographie accidentée d'Istanbul : capitale d'un Empire romain divisé entre sa part orientale et sa part occidentale, d'un empire devenu chrétien au IVe siècle, on peut aussi y compter sept collines comme il sied à une nouvelle Rome. Les Grecs devenus chrétiens ne se nommèrent jamais autrement que « Romains », *romaïoi*, épithète qui éloignait d'eux le soupçon infamant du paganisme attaché à l'adjectif « grec ». Au Xe siècle, en l'ignorant, Liutprand de Crémone, ambassadeur du Saint-Empire romain germanique à la cour de Constantinople, affligea l'empereur byzantin du terme de « grec ». Il fut immédiatement congédié.

Au point le plus oriental de la Corne d'Or, qui fend la terre d'Europe et vient rencontrer les eaux du Bosphore là où s'établit le palais ottoman de Topkapi, le sol monte doucement à partir de la rive. La ligne des collines de la péninsule de Stanboul, d'est en ouest, est dominée par les grands complexes architecturaux construits sur ordre des sultans ; se succèdent celui de Bayazit II suivi par celui de Soliman le Magnifique ; sur la troisième colline se dresse le complexe de Mehmet II, tombeur de l'Empire byzantin en 1453, puis enfin, avant l'enceinte byzantine, celui de Selim Ier, père de Soliman.

Face aux monuments visibles depuis le pont de Galata qui relie les deux rives de la Corne d'or, je me répétais en regardant le défilé les surnoms turcs de tous les souverains que mon père m'avait appris à prononcer lorsque j'étais enfant : Bayazit *Yıldırım* – la Foudre –, Süleyman *Qanuni* – le Législateur –, Mehmet *Fatih* – le Conquérant –, Selim *Yavuz* – le Terrible. C'est une suite de splendides coupoles flottant comme des bols renversés, amarrés dans leur lévitation par les paires de minarets élancés, se dressant au-dessus du rivage, s'exhaussant au-dessus du premier rang de mosquées impériales, puis de celui des édifices construits par les vizirs, au-dessus enfin des grappes de petits dômes signalant un souk, un marché. Car seules les constructions établies par les sultans peuvent prétendre à contrôler symboliquement les points dominants de la ville.

Nous grimpâmes à l'assaut de l'échine de Stamboul, par une rue pentue et un peu crasseuse vers la Süleymaniyyé. Le premier contact est le haut mur bahut de pierres lisses, d'un blanc-gris très doux, qui forme une enveloppe presque étanche entre la ville et l'enclos urbain que sont ces complexes – les *külliyes* – déployés sur plusieurs hectares. Au centre se dresse la mosquée elle-même à laquelle répondent ici la grande cour antérieure à portiques et, à l'arrière, le jardin funéraire qui enferme les deux mausolées, les *türbes*, de Soliman et de Roxelane.

La pente est forte et l'on butte d'abord sur les quelques constructions que Sinan a dû ménager là afin de commencer à délimiter un très vaste espace parfaitement plat et régulier. Ce sont deux écoles coraniques symétriques, autour d'une cour. Au bout de ce premier arpent se niche le tombeau de Sinan qui a voulu reposer à l'ombre du plus grand souverain qu'il ait servi. La modeste construction occupe une parcelle de jardin triangulaire où il avait vécu pendant des années. Grec de Karaman, né en 1490, il fut choisi pour la « levée obligatoire », et reçut le statut servile des membres des Janissaires, les *Yeni çeri*, les « nouvelles troupes », toutes constituées de non-musulmans enlevés à leur famille. Il avait pourtant alors déjà vingt et un ans et mourut à quatre-vingt-dix-sept ans, ayant servi trois sultans ottomans. Sur sa tombe, son ami le poète Mustafa Sa'i fit inscrire des vers qu'il avait composés pour lui. Il n'y avait pas d'approche plus propre à donner la mesure de tout ce qu'enclot Istanbul de nostalgie : celle des empires disparus, celle des Grecs et de tous les *Rums* – les Romains, donc les chrétiens – qui, de siècle en siècle, nourrirent de leur chair le sultanat turc des Ottomans, et dont, un jour, tous les descendants seraient dévorés ou chassés lorsqu'il ne demeurerait plus de l'empire qu'une ombre si pauvre que la jeune république turque n'en voudrait même plus. Et délaissant les lettres arabes elle passerait à l'alphabet latin.

Après la pointe de la tombe de Sinan, on arrive face au flanc sud-ouest du complexe. Partout à hauteur de regard le même alignement de murs bahuts gris d'où émergent la succession de bâtiments, la répétition des dômes des portiques, les riches frondaisons des vieux platanes orientaux aux larges digitations. Dans la rue intérieure encerclant l'espace central sans voitures, il n'y avait plus le moindre bruit. Nous fîmes lentement le tour. Une large enceinte à nouveau séparait la rue de circulation intérieure d'un espace planté d'herbe et ombragé de platanes ; son mur de pierre grise était percé à intervalles réguliers de fenêtres descendant bas et barrées de grilles de fer. Juste pour voir : voir l'herbe, le velours dévoré des troncs des platanes, le mur enfermant le bâtiment de la mosquée campée au cœur de l'ensemble. Avec l'espace, l'harmonie des nombres et de la répétition des formes, la sobriété, l'apaisement nous saisissaient tous les trois. Il portait ici à un sommet de grâce ce que nous aimions tant au *tekke* de Larnaka. Passé le seuil, nous allions nous retrouver dans cet enclos du temps, cette suspension de la commune géométrie humaine, dans le repliement, dans l'abîme des enceintes successives, laissant le terrestre, le vulgaire, le bruyant derrière nous. Pénétrez dans le *harem* et alors quelque chose se déclare. Dans cette géographie imaginaire, imaginée, dans ce monde islamique tout entier pénétré des opposés du *batin* – le caché –, et du *zahir* – l'apparent –, et de l'omniprésence du *haram* – l'interdit, qu'il désigne les attitudes répréhensibles, l'objet même à cacher ou encore, comme dans la Süleymaniyyé, un espace d'exclusion forclos – à chaque fois, le passage du seuil m'apparaissait comme une révélation.

Après le jardin, à nouveau l'impeccable minéralité de la cour imposait son vocabulaire de formes récurrentes, son tourbillon de coupolettes comme les corolles des robes de derviches tournant tout autour de l'espace, cherchant leur axe divin. Au centre sourdait du dôme du *chadirvan*, la fontaine des ablutions, un furtif bruit d'eau. Nous entrâmes dans la salle de prière, construite plus de mille ans après Sainte-Sophie.

À Sainte-Sophie, une fois dépassée l'impression lourde de l'extérieur, engoncée qu'elle est dans ses contrebutements et les ajouts des siècles, nous avions été aspirés par la coupole côtelée immense, couvrant l'intégralité de l'espace central, semblant sans amarres, coupée au quart supérieur d'une sphère, enivrante de légèreté. Les grands rondeaux de calligraphie arabe voisinaient avec les icônes de mosaïques byzantines. À la Süleymaniyyé, d'un plan pourtant très comparable, l'impression était tout autre : la coupole était une demi-sphère qui accusait avec prosaïsme une fonction moins céleste. L'espace ne dansait pas comme à Sainte-Sophie, mais il enserrait, rassurait, il invitait à s'asseoir et à parler à voix basse. C'est ce que nous fîmes. L'islam avait inventé, j'en étais sûre, la possibilité d'un rapport intime entre l'homme et Dieu, dans le secret d'une conversation qui chaque jour devait s'entretenir. Puisse-t-il ne pas s'en dessaisir totalement. Il entrait de la solidité, de la mesure dans cet islam de grandes capitales. Nulle part, étrangement, ne l'ai-je éprouvé si familier, si urbain qu'à Istanbul ; à Damas peut-être.

Nous allâmes voir les deux tombes du sultan et de son aimée. Le tombeau de Soliman a été placé par Sinan dans l'axe exact du mihrab, la niche indiquant la direction de La Mecque sur le mur tourné vers le lieu saint majeur de l'islam. Octogonal, le türbe est de belles dimensions ; il est orné de brillants et virtuoses carreaux de faïence d'Iznik qui déploient un jardin à la base de la coupole et sur les murs, jusqu'à l'extérieur du portique d'entrée. À l'intérieur, une tombe vide, un cénotaphe, marque l'emplacement du corps du défunt, enterré comme le veut l'islam, à même la terre, sans cercueil, sans autre bien qu'un linceul, la tête tournée vers La Mecque.

Située à l'arrière dans le jardin, décentrée, plus modeste, se trouve la tombe de Haseki Hürrem, que nous appelons Roxelane. C'était chose inouïe qu'un sultan ottoman se fît enterrer près d'une femme. Un sultan ottoman n'a pas de femme, il n'a que des concubines qui, un enfant mâle leur étant né, sont écartées définitivement de la couche du sultan afin qu'aucune d'entre elles ne puisse asseoir son ascendant sur lui. Mais Roxelane y parvint, eut avec lui plusieurs enfants mâles, ce qui ne l'empêcha pas d'user de la règle effrayante de la lutte à mort des frères entre eux, de leur extermination jusqu'au dernier qui atteindrait le pouvoir. Elle souhaitait que le premier-né de ses enfants mâles, Selim, supplantât le fils aîné de Soliman né d'une autre femme. Ainsi fut fait et c'est au prix de l'assassinat de ses demi-frères mais aussi – cas unique dans l'histoire ottomane – de l'assassinat de ses frères utérins, que Selim II se saisit du pouvoir à la mort de son père. Mais à l'heure où nous parcourions le jardin funéraire la cruauté des intrigues du palais semblait lointaine, nous n'étions qu'étreints par l'absolu du silence et l'éternité des fleurs prises dans les faïences de ces murs.

La visite du complexe de Soliman m'avait conquise et je repartais de ce premier voyage à Istanbul avec au cœur la certitude que j'y reviendrais souvent. Entre 1991 et 2015 j'y suis allée tous les ans, parfois plusieurs fois dans l'année, près d'une trentaine de séjours donc, plus ou moins longs. L'année 1994 j'y passai plus d'un mois, pour y faire un stage dans un musée étranger.

Une de mes principales appréhensions était mon nom ; je ne voulais pas mettre mes interlocuteurs dans l'embarras en leur disant que j'étais d'origine chypriote. Alors je me fis grecque. C'était pour eux moins difficile tout de même. Grecque donc et spécialiste de l'Islam…

J'arrivai au début de juin 1994 pour passer un mois auprès de la grande dame des musées turcs, Nazan Ö., qui dirigeait le musée turc le plus moderne dans ses pratiques et ses aménagements, le TIEM, musée des Arts turcs et islamiques, installé dans le palais du vizir Ibrahim Pacha, dominant l'hippodrome byzantin. On accède à la terrasse qui surplombe le triangle d'or des monuments de la presqu'île – Aghia Sophia, Mosquée bleue d'Ahmet Ier, palais de Topkapi – par une rampe destinée aux chevaux. De là s'étend une vue somptueuse ; un jardin se déploie à l'arrière. Les bureaux des employés du musée étaient concentrés dans des espaces voûtés où nous nous retrouvions tous autour d'une grande table pour le café turc du matin que l'employé de cuisine préparait avec soin après avoir recueilli les indications sur la quantité de sucre désirée par chacun ; Sophia Hanum, ainsi que l'on m'appelait, le prenait toujours *orta şekerli* – un peu sucré – mais il pouvait être, comme en grec et en arabe, « sucré comme le miel » ; rituels de bouche si importants en Orient, autour du café ou du thé. Il y avait toujours une petite cuisine aménagée qui était un peu le centre de la ruche vitale de ces institutions, l'endroit où se passaient les commandes du déjeuner, et d'où l'employé partait pour nous en quête de repas. Il y entrait une familiarité douce qui conspirait à vous attacher au lieu et à l'équipe. Je m'attachai à Sevgui, la plus jeune, et à son fiancé, restaurateur d'œuvres d'art, qui m'entourèrent pendant tout mon séjour. Nazan, maîtresse du musée, me faisait profiter de son inépuisable carnet d'adresses pour m'envoyer sillonner la ville, à la circulation infernale, et soulignait rationnellement que si je partais à l'autre bout d'Istanbul il fallait en profiter pour exploiter au mieux ce temps afin de la découvrir. Que d'heures passées, les guides les plus spécialisés dans mon sac, pour dénicher les monuments les moins fréquentés ! C'est pourtant lors d'une visite d'un monument bien connu mais alors en restauration, la mosquée du vizir Rüstem Pacha, que je fis la connaissance de Cihan – qui se prononce Djihan –, une architecte qui travaillait pour le *vakiflar*, le ministère des Biens religieux. Elle était de quelques années mon aînée et me fit visiter son chantier, me présenta les ouvriers, m'invita à revenir. Le lendemain je pris avec eux le déjeuner et ils m'ouvrirent leur atelier, m'expliquèrent leur travail avec toute la gentillesse et la patience que les Turcs peuvent avoir lorsqu'ils ne disent pas « non ». Être réduite à peu de mots, pour ne pas abuser du temps de Cihan, me ramenait à la dimension des échanges les plus simples : trois mots de turc, les gestes, les mimiques, les ajustements, une franche sympathie. Au fil des jours je revis Cihan qui m'invita à passer une soirée chez elle. Elle vivait avec un autre architecte, au flanc de la colline de Cihangir, sur la rive européenne de Péra, et le salon ouvrait sur le Bosphore par une large baie vitrée d'où l'on embrassait le panorama de la ville-monde. Un télescope pointait vers le ciel. Un verre d'alcool à la main, Cihan me racontait l'histoire de sa famille, me parlait de sa grand-mère grecque, de ces Grecs du quartier du Phanar qui avaient résisté contre vents et marées et n'avaient pu se déraciner. J'allais entendre par la suite si souvent cet aveu, fait à voix basse, des origines mêlées dont certains Turcs se réclamaient avec fierté, qu'elles fussent douloureusement arméniennes ou grecques. La nuit avait gagné le salon, nous parlions dans un halo de lumière économe, à voix feutrées, dans la présence de toutes les ombres retrouvées. Nous étions bien.

J'habitais alors un appartement dans le quartier de Péra, le vieux quartier grec de Constantinople. Car jusqu'à la chute des Ottomans on n'appela jamais autrement la ville qui était encore majoritairement peuplée, au début du XXe siècle, de non-musulmans : Grecs phanariotes autochtones, orthodoxes de Serbie ou de Bulgarie, Arméniens, Juifs balkaniques, levantins ou stambouliotes. Dans tout le quartier, de part et d'autre de l'artère de la grand-rue de Péra – aujourd'hui Istiklal Caddesi –, se découvraient les églises des différents rites d'Orient et, plus rares, les synagogues. La rue parlait deux langues universelles : le grec et le français. Elles donnaient leur nom aux immeubles, aux passages qui traversaient le quartier de part en part dans toute sa complexe épaisseur. Le passage des Fleurs, *Çiçek pasajı*, enfonçait la pieuvre de ses ramifications à partir d'une place ronde sous verrière, se transformait en labyrinthe de rues couvertes de treilles, en un décor de cinéma en partie déglingué, s'appuyant sur des maisons devenues insalubres, aux douteux rideaux, le plus souvent vidées de leurs habitants. La bonne société stambouliote de la toute jeune République turque avait répugné à se vêtir des oripeaux laissés par les Grecs, les Arméniens et les Juifs, pourtant de beaux immeubles, ce que Constantinople faisait alors de plus à la mode. Tout cela sentait si atrocement l'arrachement, l'usurpation des dépouilles et on avait de la tenue. Le quartier n'en était que plus décati et poignant.

Je remontais la rue longeant le vieux et prestigieux lycée de Galatasaray et je pénétrais dans l'antre du *Çiçek pasajı* pour faire mes courses. Dans des bassines à moitié emplies d'eau brillaient les poissons des eaux d'Istanbul que mes amis disaient dangereuses car polluées. Pourtant en ai-je mangé de ces poissons, juste grillés, avec des oignons frais saupoudrés de sumac, dans un pain trop gros pour moi, en attendant de prendre un bateau pour une des traversées de la journée ! Sur des broches, qui ne cessaient de tourner, rôtissaient les *kokoreç*, les grasses amourettes dont raffolent les Turcs. Essayées par conviction, recrachées tout aussitôt, avec la nausée de tant de gras. Partout rutilaient de somptueux légumes : aubergines blanches comme des balles, sensuelles et fermes courgettes vert tendre veinées de blanc, tomates, gombos poilus que l'on nomme aussi *bamiés* ou cornes grecques ; c'étaient les mêmes qu'à Paris mon père, après une pénible préparation destinée à les rendre moins mucilagineux, nous servait sous une épaisse couverture de concassé de tomates, d'oignons, de persil plat et d'épices relevée d'un trait de citron ; s'entassaient encore les petites prunes vertes acidulées et âpres des fins de repas ; oranges, cédrats, grenades, pêches toujours trop dures à mon goût, concombres courts et craquants et merveilleux petits citrons qui concentraient tant de jus sous leur surface verdâtre parfaitement lisse, craquante salade. Plus loin c'étaient les étals de *sujuk* – les saucisses au fenugrec – et de *basturma* – le vrai nom du pastrami –, de fromage tressé de kashkaval, de Kayseri, de féta, de yaourt épais dans des pots de terre ; les accumulations d'herbes – coriandre, persil, sauge, menthe –, d'épices, de récipients de miel, de pâte de sésame, de halva, de muhalabi au lait et à la pistache, de gâteaux divers et de fruits confits. Mes pauvres mots de turc créaient une sympathie enveloppante, tant la langue est peu parlée par les étrangers et tant les Turcs souffraient alors de se savoir peu aimés. Je ne suis pas sûre désormais qu'ils en aient le souci. J'ai toujours eu plaisir à me glisser dans une autre langue que la mienne, mais celle-ci était revêtue d'un sens bien particulier : langue de l'autre, de l'ennemi en quelque sorte, s'en saisir c'était dompter quelque chose en moi, le réconcilier, c'était prononcer une langue que mon grand-père, mon père avant moi avaient dite. C'était ramener en moi tout le peuple de Chypre. À Istanbul je venais reconstituer une complétude. Et d'avoir le sentiment de la ressaisir, j'étais heureuse. Je me sentais accueillie dans la ville à *Çiçek pasajı* et je n'en suis jamais repartie sans petits cadeaux faits par les commerçants : un pot de yaourt supplémentaire, un *simit* – petit anneau de pain doré couvert de graines de sésame blanc –, des olives, etc.

De la cuisine de l'appartement de la rue Yeni Carşı montait, dès après les courses, les effluves des repas que je me faisais une fête de préparer pour tous les habitants de la maison partagée entre les pensionnaires français de l'Institut français d'études anatoliennes et les autres chercheurs de passage. En face du lycée de Galata, en haut de Yeni Carşı caddesi, à l'angle de la grand-rue de Péra, les tréfonds de la librairie Omer recelaient des trésors ; j'en trouvais d'autres au gré de la marche le long de la rue de Péra, avant d'arriver à « Tünel », l'antédiluvien petit train à crémaillère que je prenais le matin pour m'épargner la rude descente du quartier de Galata vers le pont qui permettait d'enjamber la Corne d'Or pour gagner le musée. La promenade, pour arriver à Tünel, était délicieuse et faisait défiler l'histoire de Constantinople alors capitale : je partais des environs du palais de France, notre ambassade avant qu'Ankara ne supplantât Constantinople, et égrenais tout le long de Péra la présence des façades anciennes des ambassades suédoise, hollandaise, russe, des églises – latine, grecque, ukrainienne –, du *tekke* des derviches tourneurs, jusqu'aux vestiges de la présence génoise. Les puissances commerciales européennes avaient eu là, même après la conquête ottomane, leur concession. Face à Tünel, le pâté de maisons en éperon, traversé comme une dague par une rue droite encaissée entre deux rangées de hauts immeubles, cachait Eren Kitabevi, la plus belle librairie d'Istanbul, et un café sous une treille qui servait une inoubliable *laleli limonata*, citronnade à la menthe, la meilleure qu'il m'ait jamais été donné de goûter. À Istanbul c'était un festival d'odeurs, pas toujours agréables, de goûts presque toujours délicieux et qui ramenaient dans leurs filets des sensations puissantes d'enfance ; là le yaourt aux herbes sèches avait refait surface et se conjuguait avec la ronde des saveurs nouvelles qui trouvaient une place naturelle dans l'architecture de mes parfums anciens. D'année en année, au gré des séjours, la carte de ma connaissance gastronomique de la ville, de ses incroyables ressources, ma meilleure compréhension de la division des spécialités entre restaurants suivant qu'ils entraient dans la catégorie *lokantası, meyhané* ou *zeltinyali* ne fit que s'accroître. C'était à Istanbul une langue essentielle à maîtriser, que ces restaurants soient spécialisés dans les grillades, la cuisson de plats mitonnés longuement à l'huile – les *zeltinyali* –, la préparation de petits plats divers servis sur de petites assiettes – le mezze grec en somme – et accompagnés d'alcool, qu'ils servent ou ne servent pas d'alcool d'ailleurs, qu'ils incluent tel ou tel dessert à leur carte, qu'ils proposent une cuisine populaire ou relevée, qu'ils soient proprement constantinopolitains, jusque dans sa variante arménienne, ou encore anatoliens ou kurdes et alors, dans ces deux cas, plus rustiques.

Istanbul était une fête, fête du palais. Ah, les effluves du *kneife*, gâteau servi tiède, fait d'une couche de semoule surmontant une strate de fromage doux, le tout imbibé d'un sirop de sucre épais ; ah, les fruits confits du restaurant Haci Abdullah, les minuscules loukoums aux pistaches hachées de Haci Bekir, les bonbons au sésame roulés sur le marbre, les détours par les cuisines du restaurant installé face à l'église arménienne qui m'amenaient toujours à choisir le coing confit sous une couche de *kaymak*, une crème compacte sans acidité, hésitant entre le beurre et le fromage, à l'arrière-goût sucré ; ah, les inégalées pâtes d'amandes ou de pistaches fraîches concassées à la meule de Bebek Ezmeci, la pâtisserie située déjà loin sur le Bosphore mais qui pour cela seul valait que l'on fît la route ; ah, les *börek*, feuilletés au fromage du petit déjeuner ou de toutes les heures de la journée ; les *manti*, raviolis épais farcis de fromage aux herbes ou de viandes et servis couverts de yaourt chaud et de jus de viande, comme à Chypre.

Depuis l'enfance les sens vous apprennent quel sera profondément votre pays, où se tient votre nostalgie. Si je l'avais oublié, je n'aurais eu qu'à venir me retremper à Istanbul. C'est bien ce que je fis pendant toutes ces années avec un bonheur toujours vif.

Ce premier long séjour de 1994 a ouvert une voie heureuse à des rituels et des amitiés durables ; à l'appartement le petit milieu me mettait en contact avec d'autres cercles de l'intelligentsia turque que les historiens d'art. Nous étions un soir avec quelques amis français et turcs dont un traducteur ; la confiance fut immédiate, à tel point que je n'eus aucun mal à parler de Chypre et à dire que j'étais pour moitié chypriote ; mais à l'instant de le dire j'ai ressenti, je m'en souviens, une crainte car c'était une sorte d'épreuve pour mon interlocuteur : de sa réaction je déduirais comment je pourrais continuer d'envisager la Turquie. Il n'y eut pas la moindre réticence, il me fit raconter un peu de l'histoire de ma famille, nous parlâmes du génocide arménien, des pogroms antigrecs de 1955, puis de ceux de 1974 lorsque après l'affaire chypriote les derniers Grecs furent si menacés qu'ils durent partir. En 1994 il n'en restait pas plus de 5000 à Istanbul. Une poignée d'Arméniens aussi. J'avais côtoyé de près lors de mes études à Paris deux Arméniennes d'Istanbul qui s'acharnaient à dire que tout allait bien, ajoutant cependant que, bien sûr, certains secteurs d'activité leur étaient interdits – l'armée, l'enseignement –, comme si vraiment à cela il n'y avait rien à redire. Que l'on ait à ce point intégré sa condition de *dhimmi*, de soumis tributaire, de citoyen de seconde zone parce que non-musulman, me confondait, moi qui venais du pays où la Révolution avait donné la citoyenneté aux Juifs jusqu'à Corfou, Zante et Céphalonie – lorsque l'Empire napoléonien s'en empara. Mais il y avait en Turquie des voix pour militer pareillement, pour croire à un universalisme qui, fidèle à lui-même, ne supporterait pas d'exclusion. Bien des années plus tard la Turquie et l'université Sakip Sabanci purent être fières d'avoir accueilli un colloque sur le génocide arménien. Il est euphémistique cependant de dire que rien n'est gagné ; rien n'est gagné même si peu de sociétés civiles ont fait montre de tant de résistance et de force d'âme admirable dans le monde islamique. Et tant de ceux-là, universitaires, journalistes, avocats, gens de bien, le paient de la privation de leur liberté aujourd'hui.

La société turque s'inventait dans un réseau de possibles complexes moins polarisés, plus nuancés que toute autre société du vieil Islam. Elle en pratiquait à la fois les valeurs traditionnelles en même temps qu'elle en interrogeait les écueils. Elle accueillait chacun suivant son modèle propre où prévalait une habitude de séparation mais avec une générosité jamais feinte, en même temps qu'elle réfléchissait à couper les amarres avec sa tradition. Le moment était tendu, les islamistes venaient de remporter d'importantes élections et d'arracher la mairie du district de Beyoğlu à Istanbul – c'est-à-dire Péra, ce même quartier si cosmopolite de la Constantinople d'hier dans lequel j'habitais. Le choc fut grand.

Durant le séjour de 1994, je me rendis à Edirne, en Turquie d'Europe. Le sultan Murad II avait fait bâtir à l'écart de la ville un bel édifice qui, outre son architecture, est célèbre pour ses carreaux hexagonaux à décor bleu et blanc, tout empreints d'influences chinoises. Midi : la prière de *zuhr* n'allait pas tarder à commencer. La communauté des croyants était réduite au minimum ; l'imam à leur tête, choisi parmi le groupe, allait entamer le rituel précis des gestes que suivraient tous les hommes. Je les voyais s'encadrant dans le rectangle modeste de la porte et me retins, sur le seuil, d'entrer pour ne pas les déranger, gardant mon foulard à la main.

L'imam – « celui qui se tient devant » – m'aperçut et vint vers moi. Mon arrêt au seuil de la mosquée lui disait l'essentiel. Il m'invita à entrer et à suivre leur prière ; je pris place, tête voilée, dans la tribune des femmes, déserte, et j'assistai seule à la prière de ce maigre cheptel, en silence, sans démonstration, partageant l'émotion de leur foi intime.

Se retenir au seuil c'est une des grandes leçons que j'ai reçues du monde de l'Islam et c'est bien dans ces moments suspendus que les plus minces miracles peuvent avoir lieu. Ils ne s'accompagnent d'aucun commentaire, se livrent avec modestie. Ils produisent une sensation d'ouverture intense après l'extrême contrainte des normes, de la ségrégation entre les hommes et les femmes, des évitements de tout ordre. La qualité d'étrangère ajoutait à cette grâce, rendant unique la rencontre, forant une percée tôt refermée dans la matière compacte de l'Islam. Mais pour cela, il faut marquer, en toute conscience, une hésitation sur le seuil. Je parle déjà largement au passé ; est-ce simplement parce que mes voyages ont changé de direction ou parce que le monde islamique que j'ai connu a changé ? Il avait l'art de mettre en contact, subrepticement, ce qui devait irrémédiablement demeurer séparé ; l'impossible devenait permis et les cœurs pouvaient se délier pour se livrer, dans ces pays d'Islam comme nulle part ailleurs.

Et pourtant en ai-je connu des sensations exactement inverses, douloureuses ? Elles venaient de l'éviction, de la reconduction de la séparation, et jamais cela ne m'a frappée bien sûr comme en Turquie, que je m'engageais à reconquérir par la douceur.

Qu'il me suffise de dire que tous les ans les rues d'Istanbul accueillent la liesse d'un défilé qui commémore la conquête de la ville le 29 mai 1453 sur les Byzantins, marquant l'effondrement de l'empire chrétien millénaire. Fêtons-nous la victoire des Romains sur les Gaulois ou d'ailleurs la résistance des Gaulois face aux Romains ? C'est impensable, tant nous résultons de la fusion des deux, gallo-romains, héritiers de toutes les parties, nous n'avons pas à choisir notre camp. Défiler le 29 mai à Istanbul, c'est entretenir l'intransigeance du combat, l'horizon de la domination des Turcs sur les *Rums*, les chrétiens donc, c'est simplement mal augurer d'un avenir commun. Quel triste symbole ce fut que de faire voter en 2005 la Constitution européenne le jour anniversaire d'une date si importante, fût-elle vieille de presque un demi-millénaire et tandis que l'on parlait déjà d'élargissement de l'Union européenne à la Turquie... Je discutais du 29 mai bien des années plus tard avec un collègue spécialiste de l'art byzantin ; il en était triste et c'est avec à l'esprit ces sinistres commémorations que nous prîmes le chemin du Phanar, le cœur de la masse grecque de la ville, et siège du Patriarcat orthodoxe de Constantinople. De masse il ne restait plus que six fidèles épars dans la grande église du Phanar, et nous deux. Le rituel dans toute sa pompe avait beau avoir été convoqué, il s'exhalait au milieu des fumées des encensoirs la tristesse désespérée des derniers témoins qui se voient mourir et savent qu'avec eux se taira définitivement une histoire. Elle fut grande, elle fut longue, aura-t-il quelqu'un un jour prochain pour la dire ? Qui la comprendra encore alors que sans grande protestation nous laissons une seconde fois soumettre Sainte-Sophie à l'islam ?

Partout on avait revêtu les ruines byzantines de l'attirail de nouveaux noms et de nouvelles fonctions, sûre façon d'effacer la mémoire. L'église fameuse du XIVe siècle, aux prestigieuses mosaïques, Saint-Sauveur-in-Chora, était devenue Kariye Djami (la mosquée Kariyé) ; depuis peu le gouvernement turc vient de lui ôter son statut de musée pour la transformer à nouveau en mosquée. Jusqu'au bout les conversions forcées auront eu lieu.

C'était de ce même quartier du Phanar que j'avais été chassée alors que je cherchais, égarée, l'église de la Pammakaristos, convertie en mosquée sous le nom de Fethiyé Cami. Le Turc auquel je demandai mon chemin m'avait répondu avec agressivité : « Pourquoi la cherchez-vous ? Vous avez Sainte-Sophie, cela vous suffit ! » J'avais reçu sa réponse cinglante comme la répétition triomphante de la confiscation continue, plus encore celle de 1923 que celle de 1453. À l'instant où je l'écris quelque chose me traverse l'esprit et ne veut pas y rester ; cette antienne du « Vous n'êtes pas chez vous ici », où l'ai-je entendue la première fois ? À Chypre en 1973, où déjà certains quartiers étaient interdits ? N'était-ce pas le discours tenu à tous ceux de l'autre côté de la ligne de front ? N'est-ce pas cela le discours de la ligne de démarcation de 1974 ? La paix peut être enclose par des frontières, mais jamais divisée par des lignes de démarcation. À Istanbul, cette phrase, les défilés du 29 mai, les dévotions d'année en année plus nombreuses sur les tombeaux des sultans *gazis*, combattants des frontières dans la voie du djihad et de la conquête, redisaient que la guerre des communautés continuait ; elle n'avait jamais cessé.

Pourtant comme j'ai voulu croire que là, dans cette ville qui me tient à cœur plus que toute autre en Orient, la raison ferait son chemin, que les forces laïques l'emporteraient face à celles de la Turquie fondamentaliste.

En 2008 j'inaugurais une exposition du département des arts de l'Islam à Istanbul ; c'était la première fois que le musée du Louvre signait une convention avec un musée turc et j'étais fière d'en être l'artisane.

Je n'avais pourtant rien oublié de ce que je savais et j'y allais sans naïveté mais toujours avec l'espoir qu'un idéal commun, une modernité prévaudraient. J'avais retrouvé en vieille complice Nazan qui m'appelait toujours affectueusement « *My dear little sweet Sophie* » d'un accent qui tressautait jusque dans ses yeux rieurs. Nous passâmes un mois à déployer l'exposition avec quelques personnes du Louvre et l'équipe turque. C'est alors qu'un soir Nazan me posa des questions sur ma famille. Mais oui, bien sûr, elle le savait depuis toutes ces années et le disait très simplement, sans brusquerie, sans intrusion : j'étais chypriote.

Je ne voyais pas sans ironie arriver le moment de l'inauguration par Abdullah Gül, le président turc. Moi la moitié Chypriote je lui ferai la visite. Je n'avais rien oublié de la réticence ancienne, ancrée depuis tant d'années, que j'avais à l'égard de la Turquie et des Turcs, et comme, lors d'un dîner de la partie française, je formulais une réticence sur les évolutions de la Turquie où l'implantation du parti islamiste AKP se renforçait, un membre de l'administration du musée du Louvre me fit remarquer que c'était sans doute parce que je portais un nom chypriote. Une de mes collègues d'un grand musée parisien, à la double ascendance égyptienne et turque, qui nous accompagnait pour l'inauguration et qui jusqu'à cette invitation n'avait plus eu le cœur de remettre les pieds dans l'Orient de son enfance, anticipa d'un sourire ma réponse : « Vous ne croyez pas plutôt que si nous sommes ici pour inaugurer, pour la première fois, une exposition avec un musée turc, c'est justement parce que je m'appelle Makariou ? »

Je suis retournée chaque année à Istanbul jusqu'en 2015. J'y ai retrouvé des figures connues depuis longtemps dont l'inquiétude grandissait au fur et à mesure que la Turquie se délaïcisait. Je me souviens de l'inauguration d'une exposition sur une éblouissante collection de manuscrits coraniques qui se tint au musée des Arts turcs et islamiques. Musée national d'un état supposé laïc ; nous étions en plein mois de ramadan et la nuit n'était pas encore tombée, les tables du repas étaient dressées sur la terrasse face à la silhouette enveloppée de crépuscule de la Mosquée bleue, émergeant au-dessus des ramures de platanes. Sainte-Sophie s'évanouissait un peu plus loin, formant un de ces tableaux que l'on n'oublie pas dans une vie entière. Tous les grands noms de l'étude du style des manuscrits étaient là, dont une Turque, belle et élégante, sans voile bien sûr, qui faisait autorité en la matière. Le soleil se couchait, l'heure de la rupture du jeûne arrivait. Le mufti prit la parole pour dire la prière de l'*iftar*. À ma table le silence était grand, la gêne palpable. Personne, presque vingt ans plus tôt alors que je faisais mon stage dans ce même musée, n'aurait pu imaginer un religieux reprenant pied dans une inauguration, événement civil et laïc, que ce fût ramadan ou pas, que l'on y montrât des manuscrits coraniques ou pas. En vingt ans j'avais vu la Turquie changer. Mais je ne voulais pas m'abandonner à mes vieilles lunes, et l'année suivante je cédais aux instances d'une grande amie, née roumaine, qui rêvait que nous allions ensemble à Istanbul. Je renonçai cette fois au quartier de Péra qui avait été le mien bien longtemps car il évoluait mal, et choisis un hôtel sur la pente descendant vers le Bosphore, dans le quartier de Karaköy. Il apparaissait comme un des derniers refuges de l'esprit libre que j'ai tant aimé, par contraste plus encore à Istanbul qu'ailleurs. Avec C., nous nous gorgeâmes de douceurs qui réveillaient chez elle aussi des souvenirs culinaires de petite enfance et force émotion. Nous avions trouvé notre paradis à la Karaköy Lokantası où nous prîmes une table tous les soirs. Je quittai Istanbul heureuse à nouveau, heureuse d'avoir partagé mon récit tendre sur cette ville avec une amie très chère, toute prête à le comprendre et à l'adopter.

Quelques mois plus tard, j'ai quitté Paris le surlendemain des attentats du 13 novembre 2015, pour une mission au Tadjikistan que je ne pouvais plus annuler à la dernière minute. Je ne faisais que transiter par Istanbul où je passai quelques heures avant de repartir vers Douchanbé. Istanbul était un carrefour ordinaire de l'épopée djihadiste, tous le savaient désormais. Mais ce fut un coup violent de voir que se déclarait sans crainte l'appartenance au mouvement fondamentaliste par l'adoption du vêtement adéquat. Je croisai une de leurs recrues qui de toute évidence partait en Syrie et venait prendre un peu de bon temps terrestre dans les lounges aéroportuaires sulfureux du monde occidental, sorte de proclamation de ce que lui n'était pas corruptible. J'avais la hargne au ventre.

J'arrivai à Douchanbé le cœur plombé dans une ambassade triste qui s'apprêtait à marquer une de ces minutes de silence dont nous avons trop pris l'habitude. Je m'installai et regardai la presse française. Deux jours après je tombai avec épouvante sur le récit des troubles qui avaient émaillé le 17 novembre un match de football supposé amical entre deux équipes dont l'affrontement résonnait on ne peut plus symboliquement, dans une ville également symbolique : il s'agissait d'une rencontre entre les sélections nationales grecque et turque au stade Başakşehir d'Istanbul, en présence des deux Premiers ministres, Alexis Tsipras et Ahmet Davutoglu. Soudain une marée de sifflets s'était répandue avant que le stade comble ne scande « Dieu est grand – *Allahu Akbar* –, les martyrs sont éternels, le pays est indivisible », mêlant en une langue indélébile la phraséologie djihadiste du recours aux martyrs – en l'occurrence les terroristes de Paris – et l'expression nationaliste turque consacrée des Loups gris : « Le pays est indivisible. » Dans le tumulte d'une minute de silence s'étaient confondus les discours islamo-turcs, la défense de l'islamisme et celle de la grandeur de la Turquie sous l'égide d'un nouveau sultan *gazi*, Erdoğan. Fourrure grise des loups nationalistes, kamis noir des islamistes : même combat. Non, je n'irais plus à Istanbul. J'en ai été désespérée. J'avais mis tant de temps à hisser le rocher en haut de la pente, en pure perte avant de le voir rouler sur moi et m'écraser.

En juillet 2016, dans le refuge d'une autre île grecque de mon enfance, Hydra, j'entendis murmurer sur une des plateformes de béton à partir desquelles on se jette dans l'eau du golfe Saronique, des mots indistincts qui m'alertèrent ; nous étions le 15 juillet et comme d'habitude j'oubliais volontiers les informations. Remontés assez tard à la maison que nous louions tous les ans, nous avons regardé les actualités grecques et avons appris en même temps le massacre des innocents à Nice, le jour de notre fête nationale, et l'intervention militaire en Turquie à la faveur d'événements que l'AKP présentait comme une tentative de renversement du gouvernement turc. Le pouvoir autoritaire n'a cessé depuis de se renforcer en Turquie. Il faut que tout cela m'arrive à nouveau en terre grecque, comme sur un sol primitif, dans l'enclos d'une île, tandis que coule le sang sur la promenade des Anglais où, depuis la chute du Mur, les Russes ont pu revenir. Rentrés à Athènes quelques jours après, nous fûmes informés par un triste message téléphonique de l'égorgement d'un prêtre alors qu'il s'apprêtait à commémorer le sacrifice de toute l'Église dans son sanctuaire de Saint-Étienne-du-Rouvray. Cela aurait-il un jour une fin ? Serait-il possible que prévale la joie du bel étonnement dans la rencontre avec l'islam ? Il n'en est pas meilleure métaphore que les tentatives de déchiffrement des inscriptions coraniques – et je m'en souviens à Istanbul dans la toute retirée Sokollu Camii, mosquée construite dans le dernier tiers du XVIe siècle par Sinan pour le vizir Sokollu Mehmet Pacha – tirant l'imam de sa retraite ou de sa sieste pour venir voir les curieux *rumis* prononçant l'arabe – mon Dieu, vraiment pas plus mal que lui. L'arabe devenait le seul moyen de se rencontrer, nous nous touchions par l'écriture non sans que cela provoque un étonnement, réinventant les échanges au-delà de la parole, sans en rester pourtant à la superficie. Je ne crois pas que l'on puisse réduire l'islam à mes souvenirs d'une enfantine fraîcheur. Il y entre l'infinie distance, l'étrangeté autant qu'un air de premier jour, une bonhomie portée au visage, un accueil profond. Et, comme je veux le croire toujours, la grâce de ne pas se comprendre.

11

L'Islam rayonne au Louvre

Au Louvre, que j'avais rejoint comme conservateur en 1994, j'eus, des années plus tard, la chance d'être pourvoyeuse d'histoires et de choses savantes, souvent aussi des mots du combat d'idées, dans le grand projet lancé à l'arrivée d'une nouvelle équipe de direction. Henri Loyrette, le président du musée nommé en avril 2001, était entouré d'un aréopage scintillant d'intelligences. Il connaissait la réputation des collections d'art islamique du musée du Louvre, les avait entendu grandement louer par un ami directeur de musée américain qui soulignait combien les Français ne semblaient pas tout à fait mesurer ce qu'ils détenaient. Nous eûmes, à la fin du printemps 2001, dans son bureau, un premier tête-à-tête où ce fut le seul sujet abordé. Je ne dirigeais pas encore la petite section islamique des collections, le conservateur la dirigeant allait partir en retraite quelques mois après. J'étais à cette heure plus préoccupée de retrouver du souffle après des années difficiles dans l'ombre de son jaloux soupçon. Au milieu de ma suite de deuils successifs, j'essayais de surnager et de transformer l'adversité en un bien. J'étais soucieuse d'aller au bout, saine et sauve, de l'exposition qui clôturait la carrière de la maîtresse de la section Islam et dont j'avais suggéré le sujet : « L'étrange et le merveilleux en terres d'Islam ». Le titre – et d'ailleurs le sujet, *'aja'ib wa ghara'ib*, l'étrange et le merveilleux – était emprunté à un des contes des *Mille et Une Nuits*, un ouvrage qui a tenu dans ma vie une place essentielle, revigorée de la lecture que j'en avais faite avec Nessim. Le texte était passé de mon enfance à mon âge adulte du statut de réservoir de merveilleux justement – et les illustrations dans la magnifique édition que m'avaient offerte mes parents n'y comptaient pas pour peu –, au déchiffrement d'un cadre, un jeu de récits en abymes, enchâssés les uns dans les autres telles des boîtes gigognes, qui avait pris pour moi les dimensions d'un continent d'imaginaire et de littérature, celles d'un ouvrage-univers.

Petite fille, j'étais fascinée par le livre illustré par Gustaf Tenggren ; son pinceau me nourrissait d'une connaissance assez exacte de la miniature persane, toute mâtinée d'influences indiennes voisinant avec l'esthétique Art déco, en une pure fusion onirique.

Dans une palette de demi-teintes subtiles, les génies sortaient des lampes dans le modeste intérieur d'Aladin, pauvre mais d'une élégance de jeune prince comme son épouse apeurée, à la grâce de concubine chinoise ; les gueux mêmes y étaient magnifiés. Les îles de l'océan Indien étaient d'une allure surnaturelle, leur échine se soulevait car elles n'étaient que des baleines momentanément endormies renversant les marins à la peau sombre naviguant sur des boutres chargés de denrées exotiques et précieuses. Les villes étaient des décors de songes, les palais mirifiques, mais surtout les femmes s'y montraient ensorcelantes et mystérieuses ; de toutes parts menacées, comme la triste et splendide reine des serpents, elles résistaient pourtant. Leur corps gracile décrivait sur chaque page des arabesques. Le visage qui dominait était celui de Schéhérazade. Fille du grand vizir du sultan Shahryar, son invention était le symbole peut-être le plus émouvant de la contribution indépassable de la civilisation islamique à l'écriture de la beauté du monde ; c'était de cela aussi dont il devait être question dans cette exposition, cela que j'essayais de démontrer dans la petite partie qui m'était encore dévolue après que j'eus choisi de me retirer de la direction du projet pour échapper aux inévitables conflits avec ma devancière. J'avais gardé ce qui était pour moi l'essentiel, à la racine de l'événement : *Les Mille et Une Nuits* et, par-dessus tout, la figure éternelle de Shéhérazade.

En rédigeant ma part du catalogue, je l'expliquai d'un mot emprunté à Freud : « Il fait plus clair quand quelqu'un parle. »

Le texte des *Mille et Une Nuits* n'en est pas tout à fait un ; il existe plusieurs recensions, à la géométrie variable ; suivant les strates dont elles étaient composées, s'y mêlaient plusieurs matières car l'Iran comme l'Égypte y avaient infusé. *Les Mille et Une Nuits* ne relevaient pas des belles-lettres mais d'une forme plus populaire, un ensemble de récits destinés à être dits plutôt que lus. Un cadre sur lequel le conteur brodait, au gré des assemblées, des détails chaque fois différents en n'oubliant jamais le fil du récit.

Il tient en un argument unique et magnifique dans la simplicité de sa sagesse. C'est elle qui jusqu'à aujourd'hui me fait dire qu'« il fait plus clair quand quelqu'un parle » ; un sultan, dégoûté des femmes après avoir découvert la duplicité de la sienne qu'il aimait tant, jure que plus jamais les jeux de l'amour et du hasard ne le prendront au piège. Il épousera une femme différente chaque jour, passera la nuit avec elle et au matin la fera exécuter. Bientôt toutes les familles commencent à craindre pour leurs enfants, bientôt chaque famille est décimée par tant de cruauté. Jusqu'à ce que la fille du grand vizir du sultan, la belle et intelligente Schéhérazade, se propose à son tour d'épouser le souverain assassin. Le grand vizir est épouvanté à l'idée de perdre sa fille aînée. Mais Schéhérazade insiste, par la ruse elle aura raison du sultan et des exécutions qui déciment la ville. Le soir venu, à l'heure de consommer le mariage, Schéhérazade retient Shahryar et lui propose d'entamer un récit. Il acquiesce car il aime les histoires. Aussi la belle et captivante conteuse commence-t-elle une histoire longue et pleine de rebondissements ; à telle enseigne que, alors que tout allait se dénouer, la jeune sœur de Schéhérazade, Dinazade, ayant bien suivi les instructions de son aînée, lui fait amorcer une autre intrigue en lui posant une question. Et Schéhérazade ouvre la parenthèse d'un autre récit. Mais il est déjà tard et le sultan tombe de sommeil ; Schéhérazade doit suspendre là, hélas, sa narration. Alors le sultan consent, elle continuera demain et il la fera exécuter le jour d'après. Et ainsi, chaque nuit recommencée, par la magie de l'invention du récit donnant naissance à un autre récit, par l'envoûtement de sa parole, Schéhérazade suspend le temps et la mort ; et dans ce temps suspendu, forclos, naît l'amour. Celui qu'elle éprouve pour Shahryar, celui que Shahryar éprouve pour elle. Elle le ramène à la vie par la puissance de ses mots, le sauve lui, se sauve elle et toutes les femmes de sa cité. Le temps suspendu est le temps de l'amour et du triomphe sur la mort ; la parole peut tout sauver, tout réparer. Quelle étrange philosophie que *Les Mille et Une Nuits* en confèrent le don héroïque aux femmes, et à elles seules, dans une civilisation réputée si patriarcale.

De la lecture du catalogue, Henri Loyrette avait relevé la phrase de Freud, et il me la répéta au cours d'un dîner qu'il donnait chez lui pour notre petit groupe qui fomentait alors les arts de l'Islam. Au gré de réunions clandestines tenues le week-end, nous formions une sorte de *fitna*, une sédition, une entité séparée du reste de la communauté, le corps tout entier du musée. Et la *fitna* suppose des mots secrets, qui ne seront pas dits publiquement ainsi que le sait Schéhérazade. Peut-être cette phrase de Freud que j'avais retenue en guise d'explication était-elle le viatique pour qu'Henri Loyrette se risque à me confier à moi, alors le plus jeune conservateur du Louvre, la conception du contenu d'un tel projet. Il me donnait pour mission de parler clair. Peut-être non sans crainte mais c'était un si bel engagement. C'est ainsi que je le compris, quelques années après.

Les collections autour desquelles le projet s'établissait avaient conquis, patiemment, de la place. Certes pas toute la place qu'elles méritaient. En 1987 j'avais eu la chance de participer à la première renaissance des collections islamiques au Louvre après qu'elles avaient été mises en réserve en 1972. Celle qui était alors ma professeure, plus tard devenue une marâtre, s'était saisie de minuscules espaces sous un des grands escaliers de l'aile de la colonnade du Louvre. Ils tenaient en deux salles ouvertes clandestinement et qui devaient marquer la présence au musée de ces collections oubliées. J'étais étudiante dans le cours d'art islamique qu'elle délivrait à l'École du Louvre ; ce fut mon premier terrain de jeux en musée. J'avais la chance de pouvoir travailler au contact d'un minuscule groupe de francs-tireurs qui avaient bien décidé de ne pas rendre gorge, de ne pas se laisser dépouiller des collections. Les bureaux perchés de la conservation, sous les combles, sans aucune fenêtre, semblaient symboliser une équipe au placard. Le projet de l'Institut du monde arabe s'avançait alors. Y céder eût signé l'abandon de l'art islamique, d'une présence plus que centenaire au Louvre, au profit d'une institution cogérée par plusieurs États à côté de la France, et qui, n'étant pas un musée, au régime protecteur, aurait installé nos collections nationales dans un statut incertain. La conservatrice qui en était chargée, fort caractère, organisait la résistance à sa manière et tint bon. Si des œuvres furent prêtées à l'Institut du monde arabe, les plus importantes demeurèrent au Louvre, dont celles héritées des collections royales.

Dans le cours du projet qui amena à la conception du Grand Louvre – de la pyramide inaugurée en 1989 jusqu'au déploiement des collections du musée sur la plus grande partie des espaces du palais du Louvre –, son premier grand patron et président, Michel Laclotte, avec une attention prévenante, chercha à donner une vraie place aux arts de l'Islam qui avaient été oubliés dans la première phase de programmation. Désormais diplômée en art islamique j'eus à nouveau la chance d'accompagner cette phase de construction du projet qui finissait par se raccrocher, tant bien que mal, au train du Louvre. C'est ainsi que grâce au travail acharné d'une petite équipe, le musée avait pu inaugurer en juillet 1994 des espaces certes tortueux mais qui présentaient un discours cohérent, déroulant plus de onze siècles d'histoire de l'Islam, des rivages de l'Atlantique jusqu'au Moyen-Orient, de l'Asie centrale à l'Inde. J'arrivais juste alors pour prendre mes nouvelles fonctions au Louvre ; Michel Laclotte m'avait fait venir dans le modeste bureau provisoire qu'il occupait pendant que l'on rénovait le sien. J'étais épouvantablement impressionnée, je me sentais toute petite face à cet homme qui avait créé tant d'objets dans le paysage des musées français : à Avignon le musée du Petit Palais dédié à la peinture médiévale et du début de la Renaissance dont il était un spécialiste reconnu, à Paris le musée d'Orsay et le Grand Louvre.

Et voici que sept ans plus tard j'étais dans le bureau du nouveau patron du Louvre, Henri Loyrette, qui succédait alors à Pierre Rosenberg. Henri prenait toute la mesure de l'insuffisance encore de ce qui avait été fait pour les collections d'art islamique. La conversation m'étonnait, je ne m'étais pas doutée qu'elle porterait sur un tel sujet. Elle s'alimenta de mes réflexions sur d'autres collections oubliées, celles toutes proches du musée des Arts décoratifs, elles aussi mises en réserve. Ainsi préparions-nous la mère de toutes les batailles. Elle promettait d'être rude mais exaltante. Rapidement Henri Loyrette forma un comité resserré baptisé M 21, pour « musée du XXIe siècle », l'idée n'étant pas de se limiter au projet des arts de l'Islam mais de projeter le Grand Louvre plus avant dans son nouveau siècle. Quelle chance d'être d'une si belle maison quand elle croit que penser, projeter, imaginer, rêver est la clef de sa destinée. On pensait, projetait, imaginait, rêvait alors beaucoup dans les murs du Louvre ; on fit concrètement de grandes choses dans ce musée hors normes.

Nous ne fûmes, pendant des mois, pas plus de six à nous retrouver clandestinement les week-ends autour d'Henri Loyrette. Venu du musée d'Orsay, qu'il avait dirigé, il était précédé par une forte réputation d'historien d'art et par quelques grandes expositions qui avaient laissé leur marque : « Degas », « Les origines de l'impressionnisme », d'autres, plus rares, qui avaient révélé au public français la qualité de la peinture danoise du XIXe siècle, ou encore bien des territoires méconnus de la création artistique en Europe. Autour de lui, au Louvre, se regroupaient les deux administrateurs généraux, Didier Selles et Aline Sylla, tous deux du vif-argent, la directrice de la politique des publics, une jeune architecte et moi. Les idées fusaient dans une grande bonne humeur qui n'empêchait pas la production d'intelligence soutenue, nécessaire au projet. On nous attendait. Il s'agissait en premier lieu de convaincre l'Élysée car une telle annonce aurait un écho politique. Chacun écrivait un bout d'une unique partition, celle de la création d'un nouveau département que le Louvre consacrerait aux arts de l'Islam. Nous ne cessions de remettre nos arguments sur l'établi et j'étais la première d'atelier pour ce qui touchait aux collections et à leur importance relativement à celle d'autres musées. Réunir deux collections, celle du Louvre et celle du musée des Arts décoratifs, alors en pleine rénovation, était au cœur de notre projet, lui donnait de l'allant en même temps qu'un poids critique déterminant. Le tout s'étayait d'analyses juridiques, d'un discours sur l'utilité sociale du projet, d'une démonstration historique, et d'études de coûts qui semblaient vite ramenées au raisonnable face à l'indéniable impact politique et diplomatique d'une telle création. Les questions de la nécessité esthétique semblent toujours, aujourd'hui comme hier, secondaires à l'aune de l'économie et de la diplomatie. Elles sont pourtant les conditions réelles de la durée. Semaine après semaine, avec la joie que renforce le sentiment de faire partie d'un cercle d'autant plus magique qu'il est secret, le projet se construisait ; la conviction s'ancrait, passé l'incrédulité du début, que nous y parviendrions et une exaltation nous transformait en une curieuse main à six doigts. J'avais devant moi, pour la première fois, cinq personnes tendues dans l'effort de comprendre la civilisation qui me captait depuis quinze ans ; j'aurais presque été une moderne Schéhérazade. Ils m'interrogeaient, s'emparaient de ce qui me passionnait depuis tant de temps. Chacun d'entre eux s'était mis à lire sur le sujet et jamais je n'avais eu un auditoire aussi exigeant qui m'entraînait à construire un récit toujours plus charpenté. Il ne nous fallut pas mille et un jours mais tout de même un peu de temps pour affiner le projet.

Puis vint septembre.

Le 11 septembre 2001 je n'ai vraiment rien su ; j'étais dans la pierraille, la chaleur, l'effort, descendant les gorges de Samaria en Crète. Les gorges avaient servi de refuge pendant les périodes tragiques de l'histoire de la Crète, de la *Turkokratia* – la domination ottomane – jusqu'à l'occupation allemande. J'espérais, bien hypothétiquement, voir la mer au bout de la descente. Le dénivelé sollicitait l'attention jusqu'à l'épuisement ; les pierres roulaient sous nos pieds. À l'heure où le soleil commençait à être haut, G. et moi n'avions pas encore réalisé que nous aurions du mal à aller jusqu'au bout et – étions-nous fous ? – à remonter avant la nuit. Nous n'avions pas compris que les « excursionnistes », randonneurs d'un jour, s'étaient préoccupés d'être accueillis au terme de leur descente jusqu'à la mer et ramenés par bateau en un point plus accessible de la côte.

Nous sommes donc remontés vers notre point de départ, épuisés, sans pouvoir aller jusqu'à la fin du chemin. La mer demeurerait, pour cette fois, au loin. Un ballet d'hélicoptères dans le ciel nous a alertés. Quelque part ravageait l'incendie sans doute. Oui, quelque part ravageait l'incendie mais la nouvelle de New York n'avait pas atteint Samaria.

Comment sommes-nous rentrés dans notre cabane de bord de plage, à quelques centaines de mètres de l'endroit où Cacoyannis avait tourné la scène célèbre de *Zorba* dans laquelle Anthony Quinn et Alan Bates dansent sur la musique de Mikis Theodorakis ? C'était bien tard le soir.

Le lendemain, 12 septembre, courbatus et rompus, nous avons vaqué à rien dans ce bout du monde : regarder l'air fatigué de poussière après avoir ouvert les volets ; constaté le rien, le désert d'hommes ; nourri les chats qui venaient toujours nombreux d'on ne sait où ; chassé le petit-roux-chef-de-bande qui voulait prendre possession de la maison : la terrasse lui suffisait bien, à lui et ses frères de gamelle.

Nous avons sans doute regardé l'air trembler doucement avant que je ne me décide à aller au ravitaillement à La Canée par les moyens ordinaires du Grec désargenté, l'autocar, seul recours lorsque l'on ne conduit pas. La route fait des tours et des détours par des villages perdus avant d'arriver à la ville. Tout le temps du trajet, d'une oreille distraite je percevais confusément des conversations animées en grec où revenait le nom du commandant Massoud.

À La Canée j'ai regardé les journaux français défraîchis ; ils devaient avoir quarante-huit heures. Ils annonçaient en effet la mort du commandant Massoud. J'ai pris le chemin du retour, nantie de cette nouvelle sans avoir fait l'effort de prendre connaissance de la une des *Kathimerini*, le grand quotidien grec qui m'aurait appris la colossale, l'horrible nouvelle. Aujourd'hui je m'en félicite. Comment aurais-je fait le voyage de retour avec cet éboulement sur le cœur et le corps ?

Après les mêmes longs détours, je suis rentrée en fin d'après-midi dans notre désert estival. G. était sur le chemin, parlant avec la propriétaire. Son visage était anormalement tendu.

« Tu sais ce qui est arrivé ?

– Le commandant Massoud est mort.

– Ce n'est pas tout à fait ça... » Je ne sais plus par quels mots il m'a annoncé ce qu'il venait d'apprendre.

« Ce n'est pas vrai ! » et j'ai été soulevée de ce sol grec familier par des larmes du fond des âges. Le XXIe siècle venait de commencer.

Nous repartions le lendemain, 13 septembre, de La Canée pour Paris via Athènes. À l'aéroport Venizélos, en correspondance, nous courions éperdus pour trouver des journaux. Nous arrivions dans un monde d'après l'événement, avec deux jours de retard. Dix-huit ans après, dans nos temps de diabolique connexion totale, on peine à imaginer ce décalage. Nous n'avons pas connu la séquence d'atroce hypnose de la destruction des tours, nous ne les avons pas vues en direct s'effondrer, nous n'avons pas vu en boucle continue la scène, nous n'avons entendu qu'« après » le cri capturé sur une vidéo – « *Oh my God!* » –, et vu alors l'énorme champignon de fumée, la retombée d'une cendre massive ; un autre Pompéi ; une catastrophe post-Hiroshima. C'était depuis Pearl Harbor l'attaque la plus sanglante commise sur le sol américain, un sol qui tutoie le ciel.

Nous avons évité de rechercher la séquence. La recevoir en direct était une chose, s'en repaître lorsque l'on sait ce qui a eu lieu était tout autre. Nous sommes revenus à Paris, dans un monde où « cela avait eu lieu ». L'avoir reçu comme une annonce, le présage d'un monde futur plutôt que comme une suite d'images sidérantes, avoir dû se le représenter par des mots pour en faire venir l'impensé, changea sans doute radicalement mon rapport à l'événement. Dans mon grand isolement d'été grec j'ai reçu ce désastre dans un dialogue exclusif, avec pour unique interlocuteur G., sans radio, sans télévision, sans journaux. Cela nous était arrivé dans un décor surgi de l'Antiquité.

L'image en est formée par les circonstances particulières de la nouvelle : j'étais dans l'espace grec et méditerranéen, sur une île que l'on compare souvent à Chypre, j'apprenais la nouvelle par un proche, non par la radio, et l'immense émotion pouvait immédiatement s'épancher ; je me sentais loin de mon aire, décentrée, dans un monde qui est déjà l'Orient et c'est l'Occident au loin qui en moi était frappé. Image en miroir de la nouvelle de l'invasion de Chypre en 1974 : une voix familière qui annonce la catastrophe qui nous renverse, sans nulle autre présence que les plus intimes, la distance d'avec le lieu du désastre. Car je savais que la guerre qui traversait ma vie avait repris. C'était mon second big bang d'Islam.

Ces circonstances particulières ont achevé de donner pour moi à l'horreur une dimension d'apocalypse qui dépassait largement l'effet collectif de sidération.

À Paris, notre premier réflexe a été d'aller à l'église américaine pour un service mémorial, comme mes parents après les événements de Chypre.

Au même moment j'étais engagée dans la préparation d'une exposition que je devais inaugurer, en octobre, à l'Institut du monde arabe. L'année qui avait précédé, je l'avais en partie consacrée à sa conception et à plusieurs missions en Syrie, les musées de Damas et d'Alep étant les principaux prêteurs. Elle était consacrée à « L'Orient de Saladin ». Il n'y avait jamais eu d'exposition sur la dynastie établie en Syrie et en Égypte autour de la grande figure de Saladin, souverain très sunnite qui avait repris Jérusalem aux Francs – ainsi que l'écrivent les textes historiques arabes – en 1187 en épargnant sa population ; c'était le même pourtant qui avait commandé d'égorger tous les Templiers et les Hospitaliers faits prisonniers à la bataille de Hattin. Il appartenait tout entier à la rhétorique de la légende noire de l'Europe, c'était un héros du panarabisme, détail presque cocasse quand on sait en fait Saladin d'ascendance kurde… Je ne goûtais pas ce personnage, figure emblématique des djihadistes.

Rentrer à Paris pour m'atteler à l'exposition après le 11 Septembre tenait de l'épreuve ; l'espace aérien américain était fermé et l'acheminement des prêts venant des États-Unis semblait compromis.

Il était dur d'affronter le contenu de l'exposition : son écho sinistre dans le temps présent me mettait à la torture. Je ne supportais plus de relire les citations du *Traité du djihad* de Sulami que j'avais choisi pour démonter la légende rose de Saladin face à un affreux croisé, Renaud de Châtillon. Je voulais des faits; et les faits étaient que Saladin avait passé plus de mois de campagne militaire contre le camp de l'Islam que contre les Francs, combattant impitoyablement les musulmans adeptes du chiisme dont il voyait le péril monter; c'était aussi l'homme qui, en 1191 à Alep, avait fait exécuter Shihab al-Din Sohrawardi, l'un des plus grands noms du mysticisme musulman et de sa philosophie, « le Platon persan ». En 2001, le *Traité du djihad* de Sulami était redevenu d'une actualité insoutenable. En choisissant, bien avant ce mois de septembre, les extraits, prévus pour être inscrits sur les murs, je n'avais pas pensé que l'Histoire m'avait précédée et n'avait plus besoin de ce commentaire: elle parlait à tous, à l'automne 2001, la langue la plus crue.

Le djihad, ce n'est pas, comme les euphémisants veulent nous le dire, en premier lieu l'effort que l'on fait sur soi-même. Sulami le définissait clairement comme une obligation, l'appel à porter partout la guerre contre l'Autre, en ce qu'il est non musulman; il le tenait pour le premier devoir annuel de la Communauté, de l'*umma* musulmane; comme l'appel à incendier à l'extérieur des terres de l'Islam – le *dar al-islam* – tout ce qui se trouvait dans le *dar al-harb* – le territoire de la guerre. Mettant la phrase au présent – le djihad c'est bien l'appel à incendier à l'extérieur des terres de l'Islam tout ce qui se trouve dans le *dar al-harb* –le territoire de la guerre – en bref, nous, il n'y a pas un mot à changer, Tahir al-Sulami qui écrivit son *Traité du djihad* en 1105, neuf siècles avant les attentats du World Trade Center, est d'une continue, d'une insoutenable actualité puisqu'il y a des gens pour le lire et s'en inspirer. Les islamistes connaissent leurs classiques. Je décidai donc moi-même d'ôter un certain nombre de ces citations dans l'exposition.

Les prêts d'Israël, que j'avais obtenus de haute lutte à côté des prêts syriens, étaient annulés sans que j'en aie été avertie ; les œuvres des musées américains arrivèrent au cours d'une installation devenue assez chaotique, et nous tentions d'accueillir aussi bien que possible des prêteurs à l'âme endeuillée. J'avais choisi pour figure de contrepoint à Saladin un gentilhomme syrien ; il s'appelait Oussama Ibn Munqidh. « Madame Makariou, vous savez, à un moment nous allons nous tromper », me disaient les conférencières, qui étaient en grande difficulté dans leur présentation de l'exposition. Il était raté mon anti-Saladin ! Le nom d'Oussama Ben Laden était devenu atrocement familier à tous.

L'exposition ouvrit finalement et il me fut particulièrement pénible d'y voir défiler, sous leur tchador, des fantômes arrogants qui venaient chercher l'estampille de leur héros, l'impeccable Saladin de tous les djihads : contre les Francs – nous –, contre un islam déviant, les chiites. L'islamisme claquait toutes voiles dehors ; il se réjouissait.

Alors, pendant plusieurs mois, le mot « Islam » passa difficilement ; la gorge me faisait mal. Descendre en réserve au Louvre et devoir m'annoncer par téléphone au poste de contrôle de sécurité, prononcer la formule : « Pouvez-vous me donner l'accès à la réserve de la section... Islam ? » me coûtait. La parole est un acte physique, le souffle délivre, libère par elle. Il est rare que ma parole soit embarrassée. Je me souviens si bien de la sensation physiquement douloureuse à énoncer alors « art de l'Islam ». Tout ce que les expressions proverbiales expriment si exactement : « gorge serrée », « boule dans la gorge », je le ressentais. Il n'y avait plus personne pour réanimer par le fil des histoires le projet du nouveau département qui mobilisait notre petit groupe au Louvre. La conteuse était en panne. Avec les tours du 11 Septembre s'étaient effondrées aussi des amitiés qui m'avaient été précieuses. Elles n'avaient pas résisté aux justifications honteuses des motivations des attentats. Un ami, dont l'un des fils travaillait au World Trade Center mais avait eu ce jour-là la chance d'être absent de son bureau, m'expliquait qu'il fallait comprendre – et il entendait par là qu'il fallait justifier ; j'ai entendu souvent cette phrase au cours des années qui suivirent, au gré d'autres attentats, après l'« affaire » des caricatures. C'était intolérable. Je n'avais nulle intention de justifier l'inacceptable, et le faisant de laisser s'approfondir le fossé entre l'Islam et l'Occident. Comment trouver alors les mots pour dire l'absolu de ma condamnation de ce qui se faisait au nom de l'Islam et tout de même du sein de l'Islam, en même temps que mon admiration pour cette civilisation dans un monde où désormais tout hurlait et où le fait même d'être spécialiste de l'Islam me rendait suspecte ? Il fallait entamer la bataille des mots, penser les arguments qui seraient bientôt indispensables. Mais, c'était une fatigue tant j'étais submergée d'émotions contradictoires.

J'ai pensé alors tout abandonner. Tout, c'était le projet, bien sûr. Tout ce qui avait fait le fil de ma vie depuis 1974. On ne sait pas toujours ce qui vous tend dans la marche. Entre le 20 juillet 1974, date de l'invasion de Chypre, et le 11 septembre 2001 j'avais inventé toutes sortes de raisons de filtrer par des écrans et des masques ce que j'avais choisi ; j'ai mis tant de temps à le découvrir et à me défaire des pièges de la mémoire, des trompe-l'œil du souvenir, de l'autel des ancêtres, de la légende édénique du « temps d'avant » mais, plus que tout, d'une rancune inextinguible, d'une haine tenace. Ma mémoire était en déplacement depuis 1974; en déplacement plus qu'en dérangement.

Je pouvais avoir en ces circonstances une tentation nécrophage à rouvrir les tombeaux, à vérifier que des ossements de mes vieux fantômes la chair s'était bien détachée. Et parfois il faut céder à la tentation, nettoyer les os et les enfermer définitivement dans un coffre scellé. Chacun y plongeait à sa façon ; à côté de moi G. écrivait un livre d'analyses sur les racines historiques du 11 septembre 2001 qui était entre nous l'objet d'irritantes discussions parce que, par moments, au quotidien, j'aurais simplement aimé poser mes yeux ailleurs ; j'étais avant toute chose en lutte contre moi, divorcée d'avec mes choix. J'avais fait un rude chemin pour renverser un déterminisme de mauvais vent : la malédiction d'être d'un camp, d'une terre, d'une moitié, tout ce que j'avais conjuré depuis des années. Je décidai de marcher sur l'eau pour aller chercher ce qui me manquait. En face. En face à face.

Quelques jours après le 11 septembre, comme partout nous observions au musée trois minutes de silence. Combien nous en avons observé depuis, des minutes de silence ! La plupart des employés s'arrêtaient à leur poste de travail ; le musée avait indiqué aussi qu'une cérémonie aurait lieu sous la pyramide en présence de notre brigade de pompiers et de la direction. J'étais là, aux côtés d'Henri Loyrette, quand retentit la sonnerie aux morts. Montait un magma d'émotions que rien ne retenait ;

trois minutes d'éternité à traverser ; trois minutes de larmes à contenir que les secondes ne contenaient pas. Comment allais-je continuer à porter le projet ? Allait-il simplement continuer après ce monstrueux arrêt ? Il n'était rien qui fût plus important dans ma vie où se mêlaient deux histoires – la mienne, individuelle, et la grande, collective –, leur heurt, l'Islam, le résumé de tous mes engagements.

Quelques jours après, je me retrouvais à nouveau dans le bureau du président du Louvre. Depuis sa prise de fonction, Henri Loyrette, de toute sa haute silhouette, m'apparaissait comme un grand d'Espagne ; il aurait porté parfaitement le pourpoint noir estampé de la croix rouge de Calatrava ou de Santiago, souverain au-dessus de l'impeccable blanc d'une fraise austère. Il était assis sur une de ces petites chaises historiques auxquelles sa taille donnait l'allure d'un meuble de poupée, accablé, le dos courbé. Il me dit l'essentiel : « Sophie, le président de la République ne va pas tout de suite annoncer la création d'un département des arts de l'Islam, mais nous allons le faire. »

Il me fallut bien dix mois pour me redresser, secouer les mauvaises pensées et éviter à l'huître que je suis, à l'occasion, de se fermer. Nous nous remîmes au travail ; les « doigts de la main » n'ont pas compté pour peu dans mon chemin de Damas et le retour du courage. Je leur dois beaucoup. Après des batailles homériques, dont certaines furent perdues – mais c'est poussière d'histoire –, l'Élysée avait donné son accord et la création du département fut annoncée par le président Jacques Chirac en 2003 lors d'une conférence sur la francophonie. Entendre revenir une de mes phrases dans la communication présidentielle et la voir reprise massivement par la presse m'amenait plus un sourire qu'une satisfaction. Je suis toujours heureuse lorsque les mots font mouche. Oui, nous étions là aussi pour accueillir ceux qui nous avaient rejoints, pour parler de « la face lumineuse d'une grande civilisation ». C'est ce que j'avais essayé de regarder depuis 1985. C'est le moment où l'on veut croire que la parole politique peut attirer la limaille la plus nette, et qu'elle pourra la transformer en une coulée de métal sans paille. Agir était l'unique réponse aux événements.

De 2003 à 2012, année où nous avons inauguré avec le président de la République l'aile nouvellement construite des arts de l'Islam, nous sommes passés par tous les reliefs des sentiments, sur le terrain professionnel et à travers un contexte politique et international bousculé. Des amitiés s'étaient rompues net entre les justificateurs et les résistants. Dès 2001, j'ai vu apparaître cette ligne de fracture entre ceux qui s'emparaient du courage de dire – et ils n'étaient déjà pas bien nombreux pour défendre Salman Rushdie par exemple – et ceux dont la parole était fossilisée par les gages à donner à l'islamisme, essayant de maintenir l'illusion d'une non-escalade pour se protéger. Le face-à-face existait, il ne s'agissait pas pour moi de le nier mais d'éviter qu'il soit indépassable.

Le 4 janvier 2012 au Louvre nous tenions une conférence de presse pour présenter l'architecture de la nouvelle aile du département des arts de l'Islam conçue par Rudy Ricciotti et Mario Bellini. Les locaux de *Charlie Hebdo* avaient été incendiés en novembre 2011 après la publication du journal rebaptisé pour l'occasion « Charia Hebdo ». L'affaire des caricatures du prophète de l'islam reprenait et nous savions devoir répondre à un flot de questions. Les questions, cela faisait si longtemps que je les affrontais. Ce jour-là je dis très simplement : « L'islamisme, c'est la mort de l'islam. » Ainsi pensai-je jusqu'au 11 mars 2012, lorsque les attentats de Montauban, dont j'avais compris la couleur dès leur annonce, sinistre prologue aux atrocités de Toulouse le lendemain, m'ont amenée à ressentir que nous perdions inexorablement la partie à force de ne pas vouloir poser clairement les termes du combat.

Et pourtant j'étais encore sûre que le camp du refus et des principes de notre république auraient le dessus sur ce que j'appelle plus que jamais le camp de « l'esprit de Munich », celui du déshonneur. Mais en mars 2012 j'étais glacée de voir que la France entière ne descendait pas dans la rue après l'ignominie de Toulouse. Nous étions prêts à acheter une mauvaise paix au plus vil prix. Celui de l'abandon des Juifs de France. Il ne me suffisait pas que quelques personnalités politiques, quelques intellectuels se mobilisent. J'attendais que la France, qui avait rétabli le capitaine Dreyfus dans son honneur, fasse le bon choix, le seul, celui de la résistance unie face à une idéologie abjecte. Mais elle était au mieux rongée de silence. Et pourtant, la France ces jours-là avait un beau visage, c'était celui de Latifa Ibn Ziaten, la mère d'un de nos soldats exécutés à Montauban.

Je reste frappée, peut-être et sans doute n'est-ce que hasard, par le retour fatidique du 11 : 11 mars 2001 à Bamiyan, 11 septembre 2001 à New York, 11 mars 2004 à Madrid, 11 mars 2012 à Montauban...

En septembre 2012, envers et contre tous, ayant surmonté tous les remous de l'actualité, gagné au musée et à l'extérieur la bataille des mots – Islam, je l'assurais, n'était pas un gros mot, nous ne devions pas l'abandonner aux islamistes, le département porterait ce nom –, nous avons inauguré les nouveaux espaces du département des arts de l'Islam. Construit dans une des cours du Louvre, c'est un espace ouvert, aux parois de verre, accueillant, sous la caresse d'une mousseline métallique aux délicates ondulations ; puis s'entame la descente dans un corps à l'épiderme de béton noir, en partie baigné de lumière.

Avec toute une équipe, j'avais vu sortir peu à peu d'une forêt de pieux, des bras des grues assemblant le subtil mikado de la couverture, des coulées de béton et des mains des ouvriers de tous les corps de métier du bâtiment, une nouvelle aile, une nouvelle respiration pour le musée. Nous avions vu mois après mois évoluer le chantier ; j'avais humé l'odeur de sucre du béton que j'aime tant et je pensais à mon père qui m'avait emmenée petite fille sur ses chantiers ; je me disais que j'aurais eu tant de plaisir à lui faire faire cette visite-là et qu'il aurait été impressionné. J'en éprouvais le mélange tendre de la fierté et du regret ; il me manquait.

J'avais tenté de présenter « la face lumineuse d'une grande civilisation » qui avait survécu à tant de naufrages, sans éviter les sujets difficiles, abordant la guerre, le système de la servitude constituant les élites de l'appareil guerrier et militaire de l'Islam par exemple. J'y avais apporté mon imaginaire, celui des contes de mon enfance, n'hésitant pas, pour certains dispositifs destinés à l'accompagnement du public, à avoir recours à un illustrateur qui travaillait avec moi sur des scènes inventées autour d'un florilège de personnages afin de parler de la situation complexe des différentes langues à travers le monde islamique. La poésie classique des trois plus grandes langues de l'Islam, l'arabe, le persan et le turc – ottoman – résonnait dans les espaces nouvellement construits ;

les conquêtes se déployaient comme un spectacle sur de superbes murs de verre cartographiés où les dilatations et les contractions de ce monde créaient une féerie visuelle. Nous avions voulu que l'intelligence fasse alliance avec les sens.

Nous avions beaucoup réfléchi au slogan qui accompagnerait l'inauguration du département et nous avions choisi : « Les arts de l'Islam rayonnent au Louvre. » Après une semaine de célébrations et d'inaugurations, venait un jour de visite réservé aux employés du musée, chacun, qu'il soit col blanc ou employé chargé du ménage, ayant reçu un carton d'invitation. Puis nous ouvrîmes enfin au public. Le projet n'était plus à nous, il fallait lui lâcher les mains et voir comment il tiendrait et serait reçu. Après l'onction de la presse, l'ordalie c'était l'accueil du public. Et j'avais les meilleurs veilleurs qui soient pour s'en faire l'écho auprès de moi : les agents de surveillance qui nous avaient accompagnés avec toute l'équipe pendant les mois nécessaires au chantier d'installation des œuvres. Ils étaient notre premier public, accompagnaient chaque fermeture de vitrine, leur visage était un commentaire ; ils m'aidaient à voir ce que nous faisions. Je comptais sur eux pour me dire, le soir du premier jour, ce qu'ils auraient senti. Nous allâmes avec C. H., la directrice de maîtrise d'ouvrage chargée de veiller aux travaux pour le Louvre, assister en fin de journée à la fermeture des espaces, à la première « évacuation du public ». Lorsque nous sommes arrivées, l'émotion était palpable chez tous les agents, elle saturait l'atmosphère ; elle les illuminait d'une ferveur que je n'avais jamais vue. Leurs mots, les phrases inachevées, leur difficulté à le dire eux-mêmes n'étaient pas les propos de la presse, ceux des habitués des vernissages mais une émotion incarnée, presque douloureuse de l'être, tant ils avaient été submergés par les sentiments des visiteurs tout au long de la journée : « Madame Makariou, me dit l'un d'entre eux, vous savez, les gens viennent vers nous les larmes aux yeux et nous disent merci. » En arrivant devant la façade de la rue de Rivoli, nous avions vu des femmes, de celles qui probablement n'étaient jamais venues au musée – elles en avaient l'allure timide – mais qui, fièrement, avaient emmené leurs enfants et se photographiaient devant les grandes bannières de la façade qui proclamaient « Les arts de l'Islam rayonnent au Louvre ». Ce jour-là je savais très exactement ce que j'avais fait de ma vie. Le grand musée s'ouvrait vraiment à ceux qui pensaient qu'ils n'y avaient pas de part, qu'il n'était pas pour eux. Tous se croisaient, « ceux qui nous avaient rejoints », de tous les bords, car il n'y avait plus de bord. Il y avait les descendants d'Arméniens, de pieds-noirs, les enfants de l'immigration algérienne, marocaine, tunisienne, et tous ceux-là que pas plus que les précédents je ne cherche à mettre dans des cases. Il y avait toute la France, et elle ne trouve pas souvent le chemin de nos musées, elle ne s'y sent pas assez souvent chez elle. Rudy Ricciotti avait intitulé la présentation du projet architectural qui lui avait fait gagner le concours pour le département « La main tendue ». La main avait été tendue, elle avait été prise.

Dans les trois mois d'euphorie qui suivirent, entre l'ouverture du département et l'annonce par Henri Loyrette de son départ, je n'ai eu de cesse de dire qu'il fallait continuer cette ouverture. Puisque « ceux-là », le tiers-état que l'on ne voyait jamais, qui n'était pas tout à fait sûr d'être chez lui chez nous, avait franchi un seuil majeur en entrant au musée, il fallait le reconduire à s'y sentir chez lui, dire qu'était à lui, outre les arts de l'Islam, tout ce que la République déposait à leurs pieds : la Samothrace et les dieux sages et anciens, les revenants de l'Égypte, les oubliés d'Orient, les délices français du XVIIIe siècle, l'invention de la Renaissance, les décors royaux et tout le lustre de Rome, l'Empire et le plafond de Chagall, le Louvre des rois et les insignes d'une monarchie disparue dont nous étions tous les héritiers. Il y en avait un qui en était bien convaincu, qui répétait qu'il était plus préoccupé encore par ceux qui ne venaient pas au Louvre que par ceux qui y venaient. Mais il préparait son départ et il n'y avait pas grand monde pour se détourner de la facilité du succès – nous avions accueilli dans la nouvelle aile des arts de l'Islam un million de visiteurs entre l'ouverture de septembre et la fin de l'année – et songer à descendre dans la mine afin de dégager un filon dont notre richesse nous détournait. C'est un de mes plus grands regrets. J'ai souvent imaginé ce qui se serait passé de 2012 à 2015 si nous avions réussi cela. Je ne le saurai jamais et l'on peut longtemps, en vain, imaginer des conquêtes et des marches triomphales qui, pour n'avoir pas eu lieu, n'ont pas changé le monde. Mais les musées doivent avoir l'ambition d'être un récit alternatif ; peut-être, parce qu'ils sont un lieu où chacun peut faire l'expérience de la beauté du monde, l'humain s'y redresse, s'y trouve, tout à la fois rêveur, citoyen, ermite, inventeur, amoureux…

En apostille me revient un épisode qui se déroule après que j'ai quitté le Louvre, après l'attaque contre *Charlie Hebdo*. La mort de l'auteur du Grand Duduche m'atteignit au cœur. Il avait accompagné mes années d'adolescence et sa silhouette à salopette, sa mine de garnement en quête de farce composaient un personnage réellement familier, un repère rassurant. Avec ses compagnons de crayons il avait mordu au mollet toutes les vieilles badernes ; leur irrévérence me semblait dessiner les contours de notre liberté ; elle peut être difficile à porter pour certains mais consentir au jeu c'est participer d'un esprit de famille, de nation en l'occurrence. Ce n'est pas sans réticence que j'ai lu le livre qu'un des rescapés de l'attaque, Philippe Lançon, avait publié. Je craignais d'y trouver du pathos à chaque page, du sang, de la fureur. Il n'y avait rien de tout cela et je lus, sans le lâcher, son récit à vol d'oiseau, lumineux, jusqu'à la page 196. Là je posai le livre, submergée par l'émotion. Il y racontait sa première sortie de grand convalescent, sous bonne et discrète escorte. Elle avait été pour le musée Guimet. Il était venu voir l'exposition consacrée à la dynastie Han que j'avais organisée en 2014. La grâce des danseuses de terre cuite, l'arabesque du mouvement de leurs manches l'avaient soulevé, réparé. J'en ai été bouleversée. À le lire, tout prenait place exactement dans mes choix successifs : les musées, l'Islam, l'Asie, la traversée des mondes, le passage du relais. Et que ce soit lui qui me le dise, sans le savoir, à travers ses pages, n'avait pas de prix.

12

Le cavalier de Volubilis

Le 17 décembre 2012 la nouvelle est tombée. Le président du Louvre, Henri Loyrette, s'en va. L'année s'achevait pourtant en apothéose ; nous avions ouvert, au prix de dix années d'efforts, le département des arts de l'Islam, ajouté une aile au Louvre en investissant une de ses cours. Combien de châteaux en Espagne de cette taille construit-on dans une vie ?

Nous avions inauguré le Louvre-Lens le 4 décembre, un autre projet à la portée symbolique considérable. La liberté guidait le peuple jusqu'au pied des terrils, d'anciens mineurs accueillaient le président de la République. Nous étions émus. J'avais l'impression d'avoir traversé trois décennies glorieuses qui avaient vu se transformer radicalement le paysage des musées français.

Avec l'équipe de direction du Louvre nous nous retrouvions l'après-midi pour le conseil scientifique du musée en présence de nombreuses personnalités extérieures. Se trouvaient réunis autour d'une table ceux du Louvre, qui savaient la nouvelle et en étaient profondément moroses, et les visiteurs extérieurs qui ne saisissaient pas ce qui se passait. Il y a parfois d'étranges moments dans les réunions de famille. La suite de la semaine fut pénible, atteignant profondément le moral des vainqueurs que nous étions une semaine plus tôt. Partie en Sicile en janvier 2013, je continuais de remâcher cette nouvelle au goût d'herbes amères. Une chose s'imposait à moi : il n'était pas temps d'envisager le repos alors que venait de s'ouvrir le département.

Mais quitter le Louvre, quitter mes amours, quitter le monde islamique ? Pourtant, si j'examinais les années écoulées entre mon entrée en matière, en 1985, et l'année 2012, reconnaîtrais-je encore le monde islamique d'hier ? La nappe des régions inaccessibles n'avait cessé de s'étendre. En 1985 lorsque je m'engageais dans l'étude de la civilisation islamique, le djihad afghan avait à peine commencé. L'année 1989 marque le vrai début de la guerre civile afghane, mais à cette époque mes yeux étaient fixés ailleurs et je ne vis rien venir. Bien sûr, la « révolution islamique » de 1979 était passée par là et l'Iran n'était pas très accueillant aux jeunes chercheuses ;

le monde noir que l'imam Khomeiny avait contribué à répandre, j'en avais vu les premiers effets sur les fillettes guerrières du Hezbollah libanais. Au fil des ans je voyais son ombre porter de plus en plus loin. Les secousses se rapprochaient; la magnitude du séisme avait atteint son paroxysme en 2001 mais les répliques étaient de plus en plus nombreuses. En 2010-2011, lorsque éclatèrent ce que l'on appela trompeusement les « printemps arabes », je sentis que la menace se précisait, que le ciel allait se charger d'une teinte de sang séché parce qu'un printemps cela n'éclate pas mais fleurit. J'avais vu basculer la table proche-orientale dans le milieu des années 1970, sans savoir alors le dire, l'éprouvant jour après jour douloureusement. Il est de ces vieilles blessures qui, lorsqu'elles se réveillent ne trompent pas, elles vous transmettent la douleur du membre disparu.

En regardant mon Orient, de Proche à Moyen, de Maghreb à Mashreq, je ne pouvais échapper à la conviction qu'une affreuse bataille navale s'était engagée et que dans ce jeu perdant, je n'aurais bientôt plus qu'à cocher les cases des vaisseaux désemparés. Tunisie, Égypte, Libye. Tel un animal flairant le danger j'avais la conviction que la menace n'avait pas atteint son comble et je cultivais le repli. Il me semblait impossible que la mèche atteigne la Syrie. La Syrie était le premier magasin de poudre. Les luttes y seraient si violentes, les réserves d'hostilité y étaient si considérables qu'à peine à ce degré pouvais-je imaginer une étincelle. Tout le monde, avec raison, se tiendrait à la limite du gouffre, au bord d'un combat à mort. Cela donc ne se pouvait pas, la raison prévaudrait dans ce pays vieux comme le monde, dans le cœur le plus urbain de mon Orient très aimé. J'avais tort et lorsque la charge du conflit atteignit le réservoir syrien en 2011 c'en fut trop. Jamais je n'avais pensé que je ne pourrais pas remettre les pieds en Syrie. Le cœur a lâché.

À partir de ce moment le dévidoir sentimental a laissé filer les images d'un film décadencé. La pellicule s'est mise à sauter, l'histoire est devenue illisible et elle allait totalement s'embraser, l'incendie ne serait pas de sitôt maîtrisé. La fin de la mèche, je le sais, n'a pas encore brûlé.

Il pesait une tristesse infinie, un malaise devenu profond, lorsque s'ajoutèrent les nouvelles du Louvre. Il fallait sans doute porter mes yeux vers d'autres horizons, avoir à nouveau le courage de fermer une porte, et de franchir le seuil majeur de toute ma vie.

À point nommé, je travaillais alors sur un projet qui me portait sur le bord le plus occidental du monde islamique, le Maroc. Dans la perspective d'une exposition, et après l'ouverture de la nouvelle aile du département des arts de l'Islam au Louvre, je m'étais engagée à mener une série de conférences et des visites et prospections dans les musées de plusieurs villes du Maroc : Rabat, Meknès, Tétouan, Fès, Tanger et Marrakech.

Je partis morose, en avril 2013. Sur place tout le circuit avait été organisé par le réseau culturel français. Je fus magnifiquement accueillie à Rabat. Commença alors un parcours du Maroc à la Wim Wenders, à deux, avec un compagnon de voyage sur le départ, dont la profonde distance, par rapport à un pays dont il ressentait les tensions, avivait mon sentiment d'un écart en train de se creuser.

En avons-nous fait des kilomètres, à parler dans l'habitacle de la voiture, dans cette bulle hors du temps et de la comédie des rapports sociaux que peut construire l'épreuve d'un regard sans fard ! De cet érémitisme mobile, à quatre roues, je conserve vivement la trace des paysages qui se confondent avec les monuments comme une poussée de fièvre verticale. À Meknès le souvenir qui m'enchante est celui d'un moment de grâce, ma parole se portait vers la rencontre ; j'étais vaincue par le froid mais soulevée par le lieu, la madrassa Bu Inaniyya, un chef-d'œuvre du XIVe siècle, où les enduits de stuc profondément sculptés, l'éclatante géométrie de l'épiderme d'une céramique aux tons vifs, la danse des écritures et l'arabesque des feuillages m'enveloppaient. Quelles voix s'étaient élevées là avant la mienne, combien de femmes y avaient parlé ? Tout était inaugural dans ce mois d'avril. Pluie battante sur la route, dont la voiture nous isole et qui favorise la parole. Ainsi nous apparut Volubilis, habité par les broussailles, face à la plaine de Tingitane, comme une réponse maintenant sans objet, un arc sans triomphe, des rues à colonnades sans habitant. Le site était désert, la prairie presque grasse, et le ciel à la pluie. Dans la rudesse de l'architecture je sentais une terre romanisée avec peine. Les pierres combattues par les herbes, la fugue du vent, l'esseulement, la sauvagerie d'un site par chance à peine aménagé, étaient propices à une visite teintée de nostalgie. L'exil des bronzes trouvés sur le site, désormais au musée archéologique de Rabat, ajoutait à l'aura du site. Je gardais à l'esprit la silhouette de l'un des bronzes, le cavalier de Volubilis, orphelin de son cheval, mais conservant une parfaite assiette, tenant de ses mains aux gestes bien différenciés, des rênes elles aussi désormais absentes. Le cavalier de Volubilis je l'avais avec moi : même rectitude de l'allure chez mon accompagnateur.

Villas patriciennes, basilique, boutiques, installations industrielles, thermes... La visite en forme de recensement fut brutalement interrompue par l'averse. À Volubilis, on est, sur la carte du Maroc, juste dans l'axe d'une pointe de flèche, entre Méditerranée et Atlantique, presque au droit du détroit de Gibraltar, *Jabal al-Tariq*, le détroit de la « montagne de Tariq Ibn Ziyad », le conquérant musulman de l'Espagne. Les pluies tombent dru, inattendues comme dans un régime de Méditerranée. Avec le « cavalier de Volubilis » nous cherchâmes le refuge immédiat du manteau cache-poussière que l'on remonte sur sa tête.

Puis nous nous retrouvâmes dans un pressoir, dans la même clôture que dans l'habitacle de la voiture : la porte ouverte c'était le hublot sur le monde. Dans mon voyage constamment quelque chose répétait la distance, le « décadrement », le déracinement. C'était bien ce que j'étais venue choisir au Maroc, loin de Paris : rester ou partir. Rester au Louvre, rester tout entière à l'Islam ; partir du Louvre, fermer à nouveau une porte ; tourner les talons, chercher ailleurs. Mais quoi ?

L'intérieur de la voiture, la cour de la madrassa Bu Inaniyya ouverte comme un puits sur le ciel de Meknès, le pressoir de Volubilis, plus tard la ville fermée de Tétouan, la brèche des rues ceinturée de maisons aveugles à Fès, puis à Marrakech le jardin clos, le riyad – un mot arabe pour dire jardin – rejouèrent une scène métaphorique d'enfermement, tantôt rassurant, tantôt étouffant. Partir ou rester, tout était là. Et c'est en faisant la route au Maroc que j'avais résolu de répondre à la question, c'était l'horizon réel de ce voyage.

Après Fès je me suis séparée du cavalier de Volubilis qui m'avait aidée à entamer la réflexion et poursuivis sans lui le chemin.

Je pris la longue diagonale qui sépare Fès de Marrakech, aux portes du désert. En trois cents kilomètres, la route traverse des paysages qui marquent physiquement la complexe et changeante nature du sol marocain. J'avais tout loisir de réfléchir au fil du ruban sur lequel se traînait le voyage, on me conduisait. L'environnement devenait plus aride au gré des kilomètres, longeant la chaîne de l'Atlas, transformant le paysage en un panorama débouchant dans la plaine sèche du Haouz. On est alors loin de tout souvenir de Méditerranée.

Bien avant d'arriver à Marrakech, j'avais commencé à rêver à un lieu, la maison-riyad que Denise Masson avait acquise dans la médina de Marrakech. Denise Masson avait produit, avec le Libanais Sobhi Saleh, une belle traduction du Coran, en regard du texte arabe, sous le nom d'« essai d'interprétation ». Mais plus que la figure généreuse de Denise Masson, qui avait consacré sa vie au Maroc, il y avait l'évocation du lieu même qu'en avait faite pour moi le cavalier de Volubilis.

On ne peut pas avoir fait une traversée de près de trente ans d'Islam et ne pas avoir solidement présent à l'esprit l'horizon utopique du Jardin qui habite cette civilisation. *Jannat, riyad, bustan.* Il m'avait décrit la maison de Denise Masson comme le Jardin par excellence. Le cavalier de Volubilis entama donc une négociation acharnée pour que, répondant à ma demande, on voulût bien me laisser m'installer dans le spartiate riyad Masson plutôt que dans un hôtel du centre-ville. Le confort n'y était pas, lui rétorquait-on ; que m'importait, disait mon émissaire. J'y serais seule, ajoutait-on. Cela m'allait très bien, ajoutait le cavalier de Volubilis. De guerre lasse mon hôte de Marrakech finit par céder et consentit à cette curieuse fantaisie. Qu'est-ce que le confort ? Notion toute relative, comme le luxe. Je n'ai pas, dans ma vie, connu de réveil plus somptueux qu'au riyad Masson.

Sur le chemin, j'espérais le jardin après la poussière de la route m'enfonçant vers le sud. L'arrivée cocasse – car mon hôte à Marrakech était cocasse – formait un frappant contraste avec la splendeur surannée de la demeure. Le riyad el-Hafdhi est le nom véritable de la belle bâtisse cachée au fond du Darb Zemrane, et signifie textuellement la maison-jardin de « celui qui a mémorisé par cœur le Coran ». Il était on ne peut plus prédestiné pour une traductrice du texte sacré de l'Islam. La demeure était vaste, ceinturant un ample jardin qui, à l'origine, ne comportait pas de pelouse mais des parterres surélevés permettant de marcher à la cime des arbres qui les bordaient. L'ensemble avait été ramené à un niveau plus conforme à un jardin occidental, mais le lieu demeurait, malgré cette altération, d'une perfection d'espace comme seuls doivent en connaître les quatre jardins du paradis. Les lieux de réception s'ouvraient largement sur le riyad, espace central de la maison, que l'on découvrait après une entrée en chicane et quelques marches l'isolant de l'impasse, le darb. Il y papillonnait des grappes d'étudiants, filles et garçons, et la vraie maîtresse de la maison, Sofia.

Finalement, le monde parti, l'arrivante fatiguée, on me laissa non sans m'avoir remis la forte clef de fer de la maison. Je fermerais derrière moi.

J'étais seule, à l'abri de hauts murs, sans aucun bruit, hors la ville, hors le monde. Le ciel, l'enduit jaune safrané soutaché de sombre pour les arcades, les arbres, les parterres en désordre d'herbes odorantes. Le soir tombait, le jardin embaumait.

Le lieu était spartiate en effet, du lit à la douche cacochyme. Mais qu'importait. Je m'installai dans une chambre au fond, ouvrant sur le jardin.

Je fus réveillée au lever du jour par les pépiements de tous les oiseaux au premier matin du monde. Dans la lumière indicible je sortis pieds nus dans le jardin où les effluves du géranium rose composaient avec ceux de la verveine un parfum inoubliable. Vous ne saurez jamais. Le monde pouvait s'arrêter, les murs ne tomberaient pas et je resterais éternellement retirée au jardin. Y avait-il lieu plus propice à envisager la question que je me posais ? Rester tout entière à l'Islam ; chercher ailleurs, en trouver l'objet.

Pendant les jours où je suis restée au riyad Masson je me suis enivrée de tout ce que j'aimais dans ce monde. Mon séjour s'acheva sur un de ces gestes de générosité que, sans doute, on ne rencontre à ce degré qu'en terres d'Islam. L'espace le plus forclos, le plus grand cloisonnement crée par contraste la plus grande ouverture possible dans les rencontres lorsque, aidé par un statut d'étranger, le voile se déchire.

Sofia, mariée à un homme issu d'une des sept familles de saints personnages révérés à Marrakech, organisa pour la fin de mon séjour une fête chez elle. Nous avions marché longuement, elle m'avait consacré sans compter du temps. Et elle m'invitait ce dernier soir chez elle comme elle m'avait invitée à sa ville. Le Maroc se montrait là sous le jour heureux d'une famille éclairée, à la fois éduquée, spirituelle et bienveillante. Universitaires francophones profondément chargés de la conscience de leur histoire, ils représentaient ce point d'équilibre rare que donne la parfaite assurance de sa haute et vieille culture. Et y entraient toutes les sophistications du Maroc le plus urbain et de sa gastronomie. J'étais étonnée et émue de retrouver les signes de la munificente attention à l'invité que j'avais connue par Chypre depuis mon enfance. Je l'avais rencontrée déjà au Maroc mais elle me touchait ici car j'y sentais le mélange précis du raffinement, de l'amitié réelle, de l'affection, de la sociabilité. La maison de la famille T. incarnait un art de la mesure, une éducation où la générosité excluait toute excessive démonstration qui aurait pu faire de l'invité un trop évident débiteur. Je repartis avec un burnous noir, sans broderie, tissé et cousu par une association d'entraide aux femmes seules de Marrakech et une boîte de carton ; elle renfermait un serpent de pâte farcie d'un hachis de fruits secs, nappé de miel et parfumé à l'essence de géranium. Je n'avais pas perdu le fil de mon existence, me disait le gâteau enroulé dans sa boîte que je rapportais à Paris ; autant que je le voudrais je resterais dans les replis du monde que j'avais parcouru ; le serpentin de pâte sucrée était mon fil d'Ariane des labyrinthes de l'Islam : à tout moment, je pouvais, si je le voulais, revenir sur mes pas, rentrer à nouveau dans les méandres du monde, j'en aurais toujours les secrets, je n'en fermerais pas l'accès en portant mes pas ailleurs. C'était un viatique amical. Je fis durer le plus longtemps possible le serpentin de miel et de fruits ; c'était le second bocal de noix au sirop que je refermai... Et l'ayant achevé, ma décision prise, sûre que je ne me condamnerais pas à l'exil de mon royaume, je me tournai vers un nouveau monde.

Je mis le cap vers l'Asie. En août 2013 je fus nommée à la tête d'une maison en difficulté, la plus belle oubliée des musées français, le musée

Guimet, consacré aux collections nationales d'arts asiatiques. J'y cherchais la Chine qui me manquait tant au Louvre. Mais entre-temps l'Islam ne se laissait pas oublier. Un énorme attentat ravagea en octobre 2013 le musée d'art islamique du Caire sur le chantier duquel nous avions, avec l'équipe du département des arts de l'Islam, travaillé en parallèle de notre projet, pendant six ans. Il venait d'être rénové et rien d'aussi sophistiqué ne lui était comparable dans le monde islamique. Je fus terrassée par la nouvelle, mais je n'arrivai pas à mobiliser la presse. L'Égypte pharaonique était autrement plus « vendeuse ». Je le savais mais le constater me décourageait.

L'Asie était profondément réparatrice. J'ai aimé Pékin, sa culture de rue si familière ; la déambulation à la nuit tombante, aux beaux jours, lorsque les chaises sortent dans les petites rues des hutongs de briques grises, qu'hommes et femmes tantôt vaquent tantôt s'assoient pour converser ; que les lumières des restaurants s'allument ; que l'on est saisi par les parfums de cuisine. Et dans l'un d'eux, à deux pas du plein cœur de Pékin, la cuisine du Yunnan, les barbares du Sud comme me le dit avec l'air de ne pas plaisanter un ami de Pékin, on sert de ces plats merveilleux de champignons cuits à l'étouffée dans des feuilles de bananier, des salades piquantes de fleurs de grenade.

Plus que tout j'ai aimé à l'ouest les paysages du corridor du Gansu, le long vestibule qui amène au désert du Taklamakan. Dans les ruelles à gargotes de Langzhou, je retrouvais des odeurs de mouton au cumin, le yaourt épais des peuples nomades de la steppe. La même steppe, oui, toujours la même. À l'extrémité occidentale de la province du Gansu, le site bouddhique de Dunhuang dresse sa paroi de lœss où, au fil des siècles, des centaines d'ermitages et grottes furent aménagés. Ici finit la route entamée, plus à l'ouest, à Bamiyan : même frontalité, même construction géométrique et mystique de l'espace tempéré par un je-ne-sais-quoi de douceur dans l'air. Une impression d'ultime voyage possible. À Dunhuang je me sentais revenue au sein d'une page peinte de manuscrit persan : la montagne, la rivière qui serpente à son pied, le frémissement des arbres argentés aux cottes de feuillages légers. Après une première visite, je m'assis au déclin du jour face à la paroi, sous un ciel accordé au rose de la falaise. Vraiment, j'avais bien fait de venir.

Épilogue

Dans la baie tournoient, indistinctes, des silhouettes d'oiseaux – ou des débris, qui sait –, au-dessus du bitume défoncé, des murs effondrés, de la tôle déformée par les explosions. Un cratère s'est rempli d'eau à la couleur douteuse, alchimique. Le ciel est de tous les crépuscules, de la guerre, de la ruine de Beyrouth d'hier comme d'aujourd'hui. Et avec les oiseaux, qui font des tours sur leur aire, reviennent les mots de la chanson de Fayrouz sur l'inconsolable mélodie du *Concerto d'Aranjuez*, assortie des accords jazzy des frères Rahbani : « *Li Beyrouth, Min qalbî salamun, li Beyrouth*... À Beyrouth, de mon cœur un salut à Beyrouth... » Je n'ai plus la force de croire que « mille fois morte, mille fois revécue » elle relèvera la tête, surmontant ses décombres, ses disparus, ses exilés, ses déchirés de tous les bords, et qu'elle se rapiécera, elle comme tout le reste du bassin oriental de notre Méditerranée. Je n'ai cessé de semer les cailloux blancs ramassés dans l'enfance, bien malgré moi mêlés aux bris de verre de nos histoires, en espérant dessiner l'itinéraire du retour. Chypre fera-t-elle tomber sa frontière ? Beyrouth rallumera-t-elle son fanal ? Et Nessim est-il sorti de ses sentiers d'amour et de mort ? Nous avons continué l'un comme l'autre d'y marcher depuis l'année où la guerre est entrée dans nos vies respectives.

2020, c'était l'amour en temps d'épidémie. Un temps suspendu. Toute relation sociale avait disparu, nous étions réduits à nos conversations par téléphone, comme pendant la guerre du Liban ; le téléphone dans ce qu'il avait de plus nu, à l'ancienne : un appareil, le son d'une voix, la petite mécanique de la mort : attente, parole, agonie des silences. Chaque jour recommencé. Chaque jour accroissait l'isolement. Dans l'asphyxie de toute vie sociale nous avions l'entier loisir de ressasser nos passés ; celui qui se dit, celui qui ne peut pas se dire.

Je t'aime d'un amour qui ne peut décliner,
Certains amours humains ne sont que des mirages,

dit le premier des poèmes du traité d'Ibn Hazm sur l'amour et les amants.

Comme lui, j'ai voilé « les noms, que je me sois interdit certaines régions troubles ou que j'aie voulu protéger un ami cher ou un homme de qualité », nommant « seulement quand il n'y a pas de mal à le faire; ou quand la publicité des faits dispense de les envelopper de vague; ou quand l'intéressé se moque que son histoire vienne au jour et ne s'oppose pas à sa divulgation». J'ai «convoqué pour toi mes propres souvenirs et j'en assumerai seule l'origine».

En ces temps de confinement mon passé s'étendait comme une flaque, une mer de ténèbres qu'il faudrait bien affronter pour rentrer chez soi en Ithaque et retrouver les visages familiers tandis que, embusquée sur les récifs, Circé guettait et menaçait. Arriver à bon port était mon grand défi. En ai-je eu du temps pour repenser à ma vie, à la douceur d'un été d'enfance en 1973, à l'effondrement de l'année 1974; une invasion, la mort partout, le déferlement du premier choc pétrolier. Le prix du baril de pétrole s'envolait et c'était le signe brutal de la fin d'une époque, les Trente Glorieuses. Je le sus enfant, en regardant mon père; architecte au bel avenir il se retrouvait endetté, sans employé, sans horizon. Il ne s'en remit pas de cette année-là.

En l'an 2020, en pleine crise mondiale du coronavirus, le prix du baril fut ramené à un dollar puis exprimé en négatif. Le monde à l'envers à nouveau. Le pire du cataclysme est encore à venir. Aujourd'hui, dans ce Paris mélancolique, je sais de la même façon qu'il y a quarante-six ans que la table de l'Histoire est en train de se renverser.

Toutes les pelletées de terre ont été remuées, les sols les plus anciens ramenés à la surface, et leurs secrets irrémédiablement s'oxydent. Bientôt tous les organismes archaïques, longtemps encapsulés dans la tourbe de ma mémoire, auront péri au contact de la claire conscience. Ils n'auront sous peu plus aucun message à me délivrer. Dans ce vertige je me penche sur les fleurs qui peuvent encore cracher leur suc, accueillant ce qui s'est déclaré dans les ravages du temps présent, l'inquiétude du temps d'après ; puisse-t-il savoir encore être grand, bien que brûlé à la flamme de jours incertains.

J'écris pour ne pas avoir peur, en regardant ce qui est arrivé il y a près d'un demi-siècle, pour rendre mes derniers devoirs d'Antigone. Il n'y a pas d'amour plus entêtant que celui du passé. Il n'est pas d'amour plus indépassable que celui qu'une fille éprouve pour un père qui l'a menée depuis les allées de l'enfance jusqu'à l'âge de devenir femme. Et pourtant, peut-être... ce souvenir d'une présence qui ne m'a toujours pas quittée, en chaque point du *nostos*, le long voyage du retour. Mais jusqu'où aller pour qu'un jour on me demande, voyant la rame du bateau sur mon épaule, quelle est cette pelle à grain, signifiant que je serai arrivée dans un pays où l'on ne sait plus rien de mes contrées, rien de la mer Méditerranée ? Enfin le repos de l'ignorance.

Au loin couve toujours l'incendie. Une musique grecque distille un air très doux en surimpression sur les baies ouvertes dans une ville traversée de silence de part en part.

Paris, 2020

Remerciements

Je remercie Gabriel, traducteur de l'ouvrage d'Ibn Hazm, *De l'amour et des amants. Le Collier de la Colombe.*

Pour cela, pour tout, pour plus de deux décennies de conversations, l'Islam aux lèvres.

Table

Cet ouvrage a été composé
par Belle Page
et achevé d'imprimer en France
par CPI FIRMIN-DIDOT (27650 Mesnil-sur-l'Estrée)
pour le compte des Éditions Stock
21, rue du Montparnasse, 75006 Paris
en mars 2021

Imprimé en France

Dépôt légal : avril 2021
N° d'édition : 01 - N° d'impression : 163097
17-51-9815/3